在**她忌日之时**，

重返**死亡之所**，

将见到的，

到底是人还是**鬼**？

罪档案

鬼古女 著

失魂雪

世纪文景
Century Literature

世纪出版集团 上海人民出版社

上海世纪文睿文化传播公司 出品

目 录
CONTENTS

第二部分　亡命雪

我有两次生命
　一次是出生

我有两次生命
　一次是遇见你
　　　　　——水木年华《墓志铭》

引子一

　　暖风熏人醉了已久，香汗湿轻衫了一季，蝉声未歇的时候，采莲舟催发。今年风调雨顺，莲事极佳，村里能下水的船只，从柳员外家的精雕画舫，到姚二秃子家豁口大开的澡盆，都钻进了廿里莲湖。

　　所以，难怪玉莲觉得不公。和她同龄或不同龄的女孩子都乘舟采莲去了，只有自己，好歹名字里还带着一个"莲"字，却只能眼睁睁地看着千舟竞发，痴痴地听着远处女伴们的嬉笑和歌声。

　　唯独她去不了。都是因为那个禁忌，那个诅咒。

　　最爽耳的歌声来自吴秀才的女儿巧云，一些老调调："……采莲南塘秋，莲花过人头。低头弄莲子，莲子清如水。置莲怀袖中，莲心彻底红。忆郎郎不至，仰首望飞鸿……"巧云已经到了思春的年纪，船儿还没驶出吴秀才的耳目，她就开始和少年郎们情挑。

　　玉莲也到了思春的年纪，她甚至早有意中人，意中人的心里也有她。吴维络是巧云的哥哥，一直在吴秀才的督导下啃万卷书，准备秋试。就连他也破例，和两个同龄的青壮少年同船入湖。吴维络此刻唱的歌，崭新出炉，是稚嫩的、情意绵绵的。

　　　　蒹葭摇曳，兰舫辗转，碧莲映日轻波软。红颜白鹭竞西洲，一湖佳丽无休懒。

　　　　举目依依，回眸款款，天长只恨归舟晚。莲心络绎越青池，系连执手三生暖。

好一个"莲心络意",只有傻子会听不出来,这首曲子是唱给玉莲听的。玉莲的胸口,扑扑地似乎再也安放不下那颗向往的心。远处,立刻有泼辣少女故意叫起来:"吴小秀才,是送我的小曲么?"

巧云笑着替长兄遮羞:"他说了,一湖佳丽呢!采莲的这段日子,让他每天写一首,每天送一位吧。"

笑声,更多的笑声,更多的歌声。

更多的懊恼。这些乐子,也该属于玉莲的!

可是那个禁忌,那个诅咒……

玉莲再也不能自持,转身跑回家。

仿佛料到玉莲会这样急匆匆地返回,家门口站着的母亲,看着她,满目哀伤。玉莲张嘴,却说不出话了。

"你还是想去?"母亲轻声问。

玉莲点头。

"你这个犟妹子……"母亲责备的语气里更多的是无奈。

"妈,我的水性,已经不输于村里任何一个儿郎。昭阳湖从来都是风平浪静,还会有什么意外? 再说,去采莲,总是一帮姐妹伙伴同舟,即便出了意外,也会有人相救。"玉莲觉得,自己的理由可以说服石牛。

果然,母亲动摇了。玉莲可以看出来,只要自己再轻推一把,母亲就会点头:"何况,我一年年都不能去采莲,不能去对歌,只怕一辈子也嫁不出去了呢!"

"你这孩子!"母亲终于瓦解。但玉莲怎么也没想到,母亲还有最后一道防线,"可是,你是否能下湖采莲,不是我能决定的呀!"

玉莲心一沉,无语。

母女俩走到一座黑色小屋前,踟蹰互望,都不敢去敲门。这砖木结构的小屋倒不是天生被漆成乌黑,而据说是数百年烟熏火烤的结果。整个小屋,前前后后,没有一扇窗;屋门朝西,门口一块无字石碑,令风水师们一见就摇头;整个房体明显倾斜,仿佛随时都会倒塌,同时挟带出一种狰狞;屋边两棵枯死多年的槐树，投下鬼影婆娑，更是令走近的人们留步；当然，最令方圆百里的人谈"屋"色变的理由，还是小黑屋的主人。

母亲孱弱的身体微微颤抖。玉莲知道，扣门的重任最终还是着落在自己肩上。她深吸一口气，走到门前，心狂跳。

闭上眼，举起手，离门切近，将敲未敲，先响起来的却是退堂鼓。算了，回去吧！

黑屋的门忽然开了。

如果不是那声似乎永远不停断的阴丝丝的"吱呀"声，玉莲甚至不会注意到屋门的开启——因为屋门是黑的，开门后现出的空间也是黑不见底。

玉莲又回头看一眼母亲，一时不知该怎么办。

"既然都来了，为什么不进来？"苍老妇人的声音。上回玉莲听见这个声音，也是同样的感觉，那声音，仿佛没放稳的磨盘转动时发出的苦痛压抑的呼叫。

缪阿婆是这个小黑屋的主人。

有人说缪阿婆是位女道士，也有人说她是个老妖，比较为大众接受的说法，她是个巫婆。

巫婆能知过去未来，缪阿婆预见了幺莲的死。

幺莲是玉莲的小妹。

玉莲看见缪阿婆，平素的大胆似乎被顿时浸入冰水，无限缩小。缪阿婆有一头几乎拖到地的雪白长发，而她的面容，看上去却比玉莲的母亲还要年轻几岁。站起身时，她的背，几乎要佝偻到地上；踩在地上的赤足，却光滑得胜过玉莲的肌肤。

即便坐落在湖滨，村子里还没有哪个成年女子是赤足的呢！

借着一盏刚点亮的暗若萤火的油灯，看到缪阿婆身上这样的反差，也难怪玉莲会一凛。

缪阿婆冷笑说："这么热的天，能让你打一寒颤，要谢老妪我哟。"点完灯后，她没有再抬头，继续在黑暗中，用一块硕大的铁石，打磨着一块卵石——这好像是缪阿婆做的唯一生计，她会从湖边捡回有打磨价值的石头，然后磨成晶莹剔透的卵石。人们再怎么畏惧缪阿婆的小黑屋，每看到她磨好的卵石，还是会艳羡一番。"缪婆石"是江京府最有价值的秘密，据说州府官员会用这些石头打点京城显贵呢。

母亲清了清嗓子，正想说什么，缪阿婆又开口："你还是想去，对不对？"

显然，这话针对玉莲。母女俩不约而同又一凛。

母亲说："阿婆神算……我劝不住她……"

"那你就应该反复问她：三年前，三年前如何！"

三年前，玉莲带着幺莲，荡舟湖上采莲，幺莲溺水身亡。

母亲的泪水夺眶："我……我……"

"你没有勇气提起旧伤，但你想过没有，你只有这一个女儿了！"

看到母亲被这样训斥，玉莲怒火中烧，对缪阿婆的畏惧突然散去："幺莲失足，是我的过错！和妈妈无关！"

"和她无关？"缪阿婆停下了手中磨石的活计，抬头看定了玉莲，"你想必听你父母说起，幺莲出生时，我的叮嘱？"

幺莲出世之际，父母找到缪阿婆，祈福定命，缪阿婆只留下四个阴恻恻的字："入水必丧。"

从小，幺莲就被严禁到水边。每到采莲时节，玉莲都会跟着邻家大姐们出船，当她回头望见小妹眼巴巴望着船儿离去的样子，心疼不已。于是她暗下决心，要让小幺莲一遂心愿。

三年前，一遂心愿的结果，就是十一岁的幺莲溺水身亡。

想到自己犯的大过，玉莲欲忍泪水，却无能为力，嘴上丝毫不放软："是我偷偷带幺莲上船的，是我的错！那时候我不会游水，否则一定能救起她。我现在学会了，无论多深的水我都能游，但为什么不能入水采莲？"

幺莲死后，缪阿婆说，玉莲不能再入水。

入水必丧。

母亲喝止："玉莲！"

缪阿婆并没有动怒，只是腾出一只手，用细细如竹节的手指，梳理着长长白发。好一阵才说："恭喜恭喜,你非但没有按照我的嘱咐,远离水,反而在苦练弄水之技。"

"没错,而且,整整三年,我没出过任何事。"

缪阿婆冷冷说："所以,你认为,我的话,都是无稽之谈?"

母亲忙说："阿婆,小孩子信口开河,您别当真。"

玉莲说出了她一直窝在心里却不敢说出的话："妈,真正信口开河的是她!幺莲早产数月,生下来时不足四斤,谁都能看出她体弱多病,不会成为浪里泳儿,一旦溺水就会……是我当时年幼无知,带她出湖,不慎致她落水,这三年来,你们没有过多责备我,我好生感激,但千万莫认为,这是应验了阿婆的'预言'。我三年来,夜夜在湖边练水,你们也看见了,一天、两天、三天、一年、两年、三年,是入水必丧么?"

母亲斥道："玉莲!当年你年幼无知,现在还这么不懂事!"

缪阿婆仿佛没听见玉莲的激动言辞,低头继续打磨手里的那块卵石,等母女俩都无言了,慢悠悠地说："玉莲,你知不知道,我这屋子,从里到外,为什么都是黑的?"

玉莲对这突兀的问话微微一惊："为什么?"

"是被烧的。不是被我自己炼丹或者烧饭烧的,而是被一些对我恼怒的人烧的。因为我的预言准了。他们因为自己的不慎,因为没有听进去我的叮嘱,失去了至亲的人。世人大抵如此,往往不思量自己的过失,却轻易将不幸之源推到他人身上,推到我的身上。他们认为,是我有什么巫术,有什么邪法,下了什么诅咒,才让惨事发生。于是他们迁怒于我,要将我的小白屋焚为平地。屋子烧起来了,连屋边的树也烧起来了,结果呢,火尽的时候,屋子没有倒,树也没有倒。只不过,白屋变成了黑屋,活树变成了枯干。"缪阿婆讲得心平气和。

玉莲想问:你说这些,是什么意思?又隐隐觉得,似乎已经听懂了缪阿婆的弦外之音。

"妈,我们走吧。"玉莲拉起母亲的手。

母亲的脸上仍写满忧虑："那你……"

玉莲笑笑说:"我听话,不去就是了。适才失礼了,说了那么多,就像烧阿婆房子的那些人一样,只是在发泄怒火,火烧完了,还是觉得,阿婆的话是对的。"

母亲的目光将信将疑,但玉莲的笑容更有说服力。

临离开小黑屋时,玉莲忽然又开口问:"阿婆,既然我都听你话了,请明示,为什么说我入水必丧?"

缪阿婆的话声从磨石铁"吱吱"的尖叫间传来:"小囡是否听说过'天机不可泄露'的说法?"

"小囡我入水三年未丧,是否有资格向阿婆讨个更好的解释?"

磨石铁的声音停歇,显然缪阿婆在斟酌。良久后,她终于说:"老妪我原本的意思,你入寻常水,无碍;但千万莫入莲湖,否则……她……会……带你去。"

黑屋门被母女俩随手带上,屋中又恢复了平静——磨石铁的尖叫并不嘈杂,真正嘈杂的是人语喧闹。

几乎就在母女脚步声消失的同时,一枚新的卵石也磨好了。缪阿婆在微光下仔细把玩着这颗新的艺术品,从心底发出一声长叹。她依依不舍地将卵石放入桌上的一口陶瓮中,又是一叹。

天机不可泄露,自己或许说得太多。这是她的一个痼疾了,总无法放下悲天悯人的心怀,但听者却无意,自己反招不待见。

至少有一个秘密她还是忍住没有说出来:每当她完成一枚卵石,当天,就会有一个她认识的生命离世而去。

现实,从来就是这么残忍。

夜深下来,一只小船悠悠驶离湖岸,穿过莲湖,停在密匝匝莲叶中一片罕见的开阔水域。

摇橹的是吴维络,坐在船头的是玉莲。玉莲的目光,凝在前方一小片灰黑的水面。她的心绪,和平静的水面截然不同,正不停地翻搅着。

幺莲,我来了。经过三年,我终于准备好了。

告诉我，是谁带走了你？是传说中的溺水鬼，还是江京府那位吕捕头多年来不懈追逐的杀人恶魔？

我希望乡里那个传说是真的，在你的忌日，我可以遇见你。

如果你真是因为溺水而不能重投人世，那是我一生永远无法释怀的遗憾，我会用我的一切来补偿你，经过三年内心的折磨，我准备好了。

原谅我，我亲爱的小妹。

滚烫的泪珠，滑在冰冷的脸颊上。

从泪水充盈的眼中望去，一切朦胧虚幻，淡淡月光更是给万物罩上一层薄晕。就在这样的幻影中，一个纤弱的身形缓缓升出水面。

玉莲惊呆了，伸袖抹去眼前泪水，心似乎顿时停止了跳动。

幺莲还是三年前那样娇弱，她的脸儿被月光洗得更显苍白，万千水珠从她散乱粘湿的黑发滚落，也一如三年前被捞起时那样令人心碎。

"幺莲……"玉莲轻声呼唤。

幺莲缓缓向玉莲伸出手，滴滴湖水，从指尖滑落。

玉莲想问：是不是有人害了你？但问话到嘴边，忽然有了答案："是我害了你。"

折磨了她整整三年的悔恨，如洪水决堤，无情地冲击，霎那间她几欲崩溃。

幺莲却并没有一丝责备她的意思，只是伸着手，"好姊姊，救救我。"

三年前，我没能救你，今天，我会守住对自己的承诺，用一生来挽救你。

她义无反顾地伸出手。

"玉莲！"耳中传来吴维络的一声惊叫。

但已经晚了。

玉莲像是溶化在湿润的夜色中，没有挣扎，没有呼救，无声无息地消失。几乎就是转眼的功夫，水面又恢复了平静，静得甚至不见任何涟漪，静得像一块毫无生气的黑布。

引子二

假的，编的，都是骗人的。

此刻的安晓，恨透了 Ian，从他发来的那个神神道道的破故事，到他 QQ 上这个新取的昵称。好好一个东北小伙儿，就是因为去了半年大学，就"娶"回这么个洋名！

当然，安晓并非真的恨 Ian，毕竟那是自己的"老公"；而且，两人分开半年，他去遥远的江京读大学，可怜的她去年高考惨败，留在县里复读，至今，Ian 对她仍不离不弃，她应该欣慰才对。

可是，那姐妹两个溺水的故事，太让人揪心了！

同时，安晓也知道，Ian 为什么会发那篇故事给她看——他想阻止她今晚要做的这件事；他想拯救她，让她走出自己划下的这个怪圈。那故事是文言文改编的，据说出自一本叫《昭阳纪事》的明清笔记小说，讲的是远在千里之外江京的一些传闻。看来大学里读书真的很轻松，Ian 居然有如此闲心！

不过，那故事的确挑动了她的神经，里面提到的传说，怎么和镇上流传千百年的说法如此惊人类似？

在忌日，来到冤死者去世的地点，就能看到你想见的逝者。

但她会"带你去"。

这两条传说，安晓只是将信将疑。这就难怪，她在这个无月的寒夜，走向密林深处的那座小屋的时候，脚步多少有些踟蹰。

去年的这个夜晚，是安晓在那座小屋里发现了石薇。石薇的脖颈，套在木屋里横梁上垂下的一截女式皮带里——石薇的皮带——无神的双眼迎向安晓的手电光和凄厉哭叫。石薇的脚下是一只被踢翻的木墩子,上面还有她的脚印。县公安局的人很快得出结论,她是上吊自杀,被发现时,尸体已经完全冰冷,死亡已经超过五个小时。

发现石薇后,整整数日,除了简短回答些警察的问讯,安晓什么话都说不出来,人像是痴傻了一般。

警察问:"那天晚上,为什么想到去找石薇?"

"她一晚上都没有回宿舍。"

"为什么会找到那间木屋?"

"因为我们以前一起去那里玩过。"

"知道石薇为什么会去那间木屋?"

"不知道。"

安晓是石薇在世时最亲近的朋友,几乎无话不谈,彼此几乎没有任何秘密。

几乎没有任何秘密。

安晓感觉到,石薇终究还是在瞒着她,神出鬼没有好一阵子了。问她去哪儿了,高三还那么疯,要不要考大学了? 石薇只是笑笑,满不在乎:"反正是要考艺术类院校,文化课成绩马马虎虎不就行了?"石薇是县一中的校花,笑起来融冰化雪,安晓看到她舒展明媚的笑颜,想想她说的话不无道理——石薇有绘画天赋,早就决定要去报考美院的——也就不追问了。安晓猜测,石薇多半是遇见了某位白马帅哥,迟早要向自己坦白的。

有一点安晓可以确知,石薇的确变了,她变得情绪有些阴晴不定。本来,石薇一句话说到一半,安晓就能说出下一半,但石薇出事前的那段日子,安晓已经不知道石薇还是不是她从幼儿园起就熟悉的女孩了。

然后,突然间,天就这么塌下来了。石薇就那样去了。

在沉默自闭的那段日子里,安晓并不是在发呆,相反,她想事儿已经想到大脑麻木。在一片混沌中,她至少想明白了一点:石薇没有任何自杀的理由。

石薇经常说,安晓比她父母更了解她。安晓将自己对石薇的了解串成一线,她的美貌、她的骄傲、她的受宠无限、她快乐的性格,怎么都和上吊自杀毫无关联。

这一年里，安晓苦苦寻找着答案。

在县一中成绩从未低于年级前三名的安晓高考意外铩羽。了解她的人知道，其实一点也不意外：高三这关键的时刻，最贴心的朋友出了那样的事，怎么可能不受影响？

安晓的"老公"Ian甚至认为，她是有意考砸锅，这样可以复读一年，在老家多留一年，慢慢琢磨石薇的死因——尽管公安局已经干干净净地排除了他杀的可能。石薇上吊的小屋里，只有死者和安晓的足迹，没有第三个人存在的迹象，也没有任何挣扎搏斗的痕迹。听说，上吊死的和被勒死的，验尸后会发现不同之处，石薇之死，法医认为明显是上吊致死。

此刻，走在黑暗的松林里，听着脚下皮靴踩在干雪上吱吱的响声，安晓知道自己荒唐：怎么可能去相信山林野闻的传说呢？怎么可能相信，死去整整一年的石薇，会在小屋里等着自己，告诉自己上吊的真相呢？

今年入冬以来，天旱无雪，上回下雪还是两周之前，而且轻描淡写，所以到现在，山里的积雪也寥寥，倒是方便了她夜行山路。但安晓越走越迟疑。这一切都太像去年的那个夜晚，她也是这样跌跌撞撞地赶到那个小屋，结果发现了石薇的尸体。今夜会怎么样？她也知道自己独自进山有些鲁莽，她也不是没有试着"说服"同班两个自称很"哥"的男生来护驾。可他们一听说要黑夜进山，就打了退堂鼓，害得她白请他们吃了一顿晚饭。

终于，前面现出了小屋的黑影——无论是白天还是黑夜，那小屋都是黑的。

一座黑色的小屋。

谁也说不清那黑色是从何而来。黑漆的粉刷？林火烧的？屋内人取暖的火熏的？抑或盖屋的木头本身就是黑的？这小屋本身的历史并没有太多神秘色彩，从简单的外形看，只是长白山林间、供伐木工或者猎人们栖息的千百小屋的一座。这小屋建了有多久？五十年？一百年？三百年？也没有人说得清。

黑屋的黑影就在眼前。为什么这屋子如此倾斜？

安晓心陡的一沉：黑屋，倾斜的黑屋，和采莲鬼故事里那个巫婆的房子一样！

显然，Ian是在用这个故事，告诫她，千万不要犯傻，这黑屋凶多吉少！如果不是他刚从江京回到县城过寒假，还没来得及赶到镇上，一定会狂奔着跑来阻止她，终止她的计划。

都是假的，编的，骗人的。

谁又会相信一个和长白山麓毫不相干的水乡传说？倾斜的黑屋，肯定只是巧合！

她相信的是，今夜，会见到石薇，石薇会告诉她，上吊的真相。

只要她有胆量进入眼前这座歪斜的小黑屋。

可是，如果"带你去"替死鬼的传说也是真的呢？

从镇上到黑屋前，先骑了大半个小时的自行车，然后走了两个多钟头的山路，好不容易到这儿了，掉头就走可不是安晓的性格。说来也怪，照理说这样奔波，会很累了，但安晓仍觉得精力无限。

小屋的门基本上不能算作一扇门，只是几块木板钉在一起，安晓咬咬牙，努力推开，门后还挂着一块黑毡皮，一定是用来挡住从木板缝隙里透进的寒风。

黑毡门帘后，是更多的黑暗。

她的心跳，快得反常。

手电光像是被一只无形的手牵引着，直接照向屋正中的横梁——石薇上吊时拴皮带的横梁。该死！这不是她的本意！

安晓连忙将手电光移开，甚至，闭上了眼。这一年来，石薇生气散尽的身体在黑屋正中摇来摆去的一幕，不知多少次出现在安晓的恶梦中、甚至她的白日梦中，她不需要再回味一次。

可是，就在手电光移开的刹那，就在她闭上眼的刹那，她似乎看见横梁下，并非空空如也！确切说，挂着一个人！高中物理光学讲到的视觉暂留，令安晓颤抖不止。

不，不可能！安晓立刻又睁开了眼。除非视觉暂留了整整一年，怎么会有人？手电光虽然没有再照向横梁，但屋里已经有足够的光线，依稀可以看出，整个小屋里，只有她安晓一个人。

她只看见自己一个人。

为了证实不是自己吓唬自己，她还是缓缓将手电光移到横梁下。横梁下是一团虚空。

想想很可笑，自己既然是来"探望"石薇，希望死去的好朋友"告诉"自己上吊的真相，偏偏又怕看见"异物"，还有比我更叶公好龙的吗？

她再次将手电光移开。

就在光亮消失的刹那，她又看见了垂在横梁下的女尸！

安晓本能地退到了黑毡门帘前，一时间几乎忘了如何呼吸！

吊着的那具尸体，过肩的长发，黄色的羽绒服，细脚的牛仔裤，细长筒带花边的皮靴，明显是女人的装束。

"小薇……"安晓喃喃地只说出了这两个字。

可是，石薇上吊时，穿的是洋红色的羽绒服，黑色的皮裙。

而这样的一个身影，就在安晓面前！不是吊着的那具黄色羽绒服的尸体，而是站在安晓面前。洋红色的羽绒服，黑色的皮裙。

那传说果然是真的！

"小薇……"事到临头，安晓却不知该从何说起了。

"嘘……"石薇让安晓噤声。石薇的声音似乎从遥远处传来，带着强烈的不真实感。安晓这才更看清了些，石薇的头，微微前倾，一头乌黑长发，遮住了几乎所有的脸面。

和去年吊在横梁上的时候一模一样。

"小薇，告诉我，你究竟是……是怎样的，我最近……"安晓想好好解释一下，让石薇不觉得自己的到来那么突兀。可是，她忽然说不出话来。

喉咙口一紧，她窒息了。

手电筒滚落在地。

石薇终于开口了："我等了你好久……"缓缓扬起了脸。

惊诧、恐惧、窒息，安晓觉得双目几乎要脱离眼眶。她的双脚，正离开地面,缓缓上升。

在惊惧下低头,安晓只看见地上的手电余光照着自己的双腿,细脚牛仔裤和长筒花边的皮靴。在她意识存在的最后一刻,安晓突然想到,自己穿的是黄色的羽绒服。

引子三

"小岳！小岳！宝贝，你听见了吗？"妇人哭叫着，因为努力压低着声音，听上去更像哮喘病人发作时的痛苦呼吸。

"叫有什么用！"焦曙抹了一把额头的汗，开始撕身上的衬衫，"还有心跳，还有呼吸，不会有大问题的。赶快给他包扎一下！"他也压低着声音，虽然是宽心的话，话音却微微颤抖。

躺在地上的是焦曙和佟昱琳的十六岁儿子焦俊岳。焦曙没说错，儿子还有气，一口气。他连咬带撕，扯下一片衬衫，然后开始在儿子的头脸摸索——阁楼里没有电，一场大风雪，不但是阁楼，整个别墅里都断了电。焦曙摸到了一片血肉模糊，是脸？是脖颈？是肩膀？儿子的伤，比他想象得还重。

"小姑和大毛……不知道他们怎么样了。"焦曙开始徒劳地在黑暗中给儿子包扎，但他能感觉，血立刻就浸湿了衬衫布。他的提问，不过是让老婆分一下心神，不要继续哭哭啼啼，不要把杀手招来。

佟昱琳说："刚才上楼的时候好像听到门响，他们大概逃出屋子了。"

"胡闹，"焦曙叹道，"这么大的风雪，这么冷的天，逃出去，还不是死路一条！"

"我们……我们这里……难道就安全吗？"老婆的眼光，一定正望向阁楼的小门。

"这门已经锁严实了。"焦曙只能点到为止。

"锁严实了，他们就进不来了吗？"佟昱琳在关键的时候，好像永远是个悲观主义者。

焦曙将声音压得更低，也更严厉，"所以，我们就不要再废话了！不要把他们引过来！也许，如果我们运气好，他们出去追上小姑和大毛以后，就走了，我们等到天亮，什么都好办。"

楼外是一阵阵狼嚎般的风吼。佟昱琳觉得自己听见外面传来几声惨叫，是小姑和大毛遇难了吗？小姑和大毛的悲惨就是我们的好运吗？是惨叫，还是凄厉风声？等到天亮，什么都好办吗？

佟昱琳住嘴后，阁楼里是无限的死寂。

儿子的生命，在一秒秒逝去。

夫妻二人的生命，在一秒秒煎熬。

许久后，阁楼内外仍是一片寂静，仿佛被袭击的恐怖已经远离了这雪林里的木屋别墅。焦曙和佟昱琳此刻的心里，是同一个想法：也许，我们真的走运，危险已经过去。

而就在这时，轻微的脚步声响起。一步一步，一阶一阶，走上阁楼。

佟昱琳捂住了嘴，欲呼无声。

数秒钟后，阁楼里传来了一阵阵惨呼。挣扎声，躯体倒地声。

最终，木屋又归于宁静，好像什么都没发生过。

第一部分

困情雪

我叫那兰。我和几个同伴来滑雪，住在一套木屋别墅里。他们一个个消失了。只剩下我。

到了长白山麓，才生平第一次看见了传说中的鹅毛大雪。江京和老家也下雪，不过雪花顶多只有指甲盖大小；而东北的雪，干干爽爽，大片大片的纯白，悠悠扬扬地飘落，如果不是因为我身心带伤，如果不是因为我的精神悬在紧张和崩溃的一线之间，我一定会用欣赏的目光望着窗外，享受一种吉祥安宁的感觉。

门被拧开的声音，惊得我站起身，腰肋间和左膝顿时传来一阵刺痛，小腿上简单包扎处理过的那道撕裂的伤口也狰狞起来，像是有条凶猛饿极的小兽，将尖利的牙齿忘我投入地扎进我的血肉中。仅这个念头，就让我一阵颤抖。

进来的是那个被称为"老赵"的民警。老赵叫赵爽，其实一点也不老，看上去应该是我的同龄人，但在这个只有两位值班警员的小派出所里，显然是最老资格的。（另一位民警看上去才高中毕业。）赵爽捧着一只保温杯，棉帽上沾着的雪正在暖气中迅速融化。

"没办法，邮局和电信的人也说没办法。他们那边的电话线也断了——其实我们都是一条线，谁也不例外。今年这场暴风雪三十年一遇，到现在还能有电就很不错了。我刚才打发小郑去找巩医生，一会儿就会到了。"赵爽将保温杯递给我。

热茶！在冰雪中走了将近二十几个小时的我，重见香热的一杯茶！

我捧着茶，却没有喝。

赵爽不解："你怎么不喝？看你的嘴唇，冻裂加干裂，一定要补水。"

"还好……我一路上都在吃雪。"我不想告诉他，不喝的根本原因是，我不敢喝。他愣了一下，也没有揭穿：在雪地长途跋涉，不到万不得已，是不应该吃雪解渴的，因为冰冷的雪需要人体内大量的热卡来融解，这对踏雪人的体力是严重的打击。

但如果赵爽知道我过去几天的遭遇，或许会理解，为什么此刻，我对任何人都不信任。

赵爽从办公桌上拿过一本笔记本，"看来，一时半会儿，我们联系不上江京，联系不上你说的那个巴队长。刚才你说，你要报案，具体谈谈吧。"

我沉默了不知多久——我的脑子木木的、晕晕的，空腹在雪中穿行的结果，在那套木屋生活的结果——我此刻的反应是前所未有的迟钝，直到赵爽又问："你说你叫那兰……"

我叫那兰，我和几个同伴来滑雪，住在一套木屋别墅里。这场暴风雪，把我们困在山上。几天内，他们一个个消失了。只剩下我。

1. 鬼脸

成露在清晨发出的那声尖叫,应该是一系列不幸的序幕。

当然,现在想起来,整个滑雪度假的计划,就是个天大的错误。

连贯的尖叫转为断断续续的啜泣,我的心一沉,不顾自己还穿着睡衣,就从自己的房间飞跑到成露和罗立凡的房间。

这时候晨光熹微,房间里亮着灯,成露的手里,是一张照片,照片上是这次同来度假的众人合影。我也有同样的照片,是摄影者简自远打印给我们的,一人一张。照片上有成露和她的丈夫罗立凡,有简自远,有我,还有另外两个人。

成露的另一只手捂住嘴,努力不让自己的哭声更猛烈。我接过她手里的照片,刚沉下的心一阵不情愿地强烈悸动:照片上还是我们几个人,只不过,中间的成露,原本那张带着一丝淡淡忧伤但不失妩媚的微笑面容,被一张鬼脸人头所替代!

鬼脸,是因为一头黑发垂在前面,几乎完全遮盖了她的脸,只依稀露出几丝苍白的皮肤,依稀露出她的眼,没有瞳仁的双眼。

我那只捏着照片的手,微微颤抖。我的头,隐隐作痛。

我抬眼看站在一边的罗立凡,轻声但带了恶气地问:"希望这不是你开的玩笑。"

罗立凡将恶气奉还,"我还没有无聊到这个地步。"同时我注意到,他的目光,越过我,望向门口。我是心理学专业,但现在聪明的人们,不需要心理学的训练,也知道眼光的游走,暗示着复杂的心思。

目光的闪烁不定,是否一定代表谎言的存在?我认为这是一种过于绝对的归纳,但至少表明,开诚布公的匮乏。

何况，成露和罗立凡，郎才女貌的夫妻，他们之间的关系，已是一层薄冰，随时都会破裂，随时都会融解。

我拢住成露，在她耳边说："你不要害怕，不要太在意，估计只是某人的恶作剧，任何人都可能 PS 出来。"

"是谁？是谁这么该死！"成露的哭声，几乎到了声嘶力竭的地步。难道就为一张被"毁容"的照片？只有我知道，成露近日改变的反常。自从进入这栋度假木屋，不过三天，她已经哭过不止十次。不用说，她和罗立凡的关系，像初学者在最陡的雪道上，惨叫声中高速下滑。

是谁？我脑中飞快地将照片上所有的人都滤了一遍。

好像每个人都带了笔记本电脑来，只要有 PS 的基本功，在网上下载一张贞子的图片，应该都可以做出来。简自远是我们这群人中的"专职"摄影师，尼康 D700 的相机，单单镜头就装了一个背包，还专门带了一只手提打印机。如果说作案"便利"，非他莫属，只要将成露的脸 PS 掉，用同样的相纸打印出来即可。

我问罗立凡："简自远给你的那张合影呢？"

罗立凡冷笑说："那家伙抠门儿到底，只给了成露一张，说我们夫妻两个，需要一张就行了。"

"但我发了一张电子版到你邮箱，可是原版哦，你怎么好意思说我的坏话？"简自远的声音从门外飘来。

简自远也穿着睡衣，纽扣和扣眼儿搭错得很离谱，头发乱蓬蓬的。他口臭比较严重，偏偏喜欢凑近了和别人说话，尤其对女生。我有意往罗立凡身后站了站，问道："我想起来了，那天看你显摆那个手提打印机，新拆封了一打相纸，能不能数一数，有没有缺少？"

"什么意思？"简自远全然摸不着头脑。

我犹豫了一下，还是将照片递给了他。他莫名其妙地问："怎么啦？"惺忪睡眼虽然戴了眼镜，但好不容易才对准了焦，看清了成露被 PS 掉的鬼脸，他"啊哟"叫了一声，人往后倒退了两步，就势跌坐在一张沙发椅上，嘴张着，喘息不已。

"这是⋯⋯谁⋯⋯谁⋯⋯谁他妈干的缺德事！"良久无言后，简自远终于骂出了一声。

我重复着刚才的请求，"我能不能跟你去看看，你那叠新拆封的相纸，究竟少了几张？"

简自远从沙发椅上跳起来，"你……是打算扮演女福尔摩斯？你怀疑我?!"

我叹口气，努力心平气和地说："不是怀疑你，我只是想知道，会不会有人偷用了你的打印机和相纸。因为如果的确是有人偷用了你的打印机和相纸，我们可以一起回忆，我们中的哪一个，有可能在昨天，进入了你的房间，干了这出恶作剧。"

"恶作剧"的人，既要有时间摸进简自远的屋里偷用打印机，又要有时间摸进成露的房间里换掉照片。对两个时间段一起调查，或许，不难发掘出这位无聊人士。

但我隐隐觉得，无论是谁的导演，不会如此轻易就被识破。

简自远无奈摇头说："好吧，好吧，我带你去看看，事先申明一下，咱们的合影一共印了四张，我又打印了三张松林雪景照，自我欣赏，所以一共用掉了七张相纸。那是二十张一叠的相纸，应该还剩下十三张。"

我跟着简自远到了他的房间，一叠空白相纸摊在桌上，我们一起数，一共十三张！

"看来，这张恶作剧的照片，不是用你的相纸打印出来的。"我将那张照片翻转过来，普通的白相纸，和简自远桌上的那些没什么区别，"能不能欣赏一下你那三张松林雪景照？"

简自远冷笑点头，"好，好，好，说到底还是在怀疑我!"他从背包里的一本简易相册里抽出三张照片，三张雪景照，我记起来，一张是在雪场外拍的，另两张是我们这座木屋别墅外的原始森林雪景。

我的头皮有些发麻：除了简自远外，是谁，有这样成套的照片打印设备？

我这才注意到，房间里只有我和简自远两个人，我惊问："你的室友呢？"

简自远说："他最神秘了，天没亮就消失了。"他又压低声音，"其实这几天，他经常这样神秘消失的。我都怀疑他在干什么不可告人的勾当。"

我越来越觉得这次来滑雪度假,是个莫大的错误,给简自远扔下一句:"收拾收拾走吧。"转身跑出他的房间,又跑向成露的房间,边跑边叫:"我们这就走! 离开这儿!"

　　走廊里迎头撞见脸色阴郁、阴郁得胜过屋外彤云天的罗立凡,"走? 走哪儿去?"他一指窗外。

　　窗外,是漫天大雪。

　　"再大的雪,也要离开这儿!"我继续走向成露的房间,经过罗立凡的时候,却被他一把拉住。

　　"刚才收音机和电视里都说到,因为突发暴风雪,下山的路全封上了。雪场停止运营,度假村在山脚下的那些游客都疏散了,山上我们这样的别墅木屋,就算是被困了,只好自己设法维系几天。"

　　我想说:"开什么玩笑!"但从他的脸色看出、又从窗外满目雪障看出,他没有夸张。

　　"不能坐以待毙。"我心想着这个很不讨"口彩"的想法,嘴上说:"那一定要和总台打个电话,至少告诉他们,我们这里有七个人,请他们别把我们给忘了。"

　　"电话……不管用了,我刚才试过,没线路了!"成露手提着客房内配置的无绳电话,茫然地站在房间门口,她的脸上,兀自挂着未干的泪水。她给谁打电话来着? 不用问,一定是她父母。一定是在寻找哭诉的对象。山间没有任何手机信号,电话都是靠有线的。

　　头痛。

　　"那兰,你怎么了? 你没事儿吧?"成露走上来扶住我。原来,不知不觉中,我竟已经用手撑住墙,仿佛随时会摔倒。

　　"没……没事,就是头还是有些痛,大概昨晚听了一宿的狂风嚎叫,没睡安稳。"我喃喃解释着,不祥之感越来越重。

　　这次轮到成露安慰我了:"没事的,我也想离开这里,但看来是走不了了,现在,电话线也断了,一定是暴风雪害的……至少,还有电。"

　　就在这一刻,头顶上的灯闪了几下,灭了。

2. 姻斩

　　成露是我的表姐，大学毕业后分配在北京。成露有个比她年长十二岁的哥哥，叫成泉。表哥成泉和他父母，我的大舅和舅妈，是我在江京的唯一"靠山"，唯一的亲友团。据说成泉自幼顽劣异常，过了十岁，非但没有起色，反而变本加厉，已近中年的大舅和舅妈无奈之下，又"试"了一回，竟然如愿以偿，生下了一个娇滴滴、粉妆玉琢般的小女儿。据成泉"揭发"，成露从小乖巧伶俐，被视如珍宝，宠爱无双；加上先天体弱，更引人怜爱，妹兄两人所受待遇，是公主和乞丐的差距。

　　夸张！大舅和舅妈当然矢口否认。

　　孩子受娇宠成了习惯，多少会映射到日后的人生轨迹。成露从小长大，一路和风细雨，直到恋爱的季节，才真正开始让大舅和舅妈发愁：正因为成露是按照公主的规格被养大的，她寻找恋人，也是按照王子的级别来审核。

　　结果可想而知。

　　无数次良缘未促和无数升眼泪抛洒后，成露已经过了二十七岁，徘徊在剩女的危险边缘。一向体健少相的大舅和舅妈，愁白了老年头，对成露能找到佳偶的期盼已经接近绝望。幸好这时，罗立凡出现了。

　　是"幸好"，还是"不幸"，还有待时间的考验。

　　如果说成露一直憧憬的是某大 X 帝国的皇室继承人，罗立凡充其量只是一位二等诸侯的干儿子：他家境殷实，但绝算不上富二代，也没有官宦人家的背景。这样一位漂在北京的外省人，照理说很难入成露的法眼。但自从我在大二时和他见了一面后，就明白了他让成露倾心的原因。

　　罗立凡的长相，比帅气普通，但比普通帅气，不张扬的，也没有自我感觉甚佳的迹象;他会讨女孩喜欢,但不是靠赤裸裸肉麻入骨的奉承或者故作潇洒的摆谱;他给我一种能干但踏实的印象,待人诚恳有礼,做事负责细心。后来和妈妈聊起来,她老人家也是同样的好感,甚至有那么一丝艳羡,好像恨不得他要娶的不是表姐而是我才好。

成露和罗立凡很快结了连理。蜜月后,罗立凡的事业也进入甜蜜发酵期,开始平步青云。和成露拍拖时,他只是个低层的项目主管,三年磨砺和两次跳槽后,他已经是指挥五六百人的明星企业高管。

两人的情感和婚姻,却往反向发展,直至可以说跌入深谷。

大概三个月前,我第一次听成露在抽噎中向我倾诉时,曾经问她:"这么说来,你有确凿证据,他有小三了?"

这句问话引发了更猛烈的洪流。待到哭声渐弱,她说:"问题不是有没有,而是'小'后跟着什么样的数字,三,四,还是五!"据说,罗立凡公司里,将到、未到和刚过适婚年龄的美女下属就有上百个,更不用说一些业务往来的职业狐媚子。成露说,罗立凡行事其实很谨慎,单看私人手机上和邮箱里,清清白白。但他公司配的 iPhone 里,却充满了无数贴心女子们的温情问候。

我好奇地问:"他公司配的手机,怎么会让你看到了?"

她犹豫了一下说:"不是只有那些小三小四会耍手段,我也不比任何人傻,想达到目的的时候,也会动脑筋。总之那次看到他公司的手机,算是开了眼,也算是知道,我们之间,算是完了。"接着是更多的抽泣。

一直被宠爱的人,突然发现自己最看重的爱情原来是一场骗局一场悲剧,受伤之痛,可想而知。成露变得暴躁、易怒,甚至喋喋不休、草木皆兵,但这又怎么能怪她?我想给她更多的安慰和劝解,奈何自己也是情感的菜鸟和败将,只有暗暗替她难过。

外人看来,成露和罗立凡的婚姻,已经走到了穷途末路,但只有我和成泉这样了解成露的人知道,她不会轻易地让自己珍惜的幸福失去。

所以,当我寒假前接到成露一个奇怪的电话时,并没有大出意外。

"那兰,你寒假有什么特殊计划吗?"

3. 寒之旅

那时我正在紧锣密鼓对付期末考试,当表姐成露打电话来问我,除了回家看妈妈外,是否还有别的安排,是否已经买好了回家的车票。我迟疑了一下,竟然不知道该怎么回答。

怎么回答呢?

江京是铁路大站,江京站春运万头攒动的一幕幕,在网上传得很恐怖。大学四年来,我经历过的,其实比网上看照片更恐怖,即便在学校里可以订到坐票,在超载的列车里十几个钟头的颠簸,我每每想起,多少会心悸。而春节期间的动车票,根本订不到。

我在去年结识了一位叫邝景晖的老人,他晚年丧女,逐渐将我当成了他的女儿。他和助手到学校来看我的时候,提出让手下人开车送我回家过年。这半年来,我曾经谢绝过他送我的数件礼物,但这次,他不准我再推辞。

同时,我从他们的神色大致猜出,他们还带来了不怎么好的消息。

关于秦淮的消息。

秦淮,是我在去年夏天一场变故中不幸认识的一个人。我也说不清,我们应该算是什么关系。是恋人? 我们没有花前月下情话绵绵;是普通朋友? 那一个心贴心的拥抱,那一个胶着的吻,轻易抹不去,忘不了。

果然,邝景晖的助手阚九柯说:"秦淮的下落,我们倒是查到了,他带着妹妹秦沫在云南一处山清水秀的小镇住了一个月左右,大概还是嫌医疗条件不够完善,又搬到广州,请了最好的精神科大夫给秦沫治疗。据我们观察,秦沫的情况有很大起色……"他停下来,看了我一眼,我知道,一个"不过",或者"但是",会紧跟而来。

"不过,他丝毫没有回江京的计划。他还在缓慢地写着下一部小说,他最多的时间是陪着妹妹,绝对没有和任何'女性友人'交往过密。真要说到社交……广东省佛教界的一位高僧释永清,经常是他的座上客。"阚九柯说。邝景晖是传说中的"岭南第一人",秦淮到了广州,基本上就是到了邝家的眼皮底下。

我淡淡说:"没有关系,他有他的生活,我有我的追求……"

邝景晖一直在盯着我的表情,他欠身说:"这就是你和细妹……亦慧的不同之处,你更矜持,她的情感更热烈。"我从不会觉得邝景晖拿我和他遇害的女儿邝亦慧相提并论有什么不好。本来,邝亦慧就是我和邝景晖的纽带。我也听出他的话外之音,可能是因为我在少年时,深爱的父亲被害,所以感情上比较自闭。去年夏天的那个大案破解后,秦淮离开江京去"疗伤",结果数月没有音信。我尊重他的决定,更在乎自己的尊严,所以也没有去联系他。反是邝景晖以父亲般的细心觉察出了这段微妙情绪,主动去为我探查秦淮的下落。

我心生感激,说:"真的,我们都是这么大的人了,做什么选择,都会有一定的道理。"

邝景晖说:"这对你其实未尝不是件好事。"秦淮当年几乎是和邝亦慧"私奔"到江京的,所以邝景晖对秦淮的成见,也难在一朝一夕间释然。

阚九柯转换话题说:"那就这么定了,我们的司机开车带你回家,其实从江京到你们家,高速公路上开过去,不过是十个小时之内的车程。"

所以,当成露问及我的寒假返家计划,我心头一紧,莫非她和罗立凡的矛盾越发不可收拾了? 软声说:"你如果需要,我可以陪你。"

成露说:"能不能晚几天回去?"听她欲言又止,我只好问:"你想和我多亲热亲热?"

成露迟疑了一下说:"我希望你和我一起去东北。"

这个倒是始料未及,我说:"三九寒冬,往东北跑? 好像不太符合我们这些候鸟的自然规律哦?"

成露说:"你怎么越来越像个南方妹子了,那兰姑娘?要不要我给你翻翻你们那家的家谱呀?去东北不是让你受冻去,是让你去滑雪,住在暖气开足的度假村里,是去享受的。"

"滑雪?你想看我连滚带爬仰八叉狗啃泥的样子,我直接视频给你看好了,为什么要费那么大劲儿跑到东北雪场去表演呢?"我敷衍着,无力地抵抗着,但心里,已经大致知道,成露想要促成此行的目的。

果然,成露不耐烦地说:"你这个人精,非要我挑明了说吗?"

"你真的试图破镜重圆?佩服你,真的,不是嘲笑。我还是希望有情人保持眷属的。但是,你们单独行动不更自然些吗?也更有浪漫氛围,说不定可以让他浪子回头——再说依我对罗立凡的了解,他还不算什么真正的花心大萝卜,大概只是暂时的立场不稳——话说为什么要我这个灯泡在场呢?"

成露冷笑说:"哪止你一个灯泡,有一堆灯泡呢!"她随后告诉我,计划中有那么一组人,将一同前往长白山北麓一个新开张的延丰滑雪度假村。一套别墅木屋已经租好,一共四间卧室的宽敞居处,理想情况是五六个人同去,热闹些,也可以分担开销,目前还有两三个名额待定。

"你要我给你'护驾'?成格格?"我猜想成露和罗立凡之间的关系一定还在冰封期,但不是没有消融的可能。我和他们两个都熟,正好做"中介"。而且,成露知道,我这个小表妹是永远向着她的。

"不光是护驾,你是专业人士呀!你不是考过心理师执照了?你很重要的,罗立凡本来坚决说不想去的,后来听说我打算叫上你,就同意了,说你比较理智,可以帮我们调解。"

我想和成露解释,心理师和婚姻咨询或者居委会大妈还是有差别的,但想想她的处境,没有多说,同时知道自己渐渐被说服了:我喜欢这个可爱任性又脆弱的表姐,她是我从小最接近的女孩,我在她最需要帮助的时候,会全身心地投入。

"好吧,我跟我妈说一下……"

"我已经给小姑打过电话了,"可以听出成露的自豪和快乐,成露的小姑当然就是我妈。"你妈很痛快就答应了，我趁热打铁，说服了她到江京来和我们一起过年。这下可热闹了！"

原来刚才的"晚几天回老家"的说法，只是在试探我的口风。我说："你好像很擅长瞒天过海。"说完就觉得后悔。

果然，成露一叹："还不是跟某人学的……这次，你要帮我把把关，看看我们还有多少复合的可能，看看这个人，究竟值不值得再让我付出心血。"

我不知该怎么回答，沉默了一阵，问道："对了，你说打算五六个人同去，但目前还有两三个待定，说明已经定下了两三个，亏你是学商业精算的，好像报数字报得很含糊哦。除了你和罗立凡，还有谁是定下的？"

成露半晌无语，又一叹后说："你能不能晚点儿问这个问题？"

我警惕起来："你准备把瞒天过海继续下去？你一定要告诉我。"

又一阵沉默，成露终于说："其实，这次活动的牵头者，并不是我。这个人，我说出来，你前面答应我的，可不能反悔！"

我的手足有些发冷："你是不是又胡闹了！有时候，我怎么觉得，你该叫我表姐才对！"

成露说："我才不在乎称谓呢。实话告诉你吧，牵头的这个人，是你认识的一个人……也就是你此时此刻，已经猜到的那个人！"

谷伊扬！

4. 囚鸟

　　几乎就在停电的刹那,木屋门突然开了,狂风卷雪,乘势钻进门厅来。谷伊扬带着一头一身的雪片踏入,在门后的垫子上使劲跺着脚,卸下鞋上鞋底的雪。

　　紧跟着他走进来的,是个娇俏的女孩,眼睛大得让人一看就生出百般怜爱,天然的长长睫毛上,数秒前的冰霜已化为一层细细的水珠。

　　她是黎韵枝。

　　"停电了! 电没有了!"简自远惊叫着跑过来,看到谷伊扬和黎韵枝,一愣,摇着头说:"现在开始没电了! 记住,没电了! 屋里本来还有暖气的余热,劳驾你们没事儿不要进进出出地放冷气进来好不好? 如果想亲热,这里房间有很多……"

　　谷伊扬就是简自远所说"一大早就神秘消失"的室友。

　　去年此时,谷伊扬是我的男友,我的恋人。初恋。

　　我所了解的谷伊扬,大学时代的谷伊扬,听到简自远这番诉病,会一拳打飞他的眼镜,打肿他的脸,把他抵在墙边,掐着他的脖子,告诉他:"你算他妈的什么东西? 你凭什么跟我这么说话?"

　　但谷伊扬,已不再是我了解的谷伊扬。整整半年杳无音信后,他再次出现在我面前时,沉默了很多,消瘦了很多。在大学里,他是理工学部学生会的副会长,在小小天地里指点江山,少年意气,往往口无遮拦;但现在,说话的果断劲还在,只是每每出口,似乎都在斟酌。大学里,他是职业健美先生,一有机会就会向我显摆他身上的这块"肌"、那块"肌",但现在,他虽然看上去还算魁梧,却明显清瘦了。

或许，到首都机关工作，这些都是必经的修炼。

谷伊扬只是冷冷地听着简自远发泄，话音落地的时候，问："你说完了吗？"

简自远大概从谷伊扬的眼神里看到了威慑，嘟嚷道："大家都应该自觉点。"

谷伊扬的目光移开简自远，看着我说："这雪从昨天下午开始下，整整一晚上，变本加厉，我感觉情况可能不妙。半夜里和前台通了两次电话，那时候缆车就开不动了，出了故障，没办法接我们下去。雪场至少关门五天。我让他们开雪地车来接，他们说路太陡，能见度几乎为零，雪车上不去，唯一的可能是我们自己走下山。我知道，深夜风雪里走那段路下山，和自杀没什么两样。所以只好等等。天没完全亮，你们还在梦里的时候，我就出去看路况，看看在白天光线好的时候，是不是有走下去的可能。她……"他看一眼黎韵枝，"她跟出来想帮忙，结果差点儿被雪埋起来。"

黎韵枝的脸早已被冻得通红，此刻更鲜艳了。她嗔道："我是担心你……"

谷伊扬说："从现在开始，我们的确要齐心协力，做好持久战的心理准备。"

罗立凡问："这么说来，你探路的结论是：情况不妙？"

谷伊扬叹口气说："你们可以责备我，是我订的这套别墅位置不好，有点'高高在上'，太偏僻，离度假村的总台太远。"

这座木屋，的确是整个度假村最边远的别墅之一，没有什么直通的路，必须从雪场底坐一条"木屋专线"的缆车越过滑雪场的山顶，然后坐雪地车，到达另一峰脚，再爬上山，爬到木屋前。从缆车上的确能看到滑雪场后面的断崖陡壁，谷伊扬对徒步下山的悲观显然没有丝毫夸张。记得初次登山到木屋面前时，成露和简自远都不停抱怨着木屋的位置如何令人绝望。等爬到门前，回首眺望，两人却同时闭嘴了：从木屋制高点的角度看去，莽莽雪山、深谷、松林，尽收眼底，这一派江山如此多娇的风景，你这一生又能有几回可以看见？

我问："记得从缆车下来后，至少有两三辆雪地车往返各个木屋的，那些车还在吗？"

谷伊扬摇头说："其中一辆，在大雪到来前被缆车送下去做维修；另一辆，在大雪突来后，工作人员被一套木屋的两位旅客逼得没办法，带着他们硬往山下开,结果出事了,栽进一个山沟里,雪场立刻派人连夜救援,据总台的人说,一死两伤,车子绝对报废了。可能还有一两辆雪地车下落不明,总台正在核实。"

一时间,整个别墅里静悄悄的,大概所有人都在无声地细细咀嚼谷伊扬带来的噩耗,嚼出一嘴的苦辛味道。

看来,今后这几天里,我们将成为一群困兽。

困兽犹斗,我有种感觉,这木屋的寂静也只是暂时的。

打破寂静的,是成露又起的哭声。

罗立凡恨恨说:"就知道哭,哭能解决问题吗?哭能让暴风雪突然停下来吗?"

成露的泪眼含怨带怒地一瞥罗立凡,转身跑回客房。

我也恶语相向罗立凡:"你说这样的话,又能解决什么问题呢?真不知道你这样待人接物的态度,是怎么做上高管的?还是你对别人都以礼相待,只对自己的太太发狠?"

简自远忽然开口问道:"难道就我们这几个人被困在山上吗?'木屋专线'的缆车到站后,再往山上去好像还有十几幢这样的木屋吧?"

"二十四套。"谷伊扬的冷静令我叹为观止,"但没有都住满,总台告诉我,像我们这样被困在山上的,有五六家。只不过,每家都离得颇有一段距离,互相沟通,如果仅仅靠行走跋涉,会有风险。当然,也不会有太多帮助,除非等我们资源极度匮乏了……"

"早知道当初真该坚持不要上来住的!雪场下面的单间旅馆有什么不好!"简自远一脚踢在墙上,试图解恨,却忘了自己只穿了拖鞋,抱着脚嗷嗷叫起来。

我说:"现在找后悔药的配方没有任何意义。来参加这次活动是你自愿的,还是把精力集中在寻找出路上吧。"

这是我第一次帮着谷伊扬说话,本想忍住不说的,但拗不过本性。

谷伊扬向我投来感谢的目光。

我微微扭过头,假装没有看见,心里百味混杂。

5. 伤我心者

去年,毕业前夕,我保送研究生的事早就定下来了,谷伊扬去国家能源局的事也定下来了,我留守江京,他飞往首都,一对情侣两地分已成现实。都说两地分居是婚姻的杀手,但不需要天才也知道,那也是恋情的屠刀。

所以,没有人看好我们的情感发展,连我们自己也不看好。

那些日子,我多少次想,平平和和地分了吧。痛哭一晚,伤心数月,总会走出回忆,或许会有新的、更稳固、更可爱的恋情,或许在象牙塔的青灯古佛间逐渐成为圣女、圣斗士。至少是个了结,有个交代。我甚至希望由谷伊扬提出来,本来嘛,他的话一直比我的多。但是我最贴心的朋友陶子说,既然有这个念头,就绝对不能让谷伊扬先说出口。先下手为强的古训,在这里是最需要实践的。

于是,在六月的一个晚上,毕业典礼的紧锣密鼓就在耳边,我约谷伊扬出来,打算问他,相信超越空间的柏拉图式恋爱吗?相信牛郎织女到现在还没有离婚吗?嗯,你好像和我一样浪漫,也一样现实。为什么劳燕分飞在即,彼此却不把话说清楚呢?

那是个难得有些微微晚风的夏夜,谷伊扬显然刚刚冲过淋浴,身上清新的味道,让我有些心神摇荡,不由自主去想他 T 恤衫下的肌肉,更让我一时不知道该怎么问出那些很哲学又很世俗的问题。

"这些天,我想了很多……"无力的开场白,无力得难以继续。

谷伊扬有双细长的眼睛,打篮球或者辩论的时候,这双眼睛可以锋芒毕露,甚至有人形容说是"凶相毕露",但此刻,和吹来的暖风一样,是万般的柔情毕露。

我轻轻一叹，想说的话，只好都留给陶子了。

谷伊扬将我紧紧搂住，可恶的、清新的、雄性的味道，我难以自持。

而就在我最脆弱的时候，不知哪里来的力量，把已经打算好留给陶子的话，又打捞了回来。

这就是我。你们可以说我感情不够奔放热烈，你们可以叹我总是让理智操纵情感，你们可以嫌我不会爱得死去活来……相信我，我已经体会过，什么是死去活来。

当全世界那个最爱你的人，突然被凶残地杀害，那种失去一切的感觉，才叫死去活来。

我轻轻在他耳边说："你这就要去北京了，说吧，是什么打算。"

谷伊扬笑道："忘了给你买口香糖了。"

我故意逗他："我的口臭有那么严重吗？"

"好把你的嘴粘上，叫你问不出这个世纪难题。"谢天谢地，认为这是难题的不止我一个。

"既然是难题，我们两个臭皮匠要一起攻关。"我仰起头，直视他的双眼。

谷伊扬又将我拉近，脸贴着我的发鬓，轻声但坚定地说："不知道，这算不算个承诺，我一定会回来，找你……"

这个听起来，在我的字典里，就算是承诺了。

"……的、小、仓、鼠。"谷伊扬对自己的恶搞很有信心地笑了。小仓鼠是我去年生日时他送我的礼物。

我一拳击在他的腹肌上，又在他的胸大肌和胳膊上的这个肌那个肌上捶了无数下，他总算笑着呛着说："等我回来找你的时候，你再这样打，就算家暴了！"

这句话，算不算承诺？

谷伊扬七月中旬去的北京，最初的几天，两个人电话、QQ 朝夕相伴，毫无天各一方的感觉。他还说好了，过一个月就来看我；等到国庆长假，一定会到江京"长住"。谁知，亲密的沟通戛然而止，又是大半个月过去后，"伊人"（我给谷伊扬取的女性化笔名)非但未归来看我和小仓鼠,甚至没了音信。

我有太多的自尊不去"提醒"他我的存在,心里的失落逐步转化成愤怒。我知道这个世界变数无穷,只是没想到发生得如此迅疾。

同样在北京的成露以前就见过谷伊扬,谷伊扬刚去北京的时候,成露和罗立凡还请他吃饭,给他"接风",顺便警告他要"洁身自好"。她在电话里和我聊天时听说谷伊扬忽然没消息了,冷笑说一定会帮我查出真相,而且会"血债血还"。她不久就汇报给我,谷伊扬似乎一切正常,没发现任何包养和被包养的端倪;他上下班独来独往,同几个男生合租公寓,不泡夜店不洗桑拿不吃摇头丸;除了去能源局报到正式工作前回了一趟东北老家,也没见他有任何浪漫私奔之旅。

如果是这样,他对我的冷淡是不是有些奇怪?

有时候我宁可知道他有了新的感情,宁可相信他就近找到了填补空白的京城美女,那样只是再次证明两情难以在空间阻隔中长久的自然规律,我伤心后也会有个了断。就这样无声无息又算什么?

我已经打了多少遍腹稿,准备告诉他,算了吧,散了吧。正在犹豫用什么形式表达的时候,我骤然卷进了秦淮的生活,卷进了"五尸案"。我开始探寻一个骇人听闻的真相,我开始逃亡,隐姓埋名地潜伏。我无暇顾及那段已经若有若无的情感。命运弄人,一场惊心后,我又得到了一段若有若无的爱,一个拥抱一个吻后,秦淮也飘走到天边,杳无音信。

好像我这个人,天生注定,永远停留在爱情的始发站。

当我听成露在电话里提到,这次出行去东北滑雪度假,是谷伊扬发起时,一时竟说不出是什么感受,只知道不是甜蜜,不是憧憬,更多的倒是无奈和淡淡的惶恐,以及不算太淡的愤怒。我向成露抗议:"你怎么不早说?"

"早说,你怎么会答应一起去呢?"成露居然振振有辞。

谷伊扬挑头组织活动,这倒一点不出乎我的意料。大学里,组织活动是他的专长,在校内网上纠集了好几次暑期和黄金周的旅游。和他在一起的那一年,我只在国庆黄金周跟他回了一次老家,我更愿在长假期里陪着妈妈。

"他知道我可能会去吗?"谁能责怪我此刻的警惕呢?

成露说:"当然知道……"她迟疑了一下。成露这个人,想瞒什么都瞒不住。

"让我猜猜,是他提议的,是他提议让你叫上我的,对不对? 他到底想干什么?"谁又能责怪我此刻的愤怒呢?

"还能想干什么? 他想再接近你呗! 我这样的傻大姐都看得出来。"

"不觉得有点儿晚了吗?"难道真的会有人,把大学恋人晾在一边,无声无息又无爱地过半年,然后好像一切都没发生过,跑来"再续前缘"?

成露说:"可是……反正你现在……"

"我现在怎么样,和他当年劣质的玩失踪游戏没有关系!"

成露无语了,她能体会我。她这方面比我更显著,从小就是追求完美的"疙瘩型",不会让任何男生,无论再帅再豪富,招之即来,挥之即去。终于她说:"但是,你有没有想过,会不会,他有什么苦衷呢?"

6. 少了一个

　　屋外，风刮得肆虐。我也是到了这座高山间的木屋后，才生平第一次真切听到风的"嚎叫"——老家和江京冬天也会寒风大作，春天也会狂风卷沙尘，但很少会发出如此犀利的嘶吼，像山林间一个发了狂的野兽。

　　罗立凡说："这么大的风雪，我们走是走不到哪儿去的，风险太大了。我看不如耐心等待。天下没有不停下来的风雪，要保持乐观。"

　　简自远冷笑："首先要劝好你老婆，让她保持乐观。"

　　罗立凡横眉冷对："你管得好像挺宽。"

　　谷伊扬说："没错，现在肯定出不了门，但是我们从现在起，还是要收拾好主要的行李，做好随时离开的准备。等风雪减弱，或者度假村方面有了什么接我们下山的办法，我们可以立刻出发。"他环视门厅内的众人，忽然皱起眉，"这里怎么少了一个人？"

　　我知道，他说的是欣宜。

　　所有人都能看出来，黎韵枝对谷伊扬情有独钟——其实黎韵枝的出现就是因为谷伊扬的存在。但是我知道，对谷伊扬"垂涎"的，还有欣宜。

　　因为这两天，我和欣宜住在同一间客房里，已渐成闺蜜。

　　当初，我对成露所谓"他想再接近你"的理论半信半疑，我自以为对人的情感有基本的了解，知道一个变了心淡漠了情的人，不会在半年之后突然福至心灵地"回暖"。谷伊扬通过表姐邀请我参加活动，只怕还有更复杂的念头。如果不是为了成露，我绝不会迈上这条不归路。

当罗立凡掌驾的越野 SUV 开到我们学校宿舍楼下,当我一头钻进车里,我就知道我最初判断的失误。除了成露和罗立凡,迎接我进车的,还有一双炽热的目光——谷伊扬坐在车的后排,丝毫不掩饰一种期盼和渴望。

那目光烧得我羞恼,我想的是:祝你美梦成真。

7. 石语者

从江京一路开到延丰国际雪场度假村外的银余镇，除了基本的礼貌招呼，我没有和谷伊扬更多的沟通。有成露这个话匣子，旅途倒不会寂寞，而谷伊扬很识趣地没有说一些无聊的话，让彼此都难堪。或许，所谓的"他想再接近你"不过是成露的一厢情愿，或许，谷伊扬根本没有兴趣再和我多谈。

到银余镇的时候是下午三点左右，风和日丽，没有丝毫想象中东北冬日飞雪连天的景象。谷伊扬提议在镇上的超市里买些日用品和干粮点心，因为租好的那套木屋别墅远在高高的山腰，上下不甚方便。

说起来，这不是我第一次到长白山麓来。去年秋天，国庆黄金周，我抵不住谷伊扬的攻势，更主要是已经正式喜欢上他，就跟他回了一次老家。记得当时妈妈直担心我们发展得太迅猛，怎么就突然到了"见父母"的阶段了呢？我只好尽量说服妈妈，您不是已经见过他了？我去他家，其实也主要是玩玩，没有那么正式的。

记得那次并没有在银余镇停留。谷伊扬家在县城，我们去了天池等旅游点，离这里比较近的，也就是去了虎岗镇，那里有处叫回枫崖的风景点，看了惊艳的日出红叶。

时过境迁，不过是短短一年。

银余镇这家"欢乐福"连锁超市颇具规模，门口还有几个小店面。最喜欢新奇小玩意儿的成露没有去专注选购方便面和速冻饺子、包子，而是拉着我逛那些店铺。

其中的一家小店，专门出售长白山相关的纪念品，画册、挂历、天池烟灰缸、东北虎木雕、石雕。

我也饶有兴致地一路观赏,成露忽然搡搡我,指着一阵钝响传来的方向,小店铺的一角,一扇黑色的门,上方写着"天池玉石"四个字。成露问"进去看看"时,其实我知道她已经拿定主意了。

推门而入,里面一片漆黑,等外面的光线渗透进来,使我的眼睛适应了黑暗后,一个老妇人坐在桌前的身影逐渐清晰。我的心狂跳两下:她难道一直就这样坐在黑暗里?

成露也紧紧抓住了我的胳膊,身子微微颤抖着。我知道,她是看见了老妇人的怪异模样而心生惧怕:老妇人有一头雪白的长发,垂到了椅子腿侧,而她的肌肤却如刚步入中年般的滋润犹存。再走近点,终于明白为什么她会坐在黑暗中——她的双眼,像是两块卵石,光润,却无生气。

"哇,这么漂亮的石头!"美物的吸引立刻冲淡了成露的恐惧,她走过去,拿起桌上一块卵石,借着外面透过来的光仔细把玩,"真的是天池边上的石头吗?是您自己做的吗?怎么卖呀?"

一连串的问题,即便一副伶俐口齿也难一口气回答,更何况那位老妇人似乎不善言辞——她用手指了指桌前贴的一张硬纸板做的牌子,上面写着:天池玉石,88元/颗。

老妇人手里拿着一颗正在加工的石头,桌上是一架有磨盘装置的机器,我猜是一台手动的小型磨石机。她似乎对我们毫无兴趣,低下头,继续打磨那颗石头。有时候用机器,间或用一柄细细的磨刀。

在磨石机的钝响中,成露在我耳边轻声说:"原来是个又盲又哑的老婆婆。"她提高声音说:"八十八元,也太贵了吧!不就是颗石头嘛!"

老妇人头都没有抬,也不知是因为没听见,还是因为不屑理会。

成露将手里的石头放回去,手在桌边迟疑了一下,显然是发现,桌上正好陈列了六枚磨好的卵石。她想了想,又轻声对我说:"正好,我们这次来玩儿的是六个人,我把这六颗石头一起买下来做我们每个人的纪念品,再和她侃侃团购价,你说六颗三百块怎么样?我还是觉得贵了点,但反正说好了,这次出游都是罗立凡买单。"

我知道成露有乱花钱的习惯,阻止也没什么效果,就说:"我当然是觉得比较浪费,你看着办吧。"

成露凑到老妇人近前,高声说:"要不我把这六颗石头都买下来,三百块钱怎么样?"

老婆婆停下手中的活儿,看着我们(虽然我知道她一定什么都没看见),想了一阵子,拉开抽屉,摸出一个计算器,在上面敲了几下,拿给成露。我们凑到门口灯光下,看清计算器上的显示:388。

成露瞟了我一眼,有点忍俊不禁的样子,我知道她想说什么:这老太太还挺不免俗的,整天盯着个 8 字。她说:"好吧好吧,就三百八十八吧。您有漂亮点儿的小盒子什么的没有? 我要送人的。"

老妇人从挂在椅子背上的一个布包里摸出六只红缎面的小盒子,递给成露。成露拿出四张百元钞,递给老妇人,开始一个个将石头往小盒子里装。

"你们怎么躲到这儿了! 叫我们一通好找!"罗立凡出现在门口。

"哎呀你嚷嚷什么呀,我在买友谊纪念品。感谢我吧,帮你省了两百块钱呢。"成露说。

罗立凡摇着头说:"整天就瞎买东西。"

成露冷笑说:"钱这个东西就是这样,花完了就省心了,省得外面的人总惦记着。"话里带话,估计连失聪的老婆婆都能听出来。

"你们怎么在这儿?"随后跟来的谷伊扬的声音里,有一丝异样,是惊恐?

成露回头"切"了一声:"伊扬,你也太婆婆妈妈了,我们为什么不能在这儿?"

几乎同时,正在摸索零钱的老妇人猛地一怔。

谷伊扬有些发急:"快点儿吧,时间也不算太早了,还要登记、上山……"

忽然,老妇人伸出手,紧紧扣住了成露正在装石头的手。

"哎哟,你干吗?"成露惊叫。

老妇人使劲摇头。我惊问:"什么意思? 您不卖了?"

四张百元钞,又塞回了成露手里。

"怎么这样啊？听说过强卖的，还没听说过谈妥价钱又死活不肯卖的。"成露嘟囔着，横扫一眼罗立凡和谷伊扬，"你看你们两个捣什么乱，怎么你们一来她就不卖了呢？"

我走到老妇人面前，柔声问："请问，您能告诉我们，为什么又不卖了呢？"

她抬手，指向谷伊扬（仿佛她能看见他），缓缓摇头。

谷伊扬盯着老妇人无神的双目，声音镇定下来，说："别理她，走吧！"

这时我注意到，老妇人扬起手，将成露差点儿买下来的卵石，一枚枚扔向桌上的一个陶罐。虽然没有视力的帮助，卵石却精准地落入罐中，和罐里已经有的石头碰撞，发出清脆的响声，而她面无表情，仿佛不在乎精心打磨的工艺品被敲出瑕疵。

等成露他们走出小屋时，六枚卵石已经都进了陶罐。我仍旧站在原地，看着她古怪的举动。

我不甘心，让一个谜题在我眼前成为永久的谜题。

"究竟是怎么回事？"我在做最后一次努力。

得到的回答，只是一片沉默。老妇人捏着新打磨出的那枚卵石，似乎在犹豫不决。

我叹了一声，走向门口。

"现在就回去，还来得及。"老妇人忽然开口了。沙哑的嗓音，像是从磨石机里挤出来。

原来她一直都是会说话的！只是选择不开口而已。

我的心猛的往下沉，"那您告诉我，为什么？"

老妇人再次沉默，只是轻轻抚弄着手里的卵石。

我等了片刻，成露在外面叫："那兰，你还在里面干吗呢？"我回了声"来了"，继续往门口挪动。

似乎有一声叹息响在耳后。

随后，"哒"的一声。

我知道，最后那颗卵石，也消失在陶罐里。

那几颗卵石,一颗颗消失了。

此刻,在山风的嚎叫中,我想的是,欣宜在哪儿?欣宜怎么不见了?欣宜难道消失了?

门厅里,所有人的目光都集中在我身上,好像我这个欣宜的临时室友,是唯一知道这个答案的人。

我摇头说:"刚才听到我表姐叫,就立刻跑出来,现在想想,当时欣宜的确不在我们房间里。否则,相信她也会跟我一起来看个究竟。"这时,我感觉身上有些冷:先是那张诡秘的照片,然后是欣宜的不知去向。

还有老妇人的话:现在就回去,还来得及。

但是现在,已经来不及了。

8. 雪上菲

　　罗立凡和成露开来的 SUV 里并没有欣宜。欣宜是自己驾车到雪场的。成露告诉我,欣宜是通过微博联系上她的。定下这次出行计划后,成露当时随手发了一条微博:"准备去长白山新开的延丰滑雪场,谁想教我滑雪?"

　　不久,一位很早就在微博上关注她的叫"雪上菲"的网友给她发了私信,声称自己酷爱滑雪,还是位半专业的滑雪教练,一直在北京和河北两地"不够专业"的雪场挣扎,所以很想去东北"真正的雪场"一游,正好看见成露的微博,希望能同行。

　　成露和她通了手机,知道"雪上菲"的名字叫欣宜,两人交谈甚欢。到雪场前,成露还没有和欣宜见过面,我们还是到了木屋后,才和这位雪上运动健将第一次握手。

　　不过,在罗立凡的车里,成露就告诉我:"你一定会喜欢她,特爽气又乖巧的一个人。"我想,一身兼有这样两个优秀素质的人,又有谁会不喜欢?

　　同样是到了木屋后,我们才知道,欣宜的全名是穆欣宜,但所有人都只叫她欣宜。她自驾来,还自己带来了滑雪板和滑雪鞋。她说滑雪场租的器械还不错,但她自己的更习惯更舒服。成露电话里的遥感还真准确,欣宜的确是个讨人喜欢的女孩,长相甜甜的讨人喜欢,声音脆脆的讨人喜欢,两个深深的酒窝,还总爱笑,会发出很爽朗的笑,感染力强极了。最令人印象深刻的是她的身材,即便穿着厚重的滑雪衣裤,仍显得玲珑有致。

　　难怪开雪地车送我们上山的雪场服务员小伙,听说我们要去 16 号木屋,立刻问:"那位雪上飞的美女,原来是你们一伙的呀!"听上去好像我们是同一个山头出来的土匪似的。

成露叫道:"她把自己网名儿都告诉你了?"

服务员小伙说:"什么网名儿? 我是说她滑雪滑得贼好。她早来了半天,一直在滑雪来着,我看见了,问她什么名儿,滑雪咋滑得这么好呢? 她说,不知道我叫雪上飞吗? 我当她是开玩笑呢,敢情是真名儿啊。"

成露纠正他说:"是网名儿……你们雪场有没有规定,不许你们这些工作人员和顾客打情骂俏?"

开雪地车的服务员脸微红着说:"好像没啥明文规定,再说我又没有问她要手机号什么的……要了手机号也没用,这山里又没有信号……主要是好奇,来这儿的,女的滑雪滑得好的还真不多。"

成露一指罗立凡说:"这人不是女的,滑雪滑的也不怎么样。"

罗立凡扭头白了成露一眼,成露得意地微笑。我暗叹,成露这长不大的脾性,真的像是我的表妹呢! 而我,被身边的这个谷伊扬和海角天涯的那个秦淮,相继折磨得好像已经未老先衰!

穆欣宜站在木屋门口向我们招手,亮橙色的滑雪服,明媚的笑容,让我们这些爬坡爬得气喘吁吁的人们立刻觉得眼前一亮,浑身一阵轻松。

"你们回头看,多美多壮观的风景啊!"这是穆欣宜说的第一句话,真是一个极热爱生活的人。

欣宜的身边,插着滑雪板和滑雪杆,我惊讶地问:"你自己扛上来的?"

"是啊,其实还好啦,习惯了。"她看了一眼谷伊扬,笑意更浓,"谁让我爬上来的时候,身边没有肌肉男护驾呢!"好像她的双眼能穿透厚厚的大衣,看出谷伊扬肌肉的轮廓。

服务员小哥抗议道:"我可是自告奋勇过的!"然后在谷伊扬肩上拍了一下,又说:"当然,我和这位大哥没得比。"

9. 遗梦迷梦

这样绝命的风雪中，欣宜去了哪里？

众人的目光还盯在我脸上，似乎她的失踪和我有关，完全忽略了一个明显的事实，我对欣宜的了解，其实和大家一样肤浅。

我的头又开始一阵阵地刺痛。

不祥之感。鬼脸照。失踪。

一阵急促的叩门声，将我的注意力暂时从头痛上转移，所有的人也都紧张地望向门口。

门启，欣宜抱着滑雪板冲了进来。幸亏是谷伊扬开的门，换一个身材矮小单薄的，一定会被那股势头撞倒。

谷伊扬叫着："别急，别急！"

简自远叫着："快点，快点，快关门！别让冷气进来！"

"你跑哪儿去了？"谷伊扬和简自远同时问道，一个声音低沉，一个尖高，男声二重唱。

"这种天，能不能尽量不要出门？"简自远担心的显然还是在迅速消失的暖气。

谷伊扬说："我们都很担心你的安全，这样的天气……"

欣宜笑笑说："你不是也出去了吗……你们不是也出去了吗？"她飞快看一眼黎韵枝，又瞄目谷伊扬，"我其实想拉上你做保安的，但你那时候已经出门了。"

罗立凡叹口气说："总算都到齐了，从现在开始，大家都不要轻举妄动了吧。你们聊着，我去看看我们家太后怎么样了。"转身也回客房去了。过去他在亲友面前，也称呼成露为"太后"，我们想到成露的公主脾气，也都只是觉得好玩儿，但这个时候听来，却是那么刺耳。

我问欣宜："怎么？你去滑雪了？"这是显而易见的，我是想问：在这样的天气里，你居然能享受滑雪的快乐？索道缆车已经冰封，你又是到哪儿去滑的雪？

欣宜一把拢过我，小声说："哎呀你不知道，外面的雪可棒了！这么厚的雪，是我这样的滑雪激进分子最喜欢的！而且正是因为雪厚，所以根本不用到雪场去滑，这里那么多坡，都被雪填平了，所以哪儿都可以滑！等下午我带你去。"她又偷看一眼简自远，说："我才不会理那个家伙，真够衰的，怕冷能怕成那样！"

我说："这么厚的雪，你这样的高手喜欢，我这样的菜鸟，不把自己埋起来就不错了。我今天还是宅着吧，如果明天天气转好了再说。另外，我的头还是有点痛。而且，还出了一件意外。"我提起了那张被调包的奇怪照片。

欣宜脸上的笑容冻住了，轻轻地连声说着"天哪"、"这是怎么回事"。她将滑雪板和滑雪杆往我怀里一推，疾步走向成露和罗立凡的客房。成露需要安慰，再没有谁，比欣宜更会安慰人。这个，我自愧不如。

我拖着欣宜的滑雪板，往自己的房间走，谷伊扬上来，照单全收，陪着我往客房走，黎韵枝蹙着眉，幽怨地看着。我想对谷伊扬说，你不必这样。转念一想，我也不必这样。看着外面世界末日般的天气，知道我们已经断了电，和外界失去联系，谁想和谁走在一起，大概是我们能享受的唯一自由了。

到了我和欣宜合住的客房里，谷伊扬终于开口道："我有一种很不好的感觉。"

我说："同感同感。没电、没通讯、没交通、食物缺乏，谁要有好的感觉，那是叫没心没肺。"

谷伊扬苦笑一下说："我是说真的，最主要是成露的那张照片，太诡异了。"

"我看多半还是罗立凡干的无聊事！既然感情已经不在，真不知道他来干什么！"我恨恨地说。

谷伊扬低下头，过了一阵才说："人心是个很复杂的东西。"

是啊，我这个心理学专业的好像不知道似的。我柔声说："我没有影射你的意思，真的。"

他说:"我知道,你从来不是这样的人。我只想说,我和小黎之间……"他又不知道该怎么说了。

我勉强一笑:"你不用说了,你们之间怎么样,和我无关。其实,都过去快半年了……"时间可以治愈一切,也可以毁掉一切。

谷伊扬识时务地改了口:"我刚才在外面说的,也是真心话,我认为我做了一个非常错误的决定,租了这套木屋。所以无论简自远怎么说风凉话,我都无言以对。谢谢你对我的维护。"谷伊扬盯着我,那目光,是我想见但怕见的温柔,"你的头痛,好些了吗?"

我想说,没有加重就不错了。但我不愿增加他的负疚,只是笑说:"还好。"

我从来没有过慢性头痛或偏头痛的问题,但自从住进这座木屋,我就开始了持续性的头晕和头痛。

我不是唯一的"受害者":自称连石头都能消化的谷伊扬,住进木屋第二天开始上吐下泻;本来就相当情绪化的成露,变成了新版林黛玉,泪水成了每日必修;永远在挑剔的简自远,像是得了躁狂症,见到任何人任何事,都要狂吠一番;罗立凡抱怨连连失眠;就连欣宜,永动机一样的滑雪宝贝,有时候也会抱怨乏力感,而且,不是高地缺氧胸闷气不畅的那种乏力,而是那种感觉晕晕乎乎的乏力感。

从这点看,住进这座木屋,也许真的是个莫大的错误。

谷伊扬说:"你看上去,还是有些憔悴。休息一下吧。"

我点头,"是感觉还有点没睡醒的样子。想再打个盹儿,希望醒来,不会发现再有人消失。"

只是拙劣的玩笑话,没想到成了一句拙劣但恐怖的预言。

谷伊扬离开的时候,欣宜回到屋里,开始细细擦拭滑雪板和滑雪鞋——这是她的习惯,每次滑完雪后一定要做的修行。

然后我渐渐睡去。

狼嚎般的风声、时轻时重的脚步声、各个客房时开时关的门声、忽远忽近的低语声,汇成毫无乐感的交响,更无法充当一个头痛欲裂者的催眠曲。我躺在床上，昏昏沉沉，似睡非睡，偏偏梦魇不断。

无脸的长发女，穿着成露的睡衣游走；撩起遮脸的长发，却是黎韵枝的俏颜，满面是血！然后是谷伊扬的脸、罗立凡的脸、成露的脸、穆欣宜的脸……还是那张照片，那张合影，所有人的脸，都只剩下了骨架，鲜亮滑雪衫的上方，是一只只骷髅，黑洞洞的眼眶如无底深渊。

这样的脸，居然还在说话："食物！怎么分配剩下的食物？"

略尖细的男声，口臭。

简自远！

"大家一起来决定一下，怎么分配剩下的食物！"

无聊，我在梦里想。食物固然重要，但生死存亡更重要。

为什么会有生死的顾虑？别忘了，这只是一个梦。

怎么会没有生死的顾虑？横梁上垂下来的那头黑发，披面而来，遮住了我的视线。

我的视线？

我高高在上，俯视着"众生"，却丝毫没有做上帝的感觉。我只是个被吊死的冤魂，而已。

但我可以看见身下的一切，我可以透视出每个人都心怀鬼胎。我可以看出罗立凡要如何摆脱成露；我可以看出黎韵枝要如何锁定谷伊扬，成为他生命的一部分；我可以看出简自远要如何使自己成为最后一个幸存者；我可以看出穆欣宜要如何快乐至死；我可以看出成露……我那单纯娇纵又脆弱的表姐，她要干什么？

她为什么在午夜游走在木屋门口？她为什么对着窗外黑暗中的漫天风雪发呆？

然后，她倏忽消失。

再次出现的，却是欣宜。

欣宜抱住了我，摇着我，像是在绝望地摇着一具已经毫无生气的尸体。

醒醒，那兰你醒醒！

我醒过来，面对的是泪流满面的欣宜。

在最风雪阴暗的日子里都阳光满溢的欣宜，如果她忽然泪流满面，只有一个可能，这世界真的要毁灭了。

我的头还晕沉沉，脑底还在隐隐作痛，我问她："怎么了？你这是怎么了？"窗外似乎是暗淡晨光，或许是傍晚，说不清。

"成露……"欣宜哽咽着说不下去。她穿着睡衣，头发略凌乱，显然是刚睡起不久。

我的心一阵大乱："成露怎么了？"

"失踪了！成露失踪了！"

头剧痛。

成露，失踪了？

随后，在我脑中，冒出的却是另一个名字。罗立凡！

成露的失踪，最先要盘问的，当然就是她的丈夫罗立凡。

10．露失楼台

依我对成露的了解,她不会在这样的天气里独自出门去寻找下山的路,更不会有兴致去做雪上运动。她的消失,是真正的失踪。

就像在我梦里看到的她,消失得无影无踪。

我跌跌撞撞地赶往成露和罗立凡的客房。这短短的二十几步里,我逐渐明白,自己的确昏睡了将近整整一天。这座木屋,似乎有着一种邪恶的魔力,改变着每个人,如果我的头再这样痛下去,如果我再这样噩梦频频地昏睡下去,疯掉几乎是必然的。

或者说,精神病的病程已经开始了?

成露和罗立凡的客房里,所有的人都在。罗立凡坐在床边,一日不见,仿佛年长了二十多岁,十足成了一位中年人。他的浓眉紧锁,额头上皱出深深的纹路几许。他的目光,现出从未有过的呆滞——他素来以灵活著称,家里家外都是如此,才会有今天事业上的"辉煌"和成露的不幸。他的头微低着,那份熟悉的自信似乎抛在了雪天之外。

他面如死灰,仿佛挣扎在死亡边缘。

或许,只是屋里缺少灯光的黯淡效果。

我立刻想问:"你难道是和衣睡的? 怎么整夜过去,还穿着出门的衣服?"赤裸裸的质疑,随即又注意到他脚下的靴子微湿,知道他一定去过户外。他身边的谷伊扬也同样穿着外装,靴子上也湿了一片,联想一下,两人一定曾共同在木屋附近搜查成露的线索。

见我来到,没等我发问,罗立凡主动开口,应该是说过不止一遍的一番话:

"昨晚,和伊扬一起喝了点酒,基本上是空腹喝的……我们的食物本来就不多了……大错特错的决定……我酒量本来就一般,很早就在沙发上昏沉沉睡了。一口气睡到凌晨六点多,起来回到我们屋里,才发现露露不见了。"

"昨天晚上呢?你睡觉之前,成露在哪儿?"我问道。

"我睡觉前,还看见她在电脑上玩游戏。我劝她省着点儿电吧,她还说,又上不了网,省着能有什么用呢?还不如及时行乐。"罗立凡艰难地叹出一口气,"好像,那是我们两人之间,说的最后一句话。"

最后一句话,也是争执抬杠。

硕大的疑窦明摆在我面前,"你为什么在沙发上睡?为什么好端端的不在你们的客房里睡觉?"

这回,在场所有人都惊诧莫名地看着我。

我隐隐觉得不妙,"怎么了?"

罗立凡摇摇头说:"你不是在开玩笑吧?上次大吵过一次后,我和成露分开睡已经两宿了,这两天晚上我一直睡在沙发上,这里所有人都知道,你也知道的呀!你还看到过我!"

"真有这样的事?"我揉着太阳穴,手指下是无力的脉动。

谷伊扬说:"这个倒是真的,我可以作证,这两天晚上,立凡的确是睡在客厅里。"

"我也可以作证,"简自远也说,"昨晚我照例失眠,出来在客厅散步的时候,罗老弟鼾声动地。"

为什么我不知道罗立凡和成露"分居"的事?我的记忆去了哪里?

我开始环顾客房,"你们里外都找过了?"

谷伊扬说:"每个房间都看过了。基本上可以排除她藏在木屋里……"我皱眉、摇头,成露再小孩子气,也不会在这种时候玩捉迷藏。谷伊扬指着地板,"尤其,我们发现,她的拖鞋留在客房里,但是她的靴子却不见了。"

"表明她一定出去了?"我喃喃地说。或者,她穿着雪地靴"藏"在木屋里。

谷伊扬点头说:"我们也是这样猜的,她出去的可能比较大。立刻又在木屋外仔细找了一遍。昨天下午雪停了一阵,但到了晚上,风雪又加剧了,我们打开门的时候,平平白白一片,一个脚印都没有。想想这么大的雪。只要她出去超过一个钟头,就不会有任何脚印留下来。"

如果成露走出门,睡在厅里的罗立凡是否会听见开门关门的响动?那也要取决于熟睡的程度。

我说:"听上去,你们好像认为,她是自己主动出门的?"

罗立凡说:"当然不是,我大概是最了解露露的……"

真的吗?我几乎就要脱口而出。尖酸和讥嘲永远不是我的强项,但我骤然失去了心爱的表姐,焦虑快要将我推向失态。我还是忍住了,我知道这个时候的关键,不是拌嘴和空洞的猜疑。

罗立凡继续说:"我了解露露,在什么样的环境里,她娇小姐的性子不会变,所以,在这样的天气里,尤其在一片漆黑里,一个人走出温暖的木屋,绝对是不可思议。"

欣宜小心地问:"你的意思,成露她……她可能是被害?"

谷伊扬摆手说:"这个结论下得为时过早。刚才我和立凡用铁锹在附近的雪里探过,没有发现尸体。"我皱着眉想:这样做远非高效,但至少表明没有被抛尸在门口。

天哪,难道要真的做这样的假设?

罗立凡抬起脸,环视众人,他的脸色还是那么苍白,却保留了一丝常见的果决。他说:"我睡得沉,没有听见任何响动,甚至大门打开的声音,所以你们晚上要是听见、看见什么,可以谈谈。"

我立刻想到那个梦,那个倏忽消失的成露,午夜徘徊在木屋门口。我几乎就要开口提到愚蠢的梦境,但清晨带给我的一点点清醒还是让我守口如瓶。

对罗立凡的问题,众人都缓缓摇头,不知为什么,有两个人的目光望向我。欣宜和简自远。那是种欲言又止的目光。

为什么都看着我?

罗立凡又一叹:"这么说来,露露的消失,真是奇迹了。没有出走的理由、没有挣扎、没有痕迹，就这么消失了。"

欣宜冷笑说："没有出走的理由？你们之间，好像不是风平浪静吧。"知我心者欣宜，她说出了我的怀疑。

"你是什么意思?! 她如果真要是生气出走，不知道有多少次机会，为什么要在这大雪封山的夜里?"罗立凡硬生生地顶回。

我看着罗立凡，"你们之间的问题，我们都能多少看出来一些，但是，还有很多我们看不出来的，只有你们自己知道的，是不是会和她的消失有关?"那冰冷的声音，好像不是发自我的声带。

罗立凡一凛，盯着我问："你是什么意思?"

我淡淡说："我只是想找到露露。而且我相信，你，知道我是什么意思。"

11. 真相恶

　　这套别墅木屋一共四间客房,一个客厅。其中的两套客房里直接带了卫生间,另有一个公共卫生间在走廊里。最初,简自远和欣宜是最先登记入住的。简自远当仁不让地占了一套带卫生间的客房,后来还是谷伊扬将他的东西都扔了出来,让我住进去。我想将这套条件好点的客房让给欣宜,欣宜不肯,两个人谦让了很久,才决定还是欣宜住。另一套带卫生间的客房很自然地由成露和罗立凡居住。谷伊扬和简自远合住一间客房;我和欣宜各自住一间客房。直到后来黎韵枝出现,我才又搬进欣宜的客房。

　　听上去是有些复杂,典型的世上本无事,庸人自扰之。

　　入住后的头天晚上还没有黎韵枝,只有成露和罗立凡、谷伊扬、欣宜、简自远和我。木屋里有度假村提供的袋泡茶,安顿下来后,我美美地泡了一杯热茶,身心舒畅。天黑下来后,所有人一起坐"木屋专线"的缆车下到半山腰雪场接待大厅附近的饭店聚餐、K歌,纵横阔论天下。雪场度假村的主餐厅规格不凡,金碧辉煌,墙上除了名家字画外,还有雪场度假村集团老总和各路影视明星的签名合影。罗立凡对这位老总的背景饶有兴趣,谷伊扬说这位老总叫孙维善,本县人,是位活动家,不知从哪里拉来一批资金投建了雪场度假村后,为富且仁,捐款建校,口碑很不错。成露曾冷笑说:"罗总是不是要和孙总订个商务见面的约会啊?"罗立凡倒是没和她争辩。

　　继续聚餐、K歌,众人酒兴高高地返回,坐在缆车上,仰望深蓝天幕上的星星,也许是因为高山之巅,拉进了距离,星星们看上去好像就在头顶,伸手可摘。只不过它们一点也不可亲,只是冷冰冰地看着我们这群半疯半痴的年轻人。

不知为什么，我只依稀记得，那晚聚餐的时候，我极度兴奋，大笑大闹。这样的撒疯，如果是成露，属于家常便饭，对我来说，算是激情燃烧了，好像骤然回到了快毕业的那阵，一群没有了学业牵绊的姐妹，在学校各处"淘野"。我还记得，兴奋中的我竟然也和谷伊扬说话了，但肯定没有说任何动听的情话绵绵，是谩骂，还是冷嘲热讽，我真的记不起来，也不那么重要了。

玩得最疯的，当然还是成露。她爱唱歌，是整个包厢的麦霸。她一边唱，一边喝当地的特产"延春大曲"。她能喝，也能醉。坐在缆车上时，她已经酩酊，她勾着罗立凡的脖子，问他："今晚你爱我不？"罗立凡有些尴尬地说："爱。"成露随后一阵怪笑，说："那你明天是不是就不爱我了？"

可爱的女生，醉酒的时候也会比较无理；平时就比较无理的女生，醉酒的时候就是混世魔王。

印象中，那是成露最后一次尽兴快乐，之后的这几天里，她的情绪一天比一天消沉，眼泪一天比一天汹涌。

我和罗立凡一起扶着成露到了客房，将她安顿在床上。那时成露居然还在哼着歌，只不过调子已经走得面目全非。我跟她说了晚安，准备走出门的时候，却被罗立凡一把抓住了手臂。

我这时已没有那么亢奋了，只是一阵警惕，怒视他说："你这是干什么？"他难道真的变成了那种人？想到成露曾说起，罗立凡原先不同意出游，听说我要同行，才改变了主意。难道……我不由一阵阵恶心，头开始隐隐地痛。

罗立凡依旧善于审时度势，很快松开了手，歉疚地苦笑说："对不起……我……只是有些话，不知该对谁说。"

我想，对谁说也不要对我说。但他的眼中，似乎有一丝很难假装的苦痛。我向床上瞥了一眼，成露仰面朝天，已经发出了均匀急促的鼾声。

"你想说什么？"我小声问，"我知道你们两个，感情上可能有些问题，但是婚姻里头的事，公说公有理，婆说婆有理，我呢，基本上会站在婆的一边，露露的一边，有所偏见地看问题。"

"谢谢你这么坦率。"罗立凡又苦笑一下，"没错，我是想谈，我和露露之间的事。"

我说："我洗耳恭听。"

罗立凡说："希望你不要先入为主。这会和你的性格不太吻合。"

"你很了解我吗？"话出口，知道不妥。

四目交接，罗立凡轻声说："你应该知道的，我其实比很多人都更了解你。"他低下头，定了定神，又说："无所谓了，本来就不打算说服什么的，只是想告诉你一些真相。"

"让我猜猜，你是不是想说，你虽然身为高管，时不时出入声色之地，但洁身自好，很干净？"也许是看成露醉得不成样子，我下意识地代替她进攻。这和我平日风格大相径庭，也许，那突如其来的亢奋感最终还有些残余在我体内，只能怪这奇异的木屋。

罗立凡耸耸肩说："洁身自好谈不上，逢场作戏总是有的，人在江湖什么的，我没有必要抵赖或辩解，但成露也并非不食人间烟火，离社交名媛也差不太多了，所以她其实比谁都理解我的情况。我们俩之间最严重的问题，并不是因为我有了小三小四，那只是露露释放的烟幕弹，真正很难继续和谐下去的原因……你很聪明的，我讲了这么多，你应该知道了吧？"

我说："你太高估我了，其实我越听越糊涂了。"

罗立凡盯着我的脸看了一阵，大概没看出我是在装糊涂，说："我们很难再生活下去的最主要原因，是因为她有了外遇。"

如果说刚才我多少还是有点装糊涂的成分，此刻听到这句话切切实实从罗立凡嘴里说出来，我还是一阵心惊。

我该相信谁？

"你说一，她说二，我该相信谁？"我问。

"你当然会相信成露，但我问你，她说我有小三小四，她说看到我公司的专用手机里一片风花雪月，但有没有给你看证据，看实物？"

我暗叫不妙："难道，你可以给我看什么证据？实物？"

"如果你想看的话。"

"我不想看，你给总结一下吧。"我的头更痛了。

罗立凡张嘴准备说什么，但还是闭上了，摇头说："算了吧，真相伤人，尤其今晚上大家都玩儿得这么开心，还是暂时不败兴了。"

我冷笑说："你欲擒故纵？"

罗立凡也冷笑说："你聪明得吓人，而且还没有学会掩饰。等你学会掩饰后，就更可怕了。"他走到一个皮箱前，摸出了一个带拉链的塑料文件夹，打开，从里面摸出几张照片。

我的手脚突然变得冰冷。

照片本身质量不算高，略模糊，显然是偷拍的，但可以看清照片上的男女主角。男的宽肩长发，女的丰姿娇容。

男的是谷伊扬，女的是成露。

沉默了一阵，我说："这不算什么吧，他们本来就认识，也许聚在一起，商量这次出行呢。"但明知这是个不攻即破的借口。数张不同的照片上，两人的着装和季节不同，从初秋的单薄衬衫，到冬日的厚重大衣，两人在不同时间、不同地点见面，侃侃而谈。甚至有一张，成露的手，搭在谷伊扬的肩头。

这半年来，成露和我通过数十次电话，除了谷伊扬刚到北京时一起吃过一次接风宴，之后，她从未提及两人再见面。

屡次见面。

或许，这很自然地解释了，为什么谷伊扬到北京不久，就和我断了联络。

罗立凡说："都是老相识，见面本来无可指摘，只不过，这几次见面，成露一次都没告诉我。而且，这也只是我怀疑的时候临时找人跟踪的，我忙起来的时候，没有起疑心的时候，还不知有过多少次。"

我还在错愕中，在深深受着搅扰伤害中，居然还在替成露反攻："也许，如果你不派狗仔队跟踪，她会对你更坦诚些。"

罗立凡的呼吸开始急促起来，"我还能怎么样？是我太痴心，我不想失去她，才会在感觉到她有移情的倾向时去跟踪观察她。你以为，我做这一切很自豪很有快感吗？"

我还是没能消化刚才的见闻,目光呆呆地在照片上胶着了片刻,又把它们推回给罗立凡,问道:"那你为什么要到这里来? 如果仅仅是想告诉我这些破事儿,完全可以在电话里,或者在江京……"

"我希望得到你的帮助。帮我,让成露再回到我身边。"罗立凡的眼中,是无法质疑的诚恳,"这是最好的时机。出游在外,休闲的环境,不像在北京,或者回到江京,太多世俗的干扰。你是我见过最善解人意的女孩子,说话一直很有说服力,成露也最听你的。"

"但你有没有想过,谷伊扬……另一个'当事人'在场,你难道不怕越来越乱?"更不用说,谷伊扬和我之间的那段往事,乱上加乱。这样的乱,我实在无力奉陪。

"一点也不会! 我在想,谷伊扬除非脑子里进了猪油,不可能对你没有留恋,他见到你以后,一定会知道自己做了多么愚蠢的事,一定会想方设法赢回你的感情。"

原来,我是一个中介,也是一个道具。

如果罗立凡说的——属实,我会为他对成露的真情感动。问题是,我能不能相信他?

仿佛看出了我的犹豫,罗立凡说:"我说的这些,你只管去问成露,或者谷伊扬,我不怕和他们对证。"

我说:"我至少相信,你的照片应该不是假的,至于他们之间的事,机会合适的时候是应该弄清楚。我想,最终也会有一个明确的交代。当时成露说,要我来的原因,也是希望能和你复合。你们两个想到一块儿去了,还有什么不好办的?"我只是奇怪,既然都一心想复合,为什么两个人还是一副貌不合神又离的样子? 或许,只是两个人的骄傲,阻止着进一步的沟通?"我会尽力帮你们,但不能保证有效。尤其……如果别恋是真,再怎么样都是螳臂挡车。"

如果别恋是真,我会改变更多对这个世界的看法。

罗立凡悠悠叹一声,又像是对我说,又像是自言自语:"如果这次不能成功,我就彻底失去她了,她就要彻底从我生活中消失了。"

12. 寻无计

　　此刻，在成露消失后，当我说出罗立凡和成露之间也许还有更多隐情时，客房中的所有目光都盯着我，然后又都转向罗立凡。我对罗立凡说："你，知道我说的是什么意思。"罗立凡站起身，目光里闪的竟是一种凶狠，"你是说我害了露露？"

　　如果我不是头晕头痛了数日，失去了往日的清晰思路，不会说出刚才那样的话。这是不是又一个迹象，我在失去自我？

　　罗立凡的嫌疑的确比任何人都大，他有成露"偷情"的证据，他和成露已经闹到冰火不容，一时失控不是没有可能。成露的那张被鬼化的照片，也最有可能出自他的手笔。但我这样直直地让他"招认"，结果如何，可想而知。

　　我退后一步，淡淡说："如果我真的认为是你，会说出来吗？"

　　罗立凡的脸色稍稍缓和，我又说："你看一眼这屋里的所有人，谁是最了解表姐的？是谁和她朝夕相处了三年？所以只有你，可能猜得出她去了哪里。"我强忍住了另一句话：还会有谁，比你的嫌疑更大呢？

　　罗立凡不再作声，走到窗边，望向漫天飞雪。

　　我又说："我们也都别闲着了，一起在这木屋里一寸一寸地找，发挥想象力，夹层、地穴……都考虑进去，任何线索都不要放过。"

　　从欣宜的泪水到黎韵枝的满面愁苦，可以看出，整个木屋里的旅伴们都没有轻视这一事件。他们开始在各个房间搜寻，但谁也不知道该找什么线索，观察什么异样，只是茫无目的地东张西望，东翻西找。

　　但如果他们知道，成露的失踪只是悲剧的开始；如果他们知道，自己也将从这个木屋消失，也许那天的搜寻会更高效，更有紧迫感。

我拉开走廊里的一小间壁橱、走廊里的卫生间门，厕所、浴池里，空空荡荡的。

又拉开同样在走廊边的储藏室的门，微湿的地面，不足为奇，因为那里有堆雪人用的铁锹和欣宜的那套滑雪板、滑雪杆和滑雪靴。

木屋有间小小的阁楼，谷伊扬告诉我，那几乎是他和罗立凡第一个搜寻过的目标。我还是将它作为我搜找的一个目标。在自己客房里简单梳洗了一下，换下睡衣后，我来到走廊尽头，踩着木梯爬了上去。

阁楼没有窗，里面一片漆黑。

我拧开手电，立刻看到的是几桶洗洁精和一堆烧火用的木块。突然，我听到一阵细微的响动。

嚓。

我凝神听了一下，响动又消失了。

或许是我自己脚下木板被挤压后发出的声音。

我继续"一寸一寸"地让手电光慢慢移动：两包老鼠药、三桶清漆、一摞折叠椅，空白、空白……

嚓。

我猛地将手电环照，阁楼的短墙上，现出一个狰狞的人影。

"是谁?"我惊起身。

"那兰，是我!"

是简自远。

13. 夜游同志

"你干什么啊？不声不响的，存心吓人吗？"我没有丝毫心情修饰我的措辞。

"嘘，轻声一点好不好。"简自远压低了声音。嘴里的"清香"已经近在咫尺，我向后挪了挪。

"为什么要这么鬼鬼祟祟的？"我质问。

简自远说："有条重要的线索……我觉得最好先告诉你。猜你会找到这儿来，就在此等候。"

"刚才说也没关系啊，为什么要憋到现在告诉我？"

"你会理解的……刚才罗立凡问大家昨晚听见什么、看见什么没有，我差点儿就说出来了，但怕添乱，所以现在告诉你。"简自远停下来想了想，好像在重整思路，终于又开口的时候，我真的对这个世界产生了怀疑。

"昨晚，半夜里，我看见你了……"简自远缓慢地，一字一字地说，好像生怕我听错。

"这怎么可能，我一直在睡觉……"

"就在这里，阁楼里……你爬上了阁楼。大概半夜一点多钟。"简自远说完，长吐了一口气。

我觉得自己的呼吸似乎突然停止了——整个世界似乎停止了，在等待着我麻木的大脑苦苦寻找一线生机。

"你也太会胡说八道了！谁都知道，我睡了整整一天一夜！"我抗议着。根据我对简自远的粗浅了解，胡说八道并非他的弱项。

"我知道你睡了整整一天一夜，快晚饭的时候，我还试图请你起床，谈谈食物的分配问题,可是你坚持睡着,倒省心了。我们可是好一番挣扎。"简自远哼了几声,好像在抒发没有吃饱的遗憾。

感谢他的提醒,我这才感觉到强烈的饥饿感。整整二十四个小时没有吃一点东西,难怪我的头还在痛,我的思路一团泥沼,我的四肢酸软。我问道:"那你是什么意思?!难道你说我梦游吗?我自己怎么一点也不记得?"

真的吗?那我为什么会有种俯视的感觉,高高在上的感觉?为什么在"梦里",看见成露徘徊在木屋门口。这么说来,一切似乎不是偶然,迷梦似乎也不那么离奇难解了。

简自远显出少有的耐心,"不是你梦游,是我梦游。你难道忘了我有失眠的爱好?"

住进木屋的头一晚,也就是罗立凡和我"推心置腹"之后,看了那几张成露和"男性友人"约会的照片后,我回到自己的那间客房,静静地享受着初次到来的晕眩和头痛的折磨。闭上眼,那些照片在眼前缤纷晃动,像个劣质的偶像剧片段。

谷伊扬,你很让我失望。

还有成露,我疼我爱的表姐,你也很让我失望。

可以解释一下吗?这是为什么?

还有秦淮。错误的历史在成功地复制着自己。话说天下大势,分久必合,合久必分。

就是这样错误的历史。

我失眠了。

在床上辗转了不知多久,屋里奔腾的暖气令我浑身燥热,促使我彻底放弃了和清醒的搏斗。投降。我先是对着窗外伸手可及的星星发了一阵呆,被热风摧残得受不了,于是关了暖气。保温杯里的茶水尚有余温,我呷了两口,水杯几乎要见底了,便走出客房,准备去厨房续点开水。

走在黑暗中,感觉神智清爽了许多,头痛的症状也略有减轻,大概是客房外没有那么炼狱般的干热。我悠悠荡荡,穿过客厅。

厨房是开放式的,和客厅相连。迈出没两步,我突然听见了一阵极轻微的响动,像是从厨房里传来。

我的眼睛已经适应了黑暗,可以大致看出身边的沙发、靠椅,但还看不了远处。只依稀看见厨房灶台上,有个模糊的黑影。

或许,只是个锅子或者水壶。

"有人在吗?"我轻声问着,并开始在墙上摸索着电灯开关。

那黑影消失了,像是化在了黑暗中。

几乎同时,我觉得脚踝似乎被轻轻的撩拨了一下。仿佛有个无形的人,和我擦身而过。

"谁?"我急转身。

不知道是不是我产生了错觉,黑暗中,似乎有双暗绿色的眼睛,对我,只是一瞥,转瞬即逝。

我迈步去追,却撞到了黑暗中的一个身体。

"啊!"我轻声惊呼。

"嘘,不要叫,是我!"一个男声,努力压低了。我仔细辨认,听出是今天刚认识的简自远的声音。

"看见没有?"我问。

"看见什么?"简自远显然不知道我在说什么。

"刚才,有一个……人……或者东西,我不知道,开始是在厨房,后来从客厅消失了。"

"你眼神不错啊,这么暗,你能看那么具体?"简自远明摆着没看见,而且不相信。

"你一个人黑灯瞎火地在干什么?"我不打算说服他。

"我能不能问你同样的问题?"这是我第一次体会到,简自远嘴里会传来阵阵刻骨铭心的口臭。

我说:"我睡不着觉,出来凉快凉快,顺便给我的茶续水。"

"半夜喝茶？看来你是准备清醒到底了。"简自远嘴里发出"啧啧"的声音。

"你呢？我可不可以说，不肯正面回答问题的人，总有什么想藏着掖着？"也许是对他的态度表示不满，也许对他一开始就没有好印象，我居然又现出了我的攻击性。

简自远干笑两声："听说你是心理学系的研究生，说话里是有那么点味道。"

我心想，你说话的时候才有"味道"呢。"过奖了，真正的心理学高手才不会像我这样冒失地说话，才不会像我这样直截了当地提问，还居然得不到回答。"

简自远又干笑两声，说："有那么难猜吗？我和你一样，也睡不着觉呀！搁在北京，这个时候，我还在后海的夜店里泡着呢。何况，我的失眠，是有历史、有深度的，每天要靠吃安定才能睡着。今晚，我正好要在这里做些有趣的事，你瞧，"他忽然揿了什么开关，一道光闪过，我发现自己的脸，正对着不远处一个黄豆般大小的白灯，"笑一笑，呵呵。"

"照相机？"他在搞什么名堂？

"是摄像机，有红外系统的摄像机，平时也对着窗外拍风景，它可以无线连上我的电脑和移动硬盘，实时传到网上，记录我们这次愉快的旅行……"简自远的得意之情，溢于言辞。

我用手挡住了镜头，"你得到我们的同意了吗？谁授权给你了?!"

简自远一愣："啊？自娱自乐还要授权的？你问问谷伊扬，我给他老人家拍了那么多青春照，好像从来没有授权的问题啊？"

两个多月前，能源局餐厅午饭的时候，一位戴无框眼镜、脸扁扁的中年人走到谷伊扬的桌边，拿出几张照片。谷伊扬先是一愣，随后看清照片上都是自己在局里团组织活动篮球比赛的"英姿"，笑着说："想起来了，你好像是专门负责摄影的那位。瞧这拍的，真专业！"

那人自我介绍叫简自远，在能源局的信息政策处工作，他说："不是我吹啊，要不是因为舍不得公务员这个饭碗，否则，要是去开影楼，一定赚钱。等你结婚的时候，一定找我给你拍外景。"

谷伊扬当时的脸色黯淡下来，"我才大学毕业。要等到我结婚，您老头发都要白了。"

"你这么一大帅哥，女朋友一定有了吧。"简自远给谷伊扬的第一印象就没有太好，有点太娱乐记者的感觉。

谷伊扬岔开话题，说自己是驴友，下回如果组织旅游活动，一定请他助阵。简自远给他留了手机号，后来在机关里又见过几次，打个招呼就过去了。谷伊扬这次策划到延丰滑雪场，木屋都租定了，但并没有请简自远"助阵"。临出发的一天，两人又在餐厅遇见，简自远问谷伊扬春节有什么安排，回老家还是留守北京云云，谷伊扬轻描淡写地提到要跟几位"亲友"去老家的雪场。简自远的双眼立刻放亮了："听说冬日长白山，一步一景。我在北京拍雪景已经拍腻味了，要去真正的雪山拍才叫过瘾，正好做你们几位亲友的御用摄影师怎么样?"

14．黑暗的眼睛

　　此刻，在黝黑逼仄的阁楼里，在找寻成露的盲目中，我忽然冒出一个念头，"摄像机！你的小摄像机！"

　　"我的摄像机怎么了？你又不让拍。"简自远说。

　　"但是你后来不是说，既然不拍人，不拍生活，但是可以拍雪景、拍日出，所以你还是把摄像机架在三脚架上，反正是个网络摄像头，出来的文件小，不占硬盘的。摄像头对着窗外，说不定可以拍出些什么，比如……"

　　简自远打断道："可是我的女福尔摩斯呀，停电了一天多了，我早就把摄像机和电脑关了。你看什么呀？"

　　我叹口气道："麻烦你听我把话说完好不好？我知道摄像机不可能拍下昨晚发生的事，直接拍到成露失踪的真相更是不可思议，但是至少可以拍到一些停电前那两个晚上的情况，或许其中有和成露失踪相关的内容。"我搡了他一下，"走，下去，与其在这里摸黑，不如去找找更有可能存在的线索。"

　　两个人一起到了阁楼门口。嚓。

　　我的心大跳："听见了吗？"

　　"什么？"简自远一脸茫然。

　　"嚓的一声。"我又回过头，再次打开手电，往阁楼里照去。

　　还是什么也没看见。

　　"你不要这么一惊一乍好不好？你表姐肯定就是出去玩儿了，咱们别自己吓唬自己。"简自远摇着头说。

　　走下阁楼，正巧撞见欣宜。简自远恶心地故意显出一副很陶醉的样子，往我身边靠了靠。欣宜大惑不解地看着我们两个,等简自远走过,在他身后,她拉住我,指指他的背影,又指指我,微启朱唇,但不发音地说:"你们两个……我都要吐了!"

我凑到她耳边轻声说:"怎么可能,你不要乱想啦! 我在上面找线索,正巧碰到他。"

欣宜也低声说:"我正在到处找你呢!"

"有什么事儿吗?"

"刚才一起开会的时候,我差点儿说漏嘴,不过还好忍住了,但一定要尽快让你知道。"欣宜脸上写满了焦虑。我暗惊,想起在成露的客房,她也曾意味深长地看过我一眼。

"什么事儿这么严重?"

"昨晚……可能算不了有多么严重……"她细细白白的牙齿轻轻咬着嘴唇,顿了一下才说,"半夜的时候,我……看见你,起床了,走出我们的客房。"

我紧紧抓住欣宜的胳膊,几乎是在靠她支撑着。我的脑中一片空白,全身的血液不知流向了何方。

"你怎么了?"欣宜关切地看着我。

我摇头,苦笑:"没什么,有些惊讶。我一点都不记得了。"

"我当时叫了你一声,你没反应,直接开门到了走廊。我跟上去,"她向头顶望了一眼,"发现你,先是在客厅里转了一圈,然后打开了走廊里卫生间的门,然后呢,最奇怪的是,爬上了阁楼。"

两个人目击了我夜游阁楼。"然后呢?"我问。

"我在下面等了大概五分钟吧,你下来了。爬楼梯不是特别稳,但也没伤着,你又在走廊里转了两圈,然后就回房间躺下了。自始至终,我都没敢叫你,怕……听说梦游的人不能叫破的。"欣宜说。

我又想了想,问:"你还记得是几点钟吗? 我下床的时间。"

欣宜说:"一点多,一点二十几分。我听到你起床的时候还纳闷儿呢,是不是天已经亮了呢? 所以瞥了一眼手表,是一点多。"

"谢谢你告诉我。"我说。

"我会替你保密的。"欣宜捏捏我的手。

我感激地看她一眼,想说:"其实无所谓,我没有什么需要藏藏躲躲的。"但还是笑笑说,"谢谢。"

简自远的声音响起来:"你到底过来不过来了?"

两个男生合住的客房里,简自远已经打开了笔记本电脑。我环视,谷伊扬不在房间里,一定在木屋的某个角落仔细翻查,甚至可能又到屋外去寻找。再看一眼窗外,雪似乎小了些。

简自远说:"你把门关上好不好?"

我又警惕起来,"你要干什么?"

"我什么都不干,叫你关上你就关上呗,听说过客随主便这种文明行为吗?"简自远索性自己站起来,将门掩上,然后压低声音说:"你能不能少跟那个明明是叫穆欣宜却自称欣宜的人嘀嘀咕咕的?"

我没好气地说:"我就爱叫她欣宜,你管得着吗? 你能不能少管点闲事?"

"不管不行啊! 这个小丫头看上去爽利,其实鬼鬼祟祟的。"

我摇摇头,"你这个人怎么说话的!"

"昨天晚上你半夜起来爬阁楼,我看见,她偷偷地跟出来——嘿嘿,她没看见我,不知道我是个老失眠。"

我翻了他一眼,"她是我的室友,看我半夜梦游……"怎么听上去这么别扭?"就跟出来看个究竟,人之常情,而且,她已经告诉我了。"我顿了顿,见他无话可说了,又问他:"你昨天看见我出来,是几点钟?"

简自远想都没想,"一点二十六分。我对时间最敏感了,我拍的每张美图,都有精确的拍摄时间记录。你知道,同样拍摄一个景物,不同的时间,不同的季节……"

"不要废话了,看视频吧。"我打断他。看来,千真万确,不知我中了什么邪,从昨天起迈出了我梦游的第一步。

客厅摄像头拍的视频都在一个名为"客厅"的子目录里,这个子目录和另外一串视频子目录,都设在一个名为"视频"的总目录下。就在简自远进入文件夹的时候,我顺便瞥见了一些其他的子目录名,比如"缆车行"、"暴风雪",应该是对这次出游的记录。还有些不知所云的目录名,比如"真1"、"真2"。我没好气地想,难道视频也有真假之分?

简自远介绍说,他事先设定好,视频按照时间自动分段,每小时一段,无线传输进电脑,每小时的视频就是一个文件。我说:"先看前天的吧。"打开前天晚上十一点到十二点钟的文件,他撅了快放。我不眨眼地盯着图像,那图像没有任何变化,说明那一个小时里,既没有人在镜头前走动,窗外也没有任何特殊的情况。因为用了红外镜头,图像模模糊糊的,即便窗外有人,也很难看清。

接连这样用"快进"的方式放了两段视频,平平淡淡,没有任何发现。我说:"也亏了你,这样的视频,居然还保留着。"

简自远又点开半夜两点到三点的那段视频,冷笑说:"你们这些菜鸟就不懂了,其实这看似乏味的影像,仔细看过后,会有很多有趣的内容,比如可以看出来有什么样的小动物在夜间出现,有没有传说中的'雪人'出现,尤其到日出的时候——没看见那摄像头对着正东面的窗子吗?我自动设好了,早上六点关掉红外,开始拍日出的辉煌。"

忽然,他猛地按了暂停。

将视频往回退了一点,他再次播放。

浅红的背景上,出现了一个灰白的人影!

我和简自远的眼睛几乎都贴在了电脑屏幕上。

那只是个背影,看轮廓是女子的背影。简自远将电脑的音量调大,有话语声——那女子在用客厅里的无绳电话交谈。

视频显示时间为凌晨 2:28。

我的手脚骤然冰冷。

那人是我!

电话的交谈声音轻不可闻,音量调到最大,还是徒劳。简自远看了我一眼说:"你一般会在凌晨两点半打电话吗?"

我摇头,"以前不会,今后就很难讲了,你知道,我学会梦游后,什么事都做得出来。"这真的是我吗?我怎么一点儿也记不起来了?我为什么会在凌晨两点半打电话?打给谁?

"看来,你和我们这里许多人一样,都有秘密哦。"简自远指着定格画面上的我,"那天晚上,罗立凡应该睡在厅里,难得你没吵醒他。"

我站在桌边,盯着电脑屏幕上的自己,觉得我的头脑像个跑光了气的自行车轮,无论我多么努力地蹬踏,转得仍是极为缓慢。

"那天晚上,我和欣宜合住。"我不带上下文地说了一句,所以我出来打电话,怕被欣宜听见。但是,为什么不怕睡在客厅沙发上的罗立凡听见呢?

简自远愣了一下,"你是什么意思?你不是在开玩笑啊?你是真的不知道自己半夜爬起来打电话?"

我摇摇头:"我也不知道给谁打的电话,也不知道自己在说些什么。"

"那就仔细听听。"简自远瞟了我一眼。

他将我打电话的那段视频又放了一遍,音量拨到最大,耳朵凑在笔记本电脑的音箱口,还是听不清在说什么,只好无奈叹气。

我说:"你插上耳机,塞耳孔的那种,听得清楚。"

简自远一拍双手,"是啊!我怎么没想到呢!"拔出桌上一台 MP4 上插着的耳机,插入电脑的耳机孔,再放视频,仔细倾听。从他的神情,似乎可以看出效果有很大不同!

他将耳机递给我:"你自己听听吧。"

耳机里的话语声极为轻微而含糊,大概是因为我不停走动,听上去忽远忽近,还是听不出一句完整的话,只是偶尔会有几个清楚的词,其中我提到了一个名字。

黎韵枝。

15. 迷踪

谷伊扬组织的这次活动，成露夫妇、我和他，算是核心"亲友团"，再加上简自远和穆欣宜两个"外人"，一共六位。这样的人员安排在出发前一周就定下来了，没有打算再扩招。

黎韵枝从来没有接到过邀请，她的出现，是偶然，还是必然，还是自然，这个问题只会令我茫然。

住在木屋里的第一晚，我甚至还不知道黎韵枝在这个世界的存在。那晚，我刚从罗立凡那里得知，成露和谷伊扬的幽会或许就是谷伊扬忽然和我断绝音信的根源。在黑暗的客厅里，我看见了那个幽灵般的鬼影，我撞见了同样失眠的简自远。

后半夜我睡得还算马马虎虎，多梦，梦里是谷伊扬，到处都是谷伊扬，可人的和狰狞的谷伊扬。然后是许许多多的秦淮，迷人的冷漠的秦淮。到最后，谷伊扬和秦淮，已经融合成一个嘴脸和脾性，在冰与火之间蹦极的小丑。

骑着白马来拯救我的不是哪位王子，而是欣宜。

穆欣宜将我从拙劣言情小说般的梦境里叫醒，"出发了，出发了！今天天气这么棒，要好好玩个痛快，听说过两天要下雪，不见得能出门呢。"

头一阵刺痛。一时间我不知道哪个痛苦更难承受：在梦里继续感情的折磨，还是在清醒中面对反复无常的头痛。

"要不，你们先去吧。我昨晚没睡好。而且，头有些痛。"我不认为我的状态可以进行任何剧烈运动。

"那就更要出去了。头痛是被这屋子闷出来的，我包你一出门就好！再说了，别人怎么样我不管，我计划好了，一定要教会你滑雪。"欣宜将我拽起床。

我笑道："你为什么要跟我过不去呀？"

欣宜说："那个大个儿帅哥谷伊扬是本地人，一看就会滑雪的，当然不用我教；成露和她老公，别别扭扭的小夫妻俩，我就不在里面瞎掺和了；就剩你和那个绝顶猥琐哥，你总不会忍心让我和简同学坐同桌儿吧？"她笑着看我的睡眼惺忪蓬头垢面妆，"最关键的是，我喜欢你，觉得和你最谈得来。"

这话倒是很实在。昨晚在雪场的餐厅里我和她聊得最多，她可爱的性格和我最好的朋友陶子很接近，我们俩可以算是"一拍即合"。

我终于在欣宜的鼓舞下起床梳洗吃早饭，又泡了一杯袋泡茶。早上九点半左右，一行人集体离开木屋去雪场。

下山前，自封的专职摄影师简自远给我们以木屋为背景拍了一张合影。

到了雪场，才知道欣宜"雪上菲"的自称一点儿也不夸张。她到了雪上，就像我到了水里（我是位"老游泳队员"），完全进入了另一个世界，另一层空间，游刃有余，天马行空。她带着我上雪道后，稍稍滑了两下，就开始做各种高难度的动作，翻转跳跃什么的，让一群在初学道上摸感觉的菜鸟们看得瞠目结舌。有工作人员看见了，警告她说这里是初学道，如果想玩刺激的可以到高级道去。她指着我说，我还要教这位妹妹呢。

欣宜不但是个滑雪好手，而且是位有经验、懂心理的好老师。这是我生平第一次滑雪，刚穿上滑雪鞋的时候，站都站不稳，套上滑雪板后，两块板子在互相敲打中给"左支右绌"一个崭新定义。但欣宜教了我两个钟头后，我就基本上能在初学道上顺利滑行了。

在雪场的清新空气里，在新奇和学习的快乐中，我的头痛真的消失了。我又开始情绪激昂，精力无限，感觉好极了！

我想，看来欣宜说得没错，的确是在木屋里闷久了才头痛呢。

沉浸在和欣宜的"两人世界"里，我并没有太注意其他几个人的行止。直到我看见了她。

娇小的黎韵枝在无垠雪场上也许只是那么一个小点，但是枚很吸引人的小点。

不完全因为是她穿着鲜红的滑雪衫,不完全是因为她浑身散发着温婉可人的气质,不完全是因为她几乎是雪道上唯一不套滑雪板、不穿滑雪鞋的人,最主要是因为,她突然出现在谷伊扬的身边。

她和谷伊扬站在一起,像一头小鹿站在大象身边。最先发现她的是欣宜,指着远处雪道上那个小红点和红点身边的那棵"树桩子"说:"我今天才明白,什么叫做'小鸟依人'……叫'小鸟伊扬'更准哦。"

我在心里叹口气,谷兄弟,佩服佩服,一不留神就是一个艳遇。我笑笑说:"谷大侠组织这个活动前,就查好了本周星座的桃花运程。"不知为什么,突然失去了继续滑下去的兴趣。

又滑了一会儿,我对欣宜说:"你做我的奶妈好久了,自己到高级道上去耍耍吧,说不定也会遇到一两位知心雪上猛男。我自己再练练,等会儿去吃点东西。"

欣宜同意了,跟我说一个小时后餐厅见,就上了高级道。

我也没有自己再练,将租来的雪板和滑雪鞋还了,进了接待大厅,在茶室找了个位子坐下,喝着热茶,想着心事。

或许,该和谷伊扬挑明,至少,问清楚他和成露的瓜葛,毕竟,这不是我被"邀"来的主要目的吗?如果他和成露还有什么不清楚,成露和罗立凡的婚姻又怎么可能维系?

我自己,也在找这么个交代。

虽然不再相恋,至少告诉我,离开的理由。

这时候,谷伊扬出现在了接待大厅的后门口。

显然,他也暂时没有继续滑雪的打算,脚上不再穿着滑雪鞋,更引人注目的是他手里捧着一束花。

参差的红玫瑰和黄玫瑰。

他这是要干什么?去相亲吗?这束花,要送给谁?成露,还是那鲜红的小点?

谷伊扬并没看见我,直接从接待大厅穿过,出了前门。上了停在雪场外的一辆中巴。我几乎没多想,就跟到了大厅的前门。中巴上的牌子上标着:"延丰雪场——夫子庙"。

我相信谷伊扬不会去夫子庙献花,猜想这庙一定是山下镇子里或县里的一个停车点,看来,他要下山去做些"私事",和我无关。

转过身,我打算回到茶室,继续去品着碗底的那点苦味。

继续想,谷伊扬到底是个什么样的人?

现在看来,他是成露和罗立凡之间的第三者,如果确证他花开多处,或许可以让成露"幡然悔悟",或许能完成我这个"调停人"的使命。

班车启动了。

我再次转身,走出了雪场接待大厅的前门。

"出租!"雪场门口停了几辆出租,合法的无照的都有,寻常的轿车和四轮驱动的吉普都有。我就近上了一辆,对司机说:"晚了一步,误了班车,大哥你跟着前面的车,把我撂在夫子庙吧。"

山路蜿蜒,心思辗转。

我这是在干什么?我突然有种感觉,又在做私人侦探。半年前"五尸案"的惊心犹在梦中,总以为是过去时了,可是今天,为了这么点小儿女的爱恨情仇,又开始探寻他人的隐秘。

成露啊成露,看你把我拖到了一个什么样的"度假活动"中!

司机告诉我,夫子庙是县中心的主要客运站点,从那里出发,还有很多去别处的线路。我想想说:"要不,到了夫子庙,先在车里等等,我要看我老公往哪儿去。"

司机大哥立刻明白了,回头看了我一眼,叹口气说:"你这么俊的闺女,真可惜了,希望你老公只是去'办公'。"

我苦笑道:"走着瞧吧。"

从夫子庙站下车后,谷伊扬立刻走到一辆拉客的摩托车车主跟前,两个人讲了两句,大概是谈妥了价钱,谷伊扬接过摩托车车主递来的头盔,跨上摩托车尾座。我对司机说,"跟上那辆摩托吧。"

司机摇着头说:"哎哟妈呀,还拿着鲜花呢,这是给谁的呀?"

我故作轻描淡写地说："反正不是给我的。"

二十分钟不到，我们终于明白，那束鲜花的归属。

谷伊扬在一座古朴设计的门楼前下了车，也许事先嘱咐好了，摩托车车主并没有离开。司机大哥说："原来他是来扫墓的。"

看着门楼顶上"雪松墓园"的牌子，我得出的也是同样结论。我对司机大哥说："看来情况不如想象得糟，您能等我一下吗？"同情心十足的司机立刻同意了。

谷伊扬在墓园里穿梭了一阵，在一块墓址前停下，低着头站了一会儿，然后将那束花放在了墓前。我远远地望着一切。

不知为什么，看着他高耸的背影僵硬地立着，看着他低头无语，我忽然觉得，也许，他的绝情，他的忘情，他的多情，都有一个解释。玫瑰是爱情的象征，这墓里埋的骨灰，不会是他的亲属（他双亲健在）或者普通朋友。

可是，他曾经爱我的呀！就在一年前，他还是爱我的。

这半年里，发生了什么样的变故？

他的背影在微微颤动。

哭泣，他在哭泣。

我的心顿时化了。

"他是个很深情的人。"一个软软的声音在我身后响起。

我惊回首，鲜红的滑雪衫，刚才雪场上谷伊扬身边的小鸟。

我一时不知该说什么，"大概是吧。"

"那墓下，埋的是他的初恋女友。"娇小美女说。

"哦……"我以为自己才是他的初恋女友，"请问你是……"

"我叫黎韵枝。我是伊扬现在的女朋友。"

16. 三问

　　木屋里，简自远的目光也聚焦在屏幕上的我，说："你在和某人探讨黎韵枝？其实可以理解，黎韵枝一跑来，就抢了你的单间，害得你被迫和欣宜妹妹同居，你一定是在向某人抱怨。我本来就觉得纳闷儿，你怎么这么好涵养呢？说换房间就换了，凭什么呀？"

　　我说："这些，和我们现在的主题无关。我更感兴趣的，是我为什么要在深更半夜打电话，为什么我一点都不记得？但怎么看，似乎和成露失踪的关系不大。"

　　"可惜现在停电断电话，否则，倒是可以在度假村总台查询，看你拨过哪个号码。"简自远说，"当然了，如果有了通讯，这些都是警察的工作。"

　　我摇摇头，仿佛这样才能唤回消失的记忆。

　　简自远又说："另外，说不定，黎韵枝和成露失踪有关，你也许感觉出来了什么。"

　　我说："好像有点牵强。"转念想，倒也未必。假如罗立凡的猜疑准确，假如谷伊扬和成露真的有了暧昧，那么，黎韵枝和成露，岂不是情敌的关系？

　　简自远叹口气说："算了，估计没什么大不了的。"他再次塞上耳机，将我打电话的那段视频又放了一遍，然后继续看下去。

　　视频里我的鬼影，还在继续徘徊、低语。

　　终于，电话交谈结束，我的身影从镜头前消失。简自远他将耳机头又递给我："后面还是听很不清楚，但好像你好几次提到了要'按下'什么。"

　　我又听了一遍，努力保持不露声色，心内却一阵跌宕。

　　我几乎可以肯定，简自远说的"按下"，其实是另一个人名。安晓。

安晓，此刻躺在"雪松墓园"里的一座墓碑下，墓边放着一束红黄玫瑰。

安晓是谷伊扬的初恋女友。这也是黎韵枝告诉我的。

我摘下耳机，对简自远说："我也不知道是什么意思。现在，我该去和谷大哥促膝长谈了。"

简自远皱眉看着我："为什么要找他谈话？"

"我不知道，为什么在电话里提到黎韵枝，他既然是黎韵枝的正牌男友，说不定他能帮我回忆起来，我为什么要打那个重要的电话。"

"要不要我也来？"简自远自告奋勇。

我不知道他是不是假装缺根筋，摇头说："你接着看电影吧。"

拉开门出去时，听见后面简自远的抗议："有那么好看吗？我电脑快没电了！"

谷伊扬正趴在厨房的地上，不时地敲着地砖。欣宜也学着他的样子，在厨房的另一侧仔细检查。黎韵枝袖手俏立在一边，静静地看着谷伊扬的一举一动。

这时候，如果我要求和谷伊扬单独谈一谈，是不是像虎口夺食？

这辈子，做这样的莽汉，机会不多，于是我说："谷伊扬，能不能到我房间来，有件事，想和你单独谈谈。"

黎韵枝回过头来，看着我，她的眼神还是那么软软的，但我知道，鞭子是软的，有些刀也是软的。她问我："很重要的事吗？"她的口音是南方的，我一直没追问她是哪里人。

我说："和成露失踪的事情有关。"

谷伊扬脸色微变。黎韵枝脸色没有变，语调依旧轻软，却冷了许多，"如果是和成露失踪的事情有关，难道不该让大家都知道吗？"

"时机成熟的时候，我一定会让大家知道。谷伊扬，你有空吗？"

欣宜起身说："伊扬，你去吧……"

简自远不知什么时候也跑了过来，说："谷大，你们去谈吧，这里的美女们由我陪着。"

欣宜冲着他吐了吐舌头，开始打开厨房里的各个柜子仔细查看。

谷伊扬说:"当然,和成露失踪有关的事,一定要谈透。如果真和成露失踪有关,我也会告诉大家。"跟着我进了我和欣宜合住的房间。

我随手关上门,谷伊扬微笑看着我:"终于有段可以单独和你在一起的时间了。"

我皱眉,心中一连串地叹息:"亏你在这个时候,还有这个心思……你不用担心,我不会在这个时候再去谈我们之间的事。我现在只希望尽快找到成露。我只有三个问题,和三个女生有关,当然,她们,都和你有关。"

往日的果决自信,迅速地在谷伊扬脸上消失,"那兰,我不知道你是否明白,其实我最爱的……"

"打住。"我摆了摆手,"成露突然消失得无影无踪,你以为,这个时候我会很在乎你心里最爱哪朵花儿吗? 我想问的第一个问题,你是否和成露有……在一起?"

从谷伊扬惊悚的脸色看,这个问题的答案是个响亮的"是"!

但谷伊扬说的是:"你在胡说什么! 你怎么会怀疑我……和你的表姐? 你难道不知道,成露是个心思很单纯的人。"

"心思单纯的人,不见得不会一时糊涂犯错。这么说来,你是否认? 你们之间,没有任何秘密?"

谷伊扬沉吟了片刻,逐渐明白了我的质问并非无的放矢,他说:"难道,你知道了,我和她……是她告诉你的? 我特地嘱咐过她……我真不会相信……"

我冷笑说:"别忘了,她是个心思单纯的人。"

"不,你不明白……"

"还有什么难以理解的呢? 你到北京后不久,就和我断了任何音信,而几乎同时,你开始和成露秘密见面。"我突然想到,刚才说好的不谈我和他之间的事,于是我又问:"好吧,问你第二个问题……"

他沉声道:"等一下,第一个问题还没有结束! 我和成露之间坦坦荡荡,你的假设完全错误! 我们的确私下见过面,但不是在和她约会!"

"那是在干什么?"

他不做声。

我只好替他回答："看来，当初不希望我知道的事情，你现在也不想说。第二个问题，安晓是谁？"

谷伊扬脸上的震惊，比听到第一个问题时更剧烈。这时，我几乎有点佩服黎韵枝了，她这个"天外来客"，对谷伊扬虽然显示出惊人的占有欲，却能做到守口如瓶。那天黎韵枝告诉我墓下的安晓是谷伊扬的初恋女友后，并没有再讲下去，只是告诉我，那是谷伊扬的私事，你可以去问他。我在茫然中离开墓园，之后的这两天里，因为和头痛挣扎，也没有找到机会询问谷伊扬，而此刻，是不得不问了。

沉默了足足有三分钟后，谷伊扬终于说："好，我回答你这个问题，说不定，也顺带回答了你所有的问题。"

17. 黑屋凶志

安晓的确是谷伊扬的初恋女友。他们是县一中的金童玉女,难能可贵的是,两人成绩都名列前茅,都将高考的目标定在千里之外的重点高校江京大学。一切都在朝着大团圆的结局发展。

直到那个冬夜,安晓发现了石薇上吊的尸体。

石薇是安晓中学里最好的朋友,都是银余镇人,两家是靠墙的邻居,后来又同在县一中寄宿读书,住一间寝室,可谓无话不谈。高三那年,安晓觉得石薇似乎有些异样,开始只是以为是高考压力所致,几次深谈都没有什么结果。直到寒假的一天,石薇失踪了。

石家父母乱了方寸,安晓也心急如焚,在左近苦苦寻觅了很久,向所有同学老师都询问过后,安晓想到了近山巅的那座小黑木屋。

小黑屋是安晓和石薇在中考后的那个暑假发现的。那是个难得的慵懒而无忧无虑的假期,两位少女打算去山林里"探险"一番。临行还是有些怯,安晓叫来了她们县一中的同学谷伊扬。谷伊扬在初一的时候外号还是"傻大黑",到初三的时候已经是很多女生暗恋的对象或者衡量日后老公的标准。谷伊扬的家远在县城,但因为是安晓和石薇两位漂亮女孩的邀请,他还是第一时间赶到银余镇,保驾两位美女上路探险。

就是在这次出游中,他们发现了那座传说中的小黑屋。

小黑屋里,除了那挂黑毡、灰尘朽木、几个木墩子、别无他物,唯一令三个少年浮想联翩的,是屋里横梁上挂着的一截皮带。

那截皮带,看上去有很多年头了,做成套状吊在梁上,尾端毛毛糙糙,感觉像是被磨断或者是被重力拉扯断的。三个孩子开始了漫长的辩论,这皮带到底是怎么挂上横梁的,又是做什么用的。

石薇一口咬定有人在这儿上吊过。安晓说好像从来没有听镇上的大人说起过,尤其"银鑫小百货"的老板娘潘姨,她知道方圆百里所有的芝麻蒜皮,比百度还包容万象,如果她都没提起过有人在小黑屋上吊,那就肯定没有人在小黑屋上吊。石薇说,如果是百年前发生的事儿呢?潘姨还没呱呱坠地呢,她又怎么会知道?何况深林小屋,多是当年伐木工或者猎户的歇脚点,他们行踪不定,好多是闯关东来的外乡人,伐木工或者猎人之间的恩怨情仇,镇上卖小百货的潘姨又怎么会知道?

安晓说,是啊,这正说明,皮带应该是用来谋杀用的。女人上吊比较多,伐木工们都是壮汉子,你能想象他们很哀怨地上吊吗?肯定是吵架或者分赃不均什么的,引起纠纷,因此有人被吊死。

谷伊扬得到启示,插嘴说,分赃不均不是伐木工的问题吧,那是响马的问题!有可能是响马盘踞在小黑屋,皮带吊死人,可能是谁得多谁得少的摩擦,甚至可能发生过绑票撕票呢!

最后,谷伊扬指着地上依稀尚存的灰烬说,其实最大的可能是皮袋只是吊着动物,山鹿、獐子,甚至野狼。据说真正的猎人们什么都吃的,地上生一堆火,动物倒挂着,烤了吃。

从那天起,小黑屋成了三个孩子之间的"私密"。

石薇失踪后,安晓想到了小黑屋,这还归因于石薇的一句话。因为有一阵子石薇会神秘消失,不上晚自习,情绪上也有些喜怒无常,一会儿笑如朝阳,一会儿又泪如珠散,安晓关切询问,石薇说:"不用担心啦。高考有什么了不起的,考不上又能怎么样?大不了小黑屋里吊死。"

想到小黑屋,想到那句话,安晓甚至没来得及叫上在县城的谷伊扬,一个人钻进了莽莽松林。

在小黑屋里,她发现了石薇从横梁上垂下来的尸体。

石薇的皮带套在她脖颈上,而三年前见过的那截古老的皮带仍挂在横梁上。

没有绝命书，没有更多的征兆，谁也不知道，石薇为什么选择轻生。

抑或，石薇是不是轻生？

从此，安晓的生活也被改变了。她自闭了很长一段时间，原来那个无忧无虑的快乐女生似乎换了魂。本来预测可以稳上重点线的安晓，在高考中一败涂地，只能再复读一年。谷伊扬虽然也受了很大触动，但他还是发挥正常，考进了江京大学。从此，这对恋人只能分隔两地，只有在 QQ 上见面。

安晓逐渐重拾了旧日脚步，复读时恢复成班上的尖子生，一心期待着和谷伊扬在江京大学重聚，做他的小师妹。可是就在寒假到来后，就在石薇自杀一周年临近的日子里，安晓似乎又神不守舍了。

在 QQ 里，安晓告诉谷伊扬，她近日从镇上的"百晓生"潘姨那里听到一个在镇上流传了很久，只不过近几十年来被压下去的传说：如果真有人冤死，你可以在出事点找到冤魂，条件是，必须是在忌日那天。

谷伊扬一阵紧张，问："你不会想去……"

安晓说："我从来不认为石薇是自杀。她生前，有些事儿没有告诉我。"

谷伊扬觉得安晓不可理喻："她生前没有告诉你，难道死后反而会告诉你？你怎么会相信这种典型的迷信？你怎么会相信任何潘姨嘴里说出来的话？"

安晓说："至少值得试一试。"

谷伊扬在 QQ 上阻挡不住安晓，只好提前从江大返回老家，亲自去阻止安晓。他在石薇周年忌日的当晚赶到县城，继续往银余镇赶，但是等他赶到银余镇安晓家时，安晓已经进了山。

安晓几乎重复了石薇的命运。

谷伊扬用了平生最大的气力爬那段山路。那年雪少，常有人进山，但夜路难行，他赶得急，险些滑落山崖。等他几欲断气地跑到小黑屋，发现的是吊在横梁上的安晓。

好像参演一出残酷的轮回悲剧，谷伊扬几乎晕厥。他坚持稳定住自己，放下了安晓。他懂得急救的一鳞半爪，为安晓压胸，对着她的嘴呼气，竟换回了安晓的一丝生气。

安晓的父母不久后赶到，一起将安晓送进医院急救。幸亏谷伊扬对安晓抢救及时，且安晓上吊时间不长，她的生命被挽回了。

可悲的是，她的生命，只是部分被挽回。

由于上吊后出现脑窒息，安晓成了植物人。她的父母带着她，去沈阳，去北京，寻遍良医，仍束手无策。

她只能安静地躺在家里，外面的世界，和她无关。

谷伊扬只能在每次假期返回时，看着她逐渐枯萎。

到后来，安晓的父母甚至不希望谷伊扬再来探视。他每次的到来，对这两位眼睁睁看着女儿凋零的中年人来说，都是一次打击。

谷伊扬理解。他已经尽了全力，他只好努力走出这个阴影。

这的确解答了一直缠绕在我心头的一个问题：为什么在江大"风头十足"的谷伊扬一直没有找女朋友。直到大四，才有了我这个"初恋女友"。

和我的甜蜜维系了不到一年，就在谷伊扬到北京报到上班后不久，一个震惊的消息将他拽回了老家。

安晓有了知觉！

是天无绝人之路，还是年轻的身体保存着执著旺盛的生机，在一个阳光明媚的夏日，安晓的母亲注意到，已经成为植物人四年多的女儿，那双消失了神采四年多的眼睛，在左右上下地转动！

谷伊扬在一个周末从北京赶到安晓的床边，他从安晓的双眼中看出了久别重逢的喜悦和那份或许从未消失过的依恋。

"就是因为她见到我的那种目光，我有了个天大的难题。"谷伊扬站起身，踱到墙边，像是在面壁思过。

我知道了下文：于是他做了艰难的决定，为了安晓的康复，他决定将所有的情感倾注在安晓身上。

可歌可泣。

"你至少可以告诉我。"我说。

"我能怎么说呢？我真不知道该怎么开口,总想,等等吧,等我想好了再告诉你。这事情我的确没处理好。我甚至私下问过成露,该怎么办,她也没辙。"谷伊扬叹道,"所以,我就想,这样和你冷冷断掉吧,就让你恨我吧。"

我心头一动,"这么说来,你和成露多次密会,是因为这件事?"

谷伊扬苦笑一下,"如果我说就是因为这件事,你会相信吗?"

"不会。"

"我的确和她约见了很多次,出于一个很可悲的原因:从去年夏天起,成露就感觉罗立凡可能有了外遇。她试图跟踪罗立凡……你知道她的,没什么城府的一个女子,可谓毫无进展,没跟出两步,不是丢了目标,就是被早早发现。于是她找到我,希望我能帮她跟踪罗立凡,看他是否出轨。我特别厌恶做这种事儿,但成露是你的表姐,我对她也很同情,所以答应了。我们的那些见面,就是我向她'汇报工作'。你是怎么知道的?"

我琢磨着他的每一句话,扪心问,对他的信任已经恢复到接近满分,这才说:"我猜,你们这两个侦探菜鸟,被反跟踪了。"

谷伊扬紧闭着嘴,片刻不作声。我柔声安慰:"你们两个的性格,都是开朗阳光型的,和罗立凡斗智,一开始就会落下风。"

"可是你看看成露近来的样子,还很开朗阳光吗?尤其刚到的那天晚上,她喝醉的样子,看得让人心酸,不知道罗立凡对她用了什么样的精神折磨。"谷伊扬说。

说到我心里隐隐作痛之处了。

"那你一定怀疑,成露的失踪和罗立凡有关。"我说着大白话。

"不怀疑他还能怀疑谁?听说你卷入过刑侦,那肯定知道,妻子出事,第一个被怀疑的就是丈夫。只不过,我怎么也想不明白,如果是罗立凡干的,他又是怎么让成露消失的。"谷伊扬的拳头紧紧攥着,难得他在罗立凡面前能控制得这么好。

我一指窗外,"说难,也不难,你看这好几尺厚雪,能掩埋多少东西?你们虽然用铲子翻找过,但如果藏得更远些呢?"

难道,我在假设成露的被害?也许是不离不弃的头痛,也许是缺乏食物减少了脑部的血供氧供,我忽然觉得自己不能思考了,不能理顺这繁琐的头绪。

我又问道:"那么请你坦白告诉我,这次组织这些人到这里来滑雪,是不是和安晓的死有关?"

谷伊扬一惊:"为什么这么说?"他永远是个很容易"读出来"的人。

"那天,我跟着你去了墓园。"

一丝恼怒浮现在谷伊扬额头:"你怎么……"

"黎韵枝到雪场找你,很多人都看见了,我当时得知你和成露'有染',所以希望弄明白到底是怎么回事,就跟着你出了雪场。后来在墓园,黎韵枝也跟过来,告诉了我墓下埋的是安晓。但并没有告诉我来龙去脉,比如说,安晓是怎么去的。"我说。

谷伊扬摇摇头,眼眶有些湿,"安晓的病情有了极大转机后,她父母又带她出省到沈阳求医,住在医大二院。半个月后,状况更有好转,虽然还不能开口说话或者下地走动,但头颈和四肢已经能轻微活动。见到我,甚至会笑,微微的笑……至少我能看出来……"他抬起头,大概是怕泪水滚落,"她的父母带她回到家中,并开始为她做一些康复训练,进展缓慢,但一切都向光明发展,后来都可以坐起来,靠在床上,从床上拿衣服。她还有意识地努力张嘴发音,照这样发展下去,医生认为,她起身走路和开口说话,都是迟早的事。"

我不知道自己是否有勇气继续听下去,只能含着泪,等着悲剧的结尾。

"谁知,有一天,就在她父亲去上班、母亲出去买菜的短短半个小时内,她做出了令人无法理解的事。她用床头柜里的一把剪刀,割破了手腕。等她母亲发现并叫来急救车,她已经失血过多,急救输血也挽回不了她的生命……"因为这一事件的发生,就在不到两月之前,痛苦的记忆犹新,我能做的,只是为谷伊扬拭去泪水。

我等屋中悲伤的情绪略略沉淀一阵后,才说:"这么说来,我完全可以理解,你会怀疑,安晓并非自尽,毕竟,一切都在向好处发展。

"不过,从病人的心理角度看,却可能正相反。她几乎是从脑死亡中活转过来,逐渐明白自己原来披上了重症的枷锁,虽然在缓慢地恢复,但那种无力回天的感觉一定很深刻。人的耐心是有限的,这样常年禁锢在床上的病人,尤其当她发现自己年纪轻轻,却需要父母一丝不苟、吃喝拉撒俱全的伺候,产生抑郁是很正常的。谁又能保证,半年一年后,五年十年后,她能获得跟常人一样的生活呢? 这么多年失去的青春呢? 谁来偿还? 如果她意识到,最终还是有可能会落下残疾,能得到你永久的爱吗? 她成为植物人的时候,还只是个十八岁的少女,她现在的心智是什么程度,没有人知道,但因为自己的处境而抑郁,不是没有可能,而是很有可能。"

谷伊扬说:"你的意思是,她真的有可能是自杀?"

我缓缓摇头,"那取决于,你还有什么可以告诉我的。比如说,为什么要到这个雪场来'度假'?"

谷伊扬迟疑了一下,我立刻明白,他的确有更多的隐情。

我又等了一会儿,走上前,温声说:"这样吧,要不,你告诉我,为什么组织这次活动,你点名要我也来?"

这次,没有迟疑:"因为我还爱你……有时候我很内疚,即便在安晓床侧看护她,脑子里也会冒出你的影子。"

我正想说:"那你难道还不相信我? 有什么不能告诉我的呢?"

门突然被推开了。

闯进来的是黎韵枝。

"你们说完了没有!"这是我不熟悉的黎韵枝。长睫下的双眼失神散淡,声音里带着歇斯底里的黎韵枝。

"快了。"我隐隐觉得不妙,"能不能再给我们……"她,就是我想问的最后一个问题。

谷伊扬,你是怎么认识黎韵枝的?

"他也不见了! 他也失踪了!"

"谁?"我和谷伊扬同声问。

"罗立凡!"黎韵枝撕心裂肺般叫出这三个字,忽然双手捂着脸,呜呜哭了起来。

18. 又少了一个

谷伊扬飞跑出我的房间,直奔罗立凡和成露的客房。我拉着黎韵枝,随后跟上。黎韵枝试图挣脱,我轻声在她耳边说:"从现在起,如果我们要想活命,必须随时随地在一起。"

听上去很夸张,也许真的是我过敏,我感觉,我们此刻所处的危险,恐怕不是停电少食和一对失踪夫妻那么简单。

欣宜和简自远已经站在罗立凡的客房内,满脸的焦虑和恐慌,欣宜的眼中还有一片水光。饥饿、幽闭、神秘失踪的旅伴,我忽然可以理解黎韵枝看似突然的崩溃。

我暗暗告诫自己,在越来越黑暗的日子里,只有保持头脑的清醒,才能守住迎来光明的希望。可是,我的头痛也很执著,每当我要剧烈思考的时候就冷冷地出现。

客房床上的被子被胡乱铺了铺,基本上是早上见到的样子。床下只有两双拖鞋,说明失踪的时候,罗立凡应该还是穿着靴子。大衣挂在椅子背上,又表明他可能并没有出门。简自远说,他刚才肚子饿得实在受不了,就去找罗立凡商量,怎么分最后剩下的那几个包子,却发现他已经不在客房。他没有"打扰"我和谷伊扬,之后在厅里遇见欣宜,两人到各个房间看过,还是没有罗立凡。最后去了黎韵枝的房间,她一个人和衣躺着,听说罗立凡失踪的事,也一起找寻了一遍。当她意识到,罗立凡可能真的步成露后尘失踪了,突然变得有些歇斯底里。

黎韵枝表露出的绝望,显然也感染了欣宜,两个女生都挣扎着保持冷静。

谷伊扬问："你们刚才都在哪儿？都没见到他吗？听到有人出门吗？"

我看看屋里的电子钟，上午 11:43，时间过得真快，我和简自远一起钻研视频，又和谷伊扬谈了一阵，居然转眼半天快过去了。这其中的两三个钟头，我的确没见到罗立凡。发生了什么？

众人对谷伊扬的问题都摇头。简自远说："我开始和兰妹妹一起……聊天，后来在厨房里找了一会儿什么都没有的线索，就灰溜溜地回到客房去……去看电脑了。"

欣宜蹙起眉头："你的电脑怎么这么给力啊，还有电哪？"

"这就是有经验的驴友和新手的区别，我的笔记本电脑本身就是九芯的，采取省电设置至少可以坚持六个小时，另外还带了个充足电的备用电池。在能源局出差是家常便饭，我早就练出来了……"简自远横眼看着欣宜，"欣宜妹妹好像是在怀疑我把罗立凡蒸发了？"

欣宜说："你不要那么敏感好不好，只是好奇问一下。"

简自远不依不饶地问："那你倒是说说，这段时间你在哪儿？你在干什么？"

"我一直在厨房和前厅，我几乎要把每块木板和地砖都掀起来了。"欣宜说。

我问道："这么说来，如果罗立凡出门，你肯定会看见。"

欣宜点头说："百分之百……除非……大半个小时前我去过一次卫生间，如果他正巧那个时候出门，我可能会错过。"

谷伊扬拉开木屋大门，从台阶往下，没有任何足印。我抬头望天，这段时间风大，但雪小，一个小时之内，应该不会将脚印完全覆盖。

关上门，谷伊扬又望向黎韵枝："你刚才在哪里？"

黎韵枝浑身一震，仿佛听到了一句有生以来最不堪的羞辱："伊扬，你难道……你难道怀疑我？"

我看着她无辜的双眼，也有些难过，她一个娇小的女孩子，又能把凛凛七尺的罗立凡怎么样呢？但谷伊扬的问话没有错，这个时候，必须摸清每个人的情况。

我柔声安慰黎韵枝："我想，伊扬不是在怀疑你。已经两个人失踪了，而且都没有留下任何线索，我们剩下的五个人，应该全力寻找一切的可能。"

黎韵枝终于说："我还能在哪里，一直在我房间里。"

我想，这么说来，三个人，在整个别墅的三个不同的角落里，无法为彼此作证。罗立凡的失踪，可能和他们中的任何一个有关。

更可怕的是，可能和他们中的任何一个都无关。那又会是谁？

谷伊扬说："不多说了，开始找吧！"

五个人自动地开始解散，我叫道："不要分开！我们五个人一起找。"

另外四个人都愣了一下，简自远摇着头说："你不是开玩笑吧？就这么屁大一套别墅，真要出什么事儿，叫一声不就完了？"

我说："罗立凡和成露失踪的时候，你听到他们的叫声吗？"

欣宜道："那兰说的有道理，在没搞清楚他们怎么消失之前，保险点当然应该都在一起。反正这套屋子不大，我们困在这儿又干不了别的什么事儿，一点点仔细找吧！"

当然，先是粗找一遍，每个房间、柜橱都看过，没有任何罗立凡的影子。这已经是简自远他们第三次在各个房间寻找了，他嘟囔道："不知道这样像幼儿园小朋友手牵手地瞎转，会有什么新发现。"

这个人真是令人厌恶之至！他的抱怨只是在加重我的头痛。我回头问道："您有什么高见？"

"高见谈不上，但至少应该设法不要原地踏步。不如研究研究，这木屋有没有地下室什么的。"简自远说。

欣宜说："要说地下室，我至少排除了厨房和客厅，伊扬走后，我继续趴在地上使劲找，木板和地砖又敲又打，手指抠着往上扳，绝对没有。"

简自远说："不要抹杀我的功劳，我也帮着找了。"

欣宜冷笑说："对，你帮着找了整整四分半钟，功劳不容抹杀。"

黎韵枝忽然说："这是什么?!"

斗嘴的和沉默的人都一惊：木板地上，两滴暗红的印迹。

然后是三滴、四滴。

血滴，从阁楼上流下来。

19. 尸楼

　　黎韵枝发出一声刺耳的哭叫。欣宜紧紧搂住她，轻声安慰，满脸凄惶地望着我们。

　　我们此刻正好走到了阁楼的木梯口，而阁楼正好是我们下一个要搜查的目标。简自远断断续续地说："这……阁楼……倒是……没看过。"

　　谷伊扬率先走上木梯，我对欣宜说："你和韵枝不要上来。"又对简自远说："你在楼梯正中，但不要进阁楼，给我们做个中介。"

　　简自远抗议道："凭什么……"

　　谷伊扬回头，凌厉的目光在简自远的脸上驻留了一瞬。

　　我心里一颤，那目光，真的算得上是凶狠。

　　血从敞开的阁楼门流出来，有些流到楼梯上，有些直接从楼梯侧面流下来，滴到下面的地板上。

　　无窗的阁楼里仍是一片漆黑。谷伊扬的手电光照进去，我捂住嘴，忍住没有惊叫出声。

　　阁楼正中，吊着一个人。

　　罗立凡！

　　阁楼也就是一人多高，罗立凡的尸体几乎算是顶天立地。原本算得上英俊的脸扭曲着，双眼暴突着，嘴大张着，地上躺着一只被踢翻的油漆罐。

　　鲜血，来自于他的右脚，他的右腿。

　　那只右脚，已经几乎不在他的腿上了。

　　脚和腿，此刻只以关节和肌腱勉强相连，小腿的肉已经被撕下一大块，脚上本来就不多的皮肉被撕扯得稀烂,皮靴也横在血泊中。

谷伊扬立刻上前去解罗立凡脖颈上的皮带——罗立凡的裤子上已经不见了皮带,一定是套在了他的脖子上。我帮着将罗立凡放倒在地板上,谷伊扬开始做人工呼吸。

罗立凡的尸体已经变冷,他再没有活转的希望。

或许是受到了强烈刺激,我的头再次剧痛,忍住痛,我还是努力地想:这说不过去,既然已经吊死,为何又断了腿脚?

也许是上吊在先,然后被虐尸?

谁会如此变态?

或者,他只是上吊身亡,然后有什么东西,撕咬了他的腿脚。

可是,罗立凡怎么会吊死在此? 巧的是,就在刚才,我还在和谷伊扬谈论着另外两起上吊事件。

我心头一动,转头出了阁楼。楼梯上的简自远问:"怎么样? 看见什么了?"

我没有理他,径自向木梯下高声问:"韵枝,你能不能再给大家讲讲,那个传说。"

20. 野兽和美女

　　到雪场的第二天,我跟踪谷伊扬去墓园,第一次和黎韵枝匆匆交谈了两句,心事重重地回到雪场后,欣宜正焦急地找我。雪场内手机的信号基本上为零,她联系不上我,正跟雪场客服商量,准备广播找人。我告诉她说滑得有点累了,刚才到外面转了转。她用圆圆的眼睛盯了我一阵,不知道是不是相信我的话。

　　这时走过来一个工作人员,看着面熟,后来才想起来,前一天从缆车上下来,正是他开雪地车送我们继续上山,还在木屋门口和欣宜调笑了两句。那小伙子径直走到欣宜面前,摇着手中的一串钥匙,说:"准备好了吗?"

　　欣宜朝我一笑,说:"他要教我开雪地车,要不要跟我们一起去?"

　　我说:"我本年度当灯泡的指标已经用完了,你去吧。我休息一下。"

　　小伙子喜滋滋带着欣宜走了,我又要了杯茶,坐在餐厅里,望着银白色的雪场发呆。

　　日落西山之前,我们几个人在上山缆车前汇合,唯独缺了简自远。我们猜想他本来就不会滑雪,一定到什么地方去拍雪景去了。我们终于回到小屋的时候,突然从屋里飞奔出一个穿着服务员制服的女孩!

　　女孩身材高大丰满,留着短发,脸圆圆的红霞一片,从她神情可以看得出来,不是那种幸福快乐的红色,而是因愤怒羞恼的热血充盈。她跑过我们身边的时候,在谷伊扬面前停了一下,两人目光交错——绝不是初识。这或许不值得大惊小怪,毕竟谷伊扬就是本地人,他的确说到过,雪场的不少工作人员他都认识。

两人擦身而过,虽然没有交谈,谷伊扬却似乎明白了什么,大踏步跨上台阶,推门而入,叫道:"简自远,你给我滚出来!"我感觉不妙,紧跟了过去。

简自远从客房里冒出头来:"干什么?大呼小叫的?"

谷伊扬厉声问:"你刚才对那个服务员……你做什么了?"

简自远的脸上忽青忽白,嗫嚅道:"做什么?还能做什么?一切太平。"

"你说实话,否则我把你踢出去,你信不信?"谷伊扬已经在简自远面前,危险的距离。

简自远说:"是说实话,看她帮我们打扫卫生很辛苦,聊两句,慰问一下,有什么不对的?"

谁都看得出来,女服务员那样仓皇失措地离开,可见刚才在木屋里发生的事,绝不是"聊两句"那么简单。

谷伊扬细长的双眼眯起来,紧盯着简自远,冷冷地说:"你最好把话说清楚,张琴是我同学的妹妹,如果日后我知道你做了什么出格的事儿,你会很惨。"

简自远有些慌起来,"你……你想怎么样……动手打人吗?我真的没做什么,就是看她辛苦,想给她按摩一下,谁想到她不领情呢。我还纳闷呢,服务员的工作,不就是让顾客舒心吗?我出差那么多次,从三亚、珠海,到太原、长春,天南地北的服务员都很顺从的,从来没有……"他甚至有些委屈。

身边欣宜忽然惊叫一声,谷伊扬已经一拳挥了出去。

简自远也尖叫一声。

谷伊扬只是在门上重重砸了一拳,门板欲裂,落漆斑驳。"你想要寻花问柳,就去花街柳巷,不是每个女孩儿都像你想象的那样没自尊!"谷伊扬发怒起来,让我又想到他在大学时的那副意气风发的样子。

"好好好,我洁身自好总行了吧,至于这么暴怒吗?她又不是你泡的马子。"简自远嘟囔着,忽然又提高声音说:"来来来,早上的合影打印出来了,一人一张。"好像什么事都没发生过一样。

欣宜在我耳边说:"总算知道'猥琐'的定义了吧。"

我说:"搁我们那儿叫 LV,就是脸皮厚,厚得跟几层皮包似的,厚得像驴皮似的。"小女人间的促狭话，送给简自远，无怨无悔。

我回到自己的客房，从厨房台子上又拿了一包袋泡茶，在一个破旧的保温杯里沏满水。

那是父亲生前用来喝茶的保温杯，念兹在兹的遗物。

等我再次回到前厅，发现木屋里已经多了两个人。

其中一个是度假村的领班，名叫万小雷，一个瘦而精干的男孩，前一天我们登记的时候互相介绍认识过，他也是比谷伊扬低一级的县一中同学，经常一起玩球，彼此十分熟络。万小雷的身边，是一株红色的玫瑰花。

刚才在墓园见过的黎韵枝。

她对面站着谷伊扬，两人就这样对视着，我不知道是否算是深情对望，但欣宜后来告诉我，她也看出来两个人之间似乎有很多超越言语的交流。

和我无关，和我无关。我不停地告诫自己。头又开始痛起来。只好大口喝茶，头痛的症状渐退。

万小雷说："这位小姐没有登记，但坚持说是和你们一伙的游客，我在顾客清单上没找到她的名字，刚才打电话给你们也没人接，被她拗不过，只好带上来了，你确证一下，如果是一起的，每晚上多交三十元清洁服务费。"

刚才他打电话来，我们正在回旅舍的路上。木屋里倒是有人，简自远忙着对女服务员施展魅力，自然不会去接电话。

谷伊扬显然不知道该怎么回答，黎韵枝向我点头微笑："那兰姐，又见到你了。"

欣宜诧异地望向我，显然在问：原来你和小红点早就认识！我轻声问欣宜："我看上去很沧桑吗？"黎韵枝看上去绝不会比我小，她凭什么叫我姐？

黎韵枝又望向成露，热情地笑："露露姐，又见面了！"

成露一脸惊异地望着谷伊扬："啊？你也邀请她了？怎么没跟我打声招呼呢？你们到底……"显然成露并非第一次见到黎韵枝。

谷伊扬的脸上越来越尴尬，简自远一边毫不掩饰地上上下下打量着黎韵枝，一边幸灾乐祸地瞟几眼谷伊扬，像是自言自语地哼着："你究竟有几个好妹妹……"

不知道是不是被众人审视，终究有了些不自在，黎韵枝走到了谷伊扬身边，小鸟依人感更强烈了。她说："我是伊扬的女朋友。"

这句话，让木屋里一片寂静。

还是善解人意的万小雷打破沉默："看来，问题解决了，我猜得对不对？怎么安排房间的事，就要你们自己商量了。"他在谷伊扬肩上重重拍了一记，又向屋里其他人挤了挤眼睛，微笑着离开了。

万小雷关门的声音未落，简自远就冷笑着说："好了，我这就搬出和伊扬合住的那间客房，黎妹妹你请进，只不过，"他看一眼我和欣宜，"我得和你们两个中的一个挤一间屋了。"

穆欣宜冷笑说："做你的春秋大梦吧。"

谷伊扬说："开什么玩笑，黎……韵枝和那兰或者欣宜挤一挤，希望你们不要介意。"

欣宜抢先说："我那屋里有卫生间，韵枝和我同住吧。"

晚饭从简了，主要原因是成露和罗立凡又起了争执，两人的房间里从争吵声到嘤嘤的哭声，不断地飘来。好不容易等他们消停下来，一伙人赶下山，已经没有了欢宴的兴致，一人点了碗热汤面，凑合着吃了。万小雷大概忙完了客房部的事，串门过来，在餐厅看见我们，走过来拿谷伊扬打趣："你们这是来度假的吗？怎么比我们这些打工的还节约？"

欣宜说："因为今天滑雪滑累了，都吃不下什么东西，有什么好奇怪的？"

万小雷看着欣宜，笑说："您不是传说中的雪上飞吗？滑雪还能滑累着您？"

他一招手，对远处的服务员叫道："给这桌上盘烤羊，再加一只烧鸡，都算我请客。"

谷伊扬忙说："这怎么好意思，真是吃不下……"

万小雷说："你会有'吃不下'的时候？忘了当年你在一中的时候，曾经一顿吃下六个馒头和四碗冷面。"

欣宜说："听上去，你们这个'一中'有点像猪肉生产基地。"

众人哄笑，餐桌上这才多了点生气。

但我没有笑出声，万小雷右手腕上的一串玉珠手链，攫住了我的目光。

又周旋几句后万小雷说要回岗，道再见后往接待大厅方向走，我起身跟了上去，等离席远了，我问道："请问……我刚才注意到你手上戴的手链，是天池玉石的吗？"

万小雷微微一惊，随后，似乎是想明白了，笑起来，"看来，你们也去了苗老太太的坑人小店。"

"为什么说是坑人小店？"

万小雷说："八十八块钱一块磨光了的石头，你说坑人不坑人？我没想到，还真的会有人去买。依我看，八块八都不值。"

我心想，幸亏没有立刻告诉他，成露几乎要花388元买六块石头。又问道："那……你这个不是她那儿的？"

"当然是，她哪里敢坑我们本地人？这是用正宗长白石做的佛珠手链，她要是不做，我还真没地儿买去。我专门找长春般若寺的大师给开过光。老太太说这玩意儿可以用来辟邪。"万小雷的左手手指，下意识地捻着石珠。

"哦，原来她是会说话的？"我故作惊讶。

"哪里？她哪里会说话？！我从小到大没听她说过一句话。她是一位彻底的盲人加聋哑人……耳朵背，但没有全聋。说能辟邪，其实是我问她的，我就对着她的耳朵大声嚷嚷：'老太太，这玩意儿能辟邪不？'她点头，就算认可了。"

我越听越心惊：这么说来，那位苗老太太一直在"装聋作哑"，难得一开口的一句话却送给了我。

——现在回去，还来得及。

我回到餐桌前，不知为什么，感觉席间的七个人、桌上的七碗面，都是那么渺小，像是七颗任人摆布的棋子。

七颗石子。

我突然想起来，那老妇人桌上摆放了六颗磨好的石头，第七枚，刚磨好的，在她手里。

然后，它们都被扔进了瓦罐。

我默默吃着剩下的面条,没有一丝胃口去动烧鸡和烤羊。身边的欣宜去卫生间的时候,黎韵枝坐了过来,轻声问我:"听伊扬说,你也是江京大学的?"

　　哪壶不开提哪壶。我心里一叹,微笑点头:"说起来,和伊扬还算半个同学呢。"不知道谷伊扬和她谈了多少我们的过去。同时觉得谷伊扬可悲,有了新的爱人,却没有告诉我的勇气。

　　黎韵枝又问:"既然你是从江京来的,有没有听说过江京的一些诡异传说,比如,有蓑衣人在湖里钓鱼,鱼竿上却没有线……"

　　"其实钓的是人命,会有人暴毙?"我接上她的话头,"我太知道了,很神秘的传说。"或者说,我知道得太多。去年夏天,我就是卷入了和那个传说相关的一个特大案件,也就是因为这个案子,至今身上心里伤痕依旧。(参见《锁命湖》)

　　黎韵枝好奇地说:"真的?!那个江京还真有意思!那你有没有听说另一个传说,采莲少女被水鬼拖下水……就是说,如果你在溺死者的忌日到落水之处,会看到溺死鬼现身,然后被水鬼拖下水,作为替死鬼,然后以前的那个溺死鬼就可以投生。"

　　我禁不住皱紧了眉头,"这个,真没听说过,好像比蓑衣人钓人命更不靠谱……但是,古今中外,类似的传说应该不少,要不怎么有'替死鬼'这个说法。"

　　黎韵枝神秘微笑:"但是江京这个故事里,有更诡秘的地方,采莲少女的命运,是被一个磨石头的老婆婆预测出来的……"

21. 赴死假期

　　此刻，罗立凡的鲜血还在一滴一滴落在地上，黎韵枝的身体还在一阵一阵地发抖，我却要她重复上回在餐桌边说到的那个故事。

　　她一个字也说不出来。

　　穆欣宜颤声问："上面……怎么了……是谁？"

　　我觉得自己没有勇气再去看罗立凡的尸体，哽声说："是罗立凡。"

　　欣宜颓然欲倒，幸亏及时扶住了墙，她闭上眼，强忍住没有大哭出声。

　　大哭出声的是黎韵枝，"是谁？在搞什么呀！"

　　是谁？我就算真的有犀利的头脑，此刻也不可能想出任何答案，何况我在忽来忽走的头痛中挣扎着保持清醒。但有一点几乎可以肯定，如果罗立凡的确是被杀，那么凶手就在我们剩下的五个人中间。

　　除非，这屋里还藏着我们至今都看不见的杀手！

　　罗立凡是上吊自杀？还是他杀？如果是自杀，他有什么隐情需要自杀呢？难道就是因为成露的失踪？成露失踪不过数小时，还远没有到放弃希望的时候，他为什么就选择了自杀？即便成露失踪和他有关，我们没有任何证据，他为什么畏罪？

　　但如果是他杀，我们这五个人里，有谁和他结下这么深的仇怨？

　　五个人？一起住在木屋的不是七个人吗？

　　成露失踪了。

　　对这段婚姻接近绝望的成露，最有杀罗立凡的动机。平日就有些喜怒无常，近来情绪极不稳定的成露，会不会失控杀了罗立凡？一想到在这样猜疑自己的表姐，我胃里一阵翻滚，想吐，却知道吐不出任何东西来。

成露真的失踪了吗？还是她并没有离开，躲在什么地方，比如，阁楼里。

我对阁楼的搜查，还没有做到掀起每块木板来那么仔细。如果阁楼有夹层，成露藏在里面呢？

还会是谁？

简自远、欣宜、黎韵枝，每个人都有可能。谷伊扬，如果他真的和成露有暧昧，当然也有可能，但他先是在厨房寻找线索，后来又在我的客房里交谈，没有作案的时间。

问题是动机。简自远、欣宜和黎韵枝，他们杀罗立凡的动机何在？

他们又怎么会去撕咬罗立凡的腿脚？

而我，为什么要让黎韵枝在这个震撼哀恸的时刻，讲那个荒诞的传说？我本人的精神状态是不是也不太稳定？

我头痛欲裂。

谷伊扬的声音轻轻响在身后："太晚了，没救了……我在阁楼里又仔细搜过一遍，没发现夹层什么的。"

简自远叫道："到底怎么回事？罗立凡到底怎么了？那兰为什么要逼着黎妹妹讲什么传说？这都什么乱七八糟的？"

谷伊扬惊问："什么传说？"

我对简自远说："罗立凡到底怎样，你可以上去自己看。但做好思想准备，情况可能会比你想象得更糟。至于那个传说，韵枝，你是怎么知道发生在江京的那个采莲女的传说？"

"是我告诉她的。"回答的是谷伊扬。

简自远走上了阁楼。

我问谷伊扬："你现在，总应该揭示一下，为什么要住到这个木屋来？如果我没有猜错，今天是个不同寻常的日子吧？而这个木屋，是不是也不同寻常？"

一声怪叫传来——根据我对简自远的了解，这样的怪叫不算很离奇，阁楼里惨绝的景象不是他这样唧唧歪歪的人所能承受的。他捂着嘴，跌跌撞撞地跑下阁楼，径直跑入走廊里的卫生间，然后是呕吐声和冲马桶的声音。

谷伊扬看着卫生间的方向，一步步缓缓走下楼梯，似乎在琢磨着我的问题，走到黎韵枝身边的时候，终于开口说："这座木屋的前身，的确是石薇和安晓相继上吊的木屋；而今天，也正是他们出事的周年。"

我虽然有如是猜测，但听谷伊扬亲口说出，仍是觉得一阵惊悸。说："好像差了几天……安晓出事的日子和石薇上吊的日子要差几天，今天和安晓出事的日子也要差几天。"

欣宜泪水满面，低声抽泣着说："你们……你们都在说些什么呀？"

我说："我是在说，我们住的这座木屋，也许没有那么简单；我还想说，成露的失踪和罗立凡的死，也许，也都和这座木屋有关；我更想说，如果我们要想度过这场暴风雪，全身而退，必须从这座木屋下手，找到失踪和死亡的真相。"头痛难熬的我，自己也不知道在说什么，失踪和死亡，难道不是人为？和木屋本身又有什么关系？

谷伊扬又想了片刻，抬眼看见简自远满脸煞白地走出卫生间，终于说："那兰你猜得没错，我到这座木屋来，的确是想找到安晓。安晓和石薇，我的两个同学，都是在阴历的同一天，十二月二十六日，在这间木屋上吊。除非你认为她们是自杀，否则，谁都看得出来，这绝非偶然！所以我希望等到今年的腊月二十六，也就是今天，看看是否能查出一些真相。"

简自远也是一头雾水，"什么乱七八糟的！你小子是不是疯了！如果这里真死过人，避讳都来不及，你还来查什么真相！现在倒好，被风雪困在山上，又是死人，又是失踪，你拿我们的性命开玩笑吗？"

谷伊扬没有理他，又说："我的确没有想到事态会发展到这一步，很抱歉……"

"这……这是能说个抱歉就行了吗？"简自远得理不饶人的嘴脸着实令人生厌，但此刻，连我也觉得谷伊扬的计划过于唐突和缺乏根据。

只有一个可能，他还有更多没说出来。

他自己不说出来，只好我来逼问："忌日见亡灵的说法，江京的一个传说里也有。你那天见到银余镇上磨石头的那个老太太，好像一阵紧张？难道，就是因为她和江京传说里的那个巫婆很像?"

谷伊扬说:"其实镇上一直有传闻,苗老太黑洞洞的小铺里有点邪,一直以来,只有镇上一批天不怕地不怕的年轻人和不知就里的游客会去拜访……石薇和安晓,出事前,也去过她那儿看石头。当然,这些都不是破案的真凭实据,可是想起来,总有些让人发憷。"

"现在回去,还来得及。"磨石头老太太的话仿佛千年亘古般遥远。此刻我眼前,挥之不去的是那几颗在磨石机下备受摧残的石子,就像我们这几个惶惶不可终日的家伙。一颗,两颗……开始是六颗,加上一颗新磨好的,一共七颗。

我说出了这个巧合,叹一声:"成露原本准备买六颗石头,分给每个人做纪念的,老太太刚磨好了一颗,好像她知道韵枝也会加入我们。"我早先时的问题还没有得到满意的解答:黎韵枝究竟是什么人?

谷伊扬仿佛猜到我想中所想,一指黎韵枝,说:"正式向大家介绍一下,黎韵枝,她是安晓生前在沈阳住院期间的护士,我们就是这样结识的。韵枝是个很有爱心的女孩,在医院里对安晓的照顾无微不至,我和安晓全家对她都很感激……"

黎韵枝仍带泪水,嗔道:"伊扬,这个时候,为什么要提这个?"

"我是希望,消除大家对你的疑问。"谷伊扬看着黎韵枝的眼神很特别,是深情?爱恋?我不懂。

黎韵枝勉强一笑,"我以为,告诉大家我是你的女朋友,就已经足够了。"

谷伊扬又道:"我到雪场来'度假'的事,开始并没有告诉韵枝,怕影响她回南方父母身边过春节,但她在离开沈阳前突然冒出了一个念头,给我打了个电话,让我震惊不已!"

难道真是这样?我明白谷伊扬的意思了。

果然,黎韵枝说:"我告诉伊扬,安晓出事的周年日就要到了,如果银余镇上的那个传说,还有江京的那个传说,都和石薇、安晓的出事有关,那么,今年同时,如果我们出现在出事的地点,会不会再次看到石薇或者安晓?如果冤死者抓替身的说法成立,安晓上回被伊扬救下来,石薇的冤魂应该还在原地游荡,我们会不会在今天遇见呢? 可不可以因此获得真相呢? 所以,我希望和伊扬一起到这座木屋来,没想到他早就有了这个心思,已经租好了这木屋。所以我退掉了回家的火车票,就从沈阳赶来,加入你们。"

我说:"真是难得,不谋而合。"心里却想着简自远的问话:你们是不是疯了?

时至今日,难道还有人会去相信冤魂之说、替死鬼之说?

"合个屁!"简自远叫道,"你们想怎么合怎么合,为什么要把我们卷进来?"

谷伊扬冷冷地说:"我并没有邀请你要来,是你自己找上门来的。"

简自远张张嘴,最终还是无言以对。

黎韵枝又说:"也许这么说听上去有些过于浪漫,但是你们不知道,我自从看见伊扬深情款款地守在不能说不能动的安晓床边,我就知道,这样的男人值得用一生去守候。所以,我来陪他冒这个险,一点也不后悔。"她的泪水已干,看上去不再显得那么娇小。

在一旁看上去仍是莫名其妙的欣宜不知听懂了多少,哑声说:"现在可好,罗立凡……大概替死鬼已经有了,可是真相呢?你们又找到了多少真相?和什么石薇、安晓的死都有关吗?"

难道,罗立凡成为了被石薇抓走的替死鬼?

那兰,你相信吗?

脑中闪过一个黑暗中的画面,一个模糊的黑影,一双微绿的双眼。那天晚上,我在厨房和客厅里看见的那个黑影,是不是就是鬼影?

成露的失踪又是怎么回事?

如果不将成露失踪和罗立凡死亡的真相查清,谁又会知道,厄运是否会接踵而至?

真相?

真1,真2。

我不知道自己怎么会发生这样的联想,这两个词,就这样猛地冒出来,或许,是我当初看见它们的时候,虽然没有多想,但潜意识里,已经存了疑问,而此刻,是自然不过的联想。

那是简自远电脑里,"视频"目录下的两个文件夹。

　　我走向简自远,对所有人说:"咱们一起再去简自远的电脑上看看,有些视频,或许能给我们些提示。"

　　但我怎么也没想到,简自远一脸茫然地说:"视频? 什么视频?"

22. 真1真2幻1幻2

不久前，我在简自远的房间，看着他打开电脑，进入装着视频的文件夹。从他的文件夹设置，和他如何给视频分段的讲解来看，他应该是个做事细致入微的人。也就是在他打开那个视频文件夹的时候，我瞥见了另外两个文件夹，目录名为"真1"和"真2"。

当时还引起我注意的，是目录最近的更新时间，"1月19日9:24"，正好是当时简自远打开电脑，我们一起看那些视频的钟点。最初，我的注意力在前厅摄像机的视频，没有去仔细想这两个命名奇怪的目录，渐渐的，当一个个疑团纷至沓来的时候，我又想到了那两个文件夹。

按常理，电脑上大多数的文件夹，其更新时间都是过往的一个时间点：电脑使用者对目录下的某个文件进行操作后，保存了更新，目录的更新时间成为即时。

但为什么那两个文件夹，并没有人去打开，它们的更新时间就是电脑打开的时间？或者说，即时更新？

如果那两个文件夹里同样是视频（没有道理不是，因为"真1"和"真2"两个文件夹设在"视频"的总目录下面），那么说明，就在简自远打开电脑的同时，那两个文件夹还继续着更新。我的电脑知识只是一般，但也知道，文件夹的更新，一定是文件夹内部的文件在更新。

也就是说，那两个文件夹里的文件，最有可能是视频文件，在断电的今天，仍在持续更新。

是谁在更新这些视频？

唯一的解释，简自远的电脑还在继续接收着视频传输的信号！

即便已经断电一整天，微小的摄像头自带的电池仍可以运行录像，当电脑打开时，就会将已录制的内容自动传入。

简自远既然有摄像的癖好，能在客厅里安装摄像机，为什么不能在木屋的别处安装？

"真1"和"真2"，会不会是"针1"和"针2"？

传说中的针孔摄像机。

所以我这时想看的，是"针1"和"针2"的内容。"真1"和"真2"，如果也是木屋内的视频，说不定可以展示各个房间里发生的事，甚至可以揭开成露失踪和罗立凡被害的谜。

至少，可以揭示，简自远是什么样的一个货色。

但我还是怎么也想不到，简自远是这样一个货色。

他奇怪地问："什么视频？"

我说："能不能，再看一遍我们刚才看过的视频。如果可以，再看一下另外两个目录里的视频。只要不是成人片，我想，你不会在乎分享。"

简自远说："什么刚才看过的视频？兰妹妹你没有搞错吧？"

谷伊扬问："怎么了？"

我说："简自远的电脑里，有木屋内部的视频，说不定能帮我们弄清成露失踪和罗立凡死亡的真相。"

黎韵枝和欣宜也都拢了过来，简自远摆着手，一脸慌张地说："你说什么！那兰同学你开玩笑吧！"

我说："我以为只有我一个人头痛伤了脑力，原来你也如此健忘。不妨打开你的电脑让我们看看，在'视频'的主目录下，我希望看看'真1'和'真2'的内容。"

简自远还是一脸惶惑茫然："你在说什么呀，真一假一的，你怎么会知道我电脑里有什么视频？"他还在拖延，还在抵抗。

谷伊扬说："你觉得那兰是凭空捏造的人吗？是真是假，你打开电脑，我们一看就知道了。"他推搡着简自远,进了他们的房间。我们随后跟上。

简自远显然知道更多抗拒无济于事,只好哀叹频频地打开了电脑。

"视频"主目录下,我看见了熟悉的子目录名,"缆车行"、"暴风雪"……但是,没有"真1"和"真2",更不可思议的是,没有"客厅"!

我一把揪住了他的后衣领,使劲摇晃着他:"你……你为什么把它们删除了?'真1'、'真2'和'客厅'!你为什么要删除'客厅'?"

简自远挣了一下,冷冷地说:"我真不知道你在说什么!我这电脑上是加密码的,你又怎么会知道我的视频文件夹里有什么内容?我会把我精心收集的AV片和你这个冷美人分享吗?"

"可是,我们在阁楼里遇见后,我想起了你有摄像,住进来第一个晚上半夜里我们撞见的,你说过你有摄像,我们就来到这里……"我的头一阵阵跳痛,语无伦次。

简自远脸上露出一丝不无得意的微笑,"我们在阁楼里遇见倒是没错,你说你表姐突然消失了,你很害怕,我见有机可乘,就邀你到房间里来谈谈。还有你的那个秘密……我答应替你保密的,不记得了?当然,我想说我吃了你的豆腐,别人也不会信,我就不吹牛了。我郑重说明,我们相处的时候,以君子之礼相待,绝对没有给你看什么视频。"

"你……你说我信口开河?你将那几个文件夹转移走了!或者删除了,你为什么这样做?"我不知道听上去有没有些歇斯底里,好像这样的质问真的可以换来诚实的回答。

简自远从电脑前起身,一摊手,说:"那就请搜索吧,在我这电脑上随便搜——当然,看到毛片请略过。你甚至可以设法恢复删除文件,这个,"他看一眼谷伊扬,"谷老弟肯定会,能源局的很多技术人员和管理人员都受过专门的训练。"

谷伊扬沉默了一阵,缓缓点了点头,问简自远:"你真的不在乎我搜一下?"

"请便。"简自远离开座位,又说,"我不是想和兰妹妹对着干,只是想提醒大家,我们这里,最需要帮助的,其实是那兰。"

我终于明白了他的意思。

他想证明,我的意识出现了问题。我头痛、昏睡、梦游,甚至开始无中生有,开始精神分裂。

为什么? 为什么他要这样?

他,究竟是个什么货色?

23. 当爱已成八卦

　　黎韵枝加入我们的第二天，也就是我们到达度假村的第三天，风平浪静。所谓风平浪静，是说我不用再去跟踪谁，不用再目睹羞愤的女服务员奔出木屋。我的头痛还在继续。我知道，或许泡上一杯茶，精神就会起来，头痛就会离开，但我总不能靠喝茶维系自己的清醒吧？于是我有意识地连茶也不喝了，只喝白开水。

　　整整一天，简自远都跟着我们——这是我们的集体要求，不让他独自在木屋，不给他对打扫卫生的服务员过度热情的机会。否则，他就会被正式踢出去。简自远还算表现良好，试着滑了一会儿雪，拍了些照片。

　　因为成露总是别别扭扭哭哭啼啼的，我主动和他们夫妻在一起调解气氛，欣宜也花了很多时间陪着我们。吃完午饭后，成露说有些累了，坐在餐厅里休息。我要陪她，欣宜却拖着我，要我去跟她到雪道上"深造"。成露说："你去吧，别管我，我好着呢。"罗立凡也在一旁说："再怎么样，我也不会亏待我们家露露。"真不知道他是在说真心话呢，还是在讽刺。

　　我和欣宜滑了一阵，自我感觉滑雪技能又提高了不少，跟欣宜说下山后一定要请她吃饭。欣宜笑着说："还是下回到江京来找你玩，你可以做我的向导。"不久我们在雪道上看见了罗立凡，一个人风风火火地滑着。我叫道："你怎么一个人在滑？露露呢？"

　　罗立凡耸耸肩说："你去劝露露过来吧，她说身体乏，死活不肯再上道了。"

　　不知为什么，我感觉有些不妙，怒道："你怎么把她一个人留在那儿？"立刻往回滑。罗立凡在我身后叫："她又不是小孩儿，怕什么。"

我赶回餐厅，成露已经不见了！

我更觉得不妙，四下寻找，还是不见成露踪影，找了一个服务员询问，描述了成露的样子，她努力回忆，然后说："哦，好像和一个男的进了一个包间。"

谷伊扬！我一阵晕眩。

服务员给我指了方向，我摸到了包间门口。门紧锁着。

里面传来低低的人语，但我怎么也听不出来那女声是不是成露。更听不清，那女子在说什么。

该不该就转开门把手，"无意"闯入？

我呆立了片刻，还是决定偃旗息鼓。但心还不死，看见那包间的斜对面就是卫生间，我走过去，掩在门后，侧眼盯着包间。

等了足有十分钟，包间门开了。

我怎么也没有想到，出来的是简自远。

滑雪结束后，一行人回到木屋，这次，万小雷这个小领班亲自为我们开雪地车。他告诉我们，气象预报说可能会下雪，言辞中露出兴奋之色。他说有了新鲜的雪，雪场的生意就会更火，当然，火旺得不要烧化了雪就好。简自远说，还蛮辩证的嘛。万小雷笑着说，你这家伙一听就像是公务员。

相比昨天，木屋看上去一尘不染，看来简自远的确是服务员做好本职工作的最大障碍。厨房的一方托盘上，充实着袋泡茶和速溶咖啡。万小雷说，如果明天下雪，只要不是那种世界末日般的强暴风雪，缆车会照常运行，雪地车也随时可以提供服务，不用太担心。他走了以后，我习惯性地泡上一杯热茶，茶到嘴边，头又隐隐痛起来。一个声音在脑子里说，喝下去吧，就不会头痛了。我犹豫了一下，还是将茶水倒了，换上白开水。我回头环顾同伴们，建议道："保险点，还是到雪场的超市里多买点食物储备着。或者，是不是要考虑提前离开木屋，搬到山下普通的旅馆？"众人都不置可否，反而用奇怪眼光看着我，好像我刚说了一句离题万里的话。

后来才知道，我一心顾虑着可能要来的大雪，自说自话，没听见黎韵枝在我之前刚说了几句石破天惊的话："我昨晚没睡好……我一直习惯一个人睡的,所以希望能和那兰姐换一下房间,那兰姐和欣宜姐合住。不好意思,这个要求好像有些过分。"

欣宜发现我没有听见这番话,替黎韵枝重复了一遍,还加了一句评论压在嗓子眼儿里,"是够过分的,还算有自知之明。"我迟疑了一下,抬眼看欣宜,"你说呢?"欣宜微微点头。我说:"好吧。"

简自远问黎韵枝:"你说你一直习惯一个人睡,以后结了婚怎么办?可有点亏待我们谷老弟哦?"

我在客厅里的一点零星笑声中走进自己的客房,开始收拾行李。好在行李不多,不久也就收好了。

门忽然被推开。我一惊,回头看见简自远涎着脸走进来。

"你敲门了吗?"我没好气地问。

简自远故作神秘地笑:"不想太招人耳目。"

我拖起行李箱,"麻烦你让开一下,我要搬新居了。"

简自远没有一点让开的意思:"想知道为什么成露约我到包间里吗?"

不得不承认,这句话攻心成功。我又一惊:他出包间的时候,看见了我的窥视!这家伙,是个什么样的货色?

我说:"如果是你们两个之间的私事,请不要告诉我。"

"兰妹妹如果不是那么好奇,怎么会跟到包间外眼巴巴看着?"他指了指扁扁鼻子上架着的眼镜,"瞧,我视力差,但是眼神好。"

我叹口气,这个人真是难缠至极,"你想说就说,不想说我也不会求你说。"

"正确的态度!我要是和你表姐有那个,当然也不会不打自招。我既然来找你,就是想告诉你,或者说,提醒你小心。没有潜规则哦。成露发现我有鬼鬼祟祟的天分,所以希望我留意一下你。"

我以为自己没听清:"留意一下我?"

"你,和罗立凡。"

我向前走了一步,不知道是不是在准备向他攻击,"你在瞎说什么?!我,和罗立凡？"

简自远显然是有点吓到了，后退，摆手，"唉，我只是受人所托，只管观察，不做道德法庭的。当然，你和罗总之间的事，我即便观察到了，也一定会替你保密。"

我在剧烈的头痛中剧烈地思考。这都是什么乱七八糟的！"你在胡说什么！"

"嘘，轻声，轻声点，你别对着我嚷嚷呀！这都是成露说的，究竟有没有，你自己清楚，我只是提醒你。"简自远又向后退了两步。

我努力镇静下来，"希望不是你在无中生有。"

简自远说："成露和我密谈，你也看见了，说的就是这件事儿。我听她哭诉完后发现，她怀疑你们两个也不是空穴来风。首先，这次旅游，成露说，罗立凡本来根本不想来的，业务忙、工作忙、陪小三忙，谁让人家是小老总嘛。但是呢，他一听说兰妹妹要来，业务呀，工作呀，都可以撂一边了，要我说，也是有点可疑。"

我一言不发。

"更重要的，成露说，她知道罗立凡一直对你有情意，而且，这个要上溯到你大二的时候，也就是你和罗立凡的初次见面。那个时候，成露和罗立凡已经确立了恋爱关系、准备谈婚论嫁，成露带着罗立凡到江京来见父母兄嫂，也顺便见到了在成家做客的你和你老妈。没想到那次见面后，回到北京，罗立凡突然提出要分手，没有很站得住脚的原因，只是说两人性格不合。成露不是那种轻易放手的主，拉锯战了一阵后，罗立凡莫名其妙地又回心转意了，两人甜蜜如初。我不知道成露有没有证据，但她推断，罗立凡那一段时间的'变心'，正好是在遇见了你之后。这一直是她心里的一个疙瘩，我相信罗立凡肯定不会承认，所以说，那段事儿只有你自己清楚。"

我清楚，但无语。

简自远盯着我，隔了一会又说："最令她泛起老陈醋的……"

我低声警告："不许这样说我表姐！"

简自远冷笑说："忠心可嘉。这么说吧，让她起了求助我这个业余侦探之心的事儿,发生在头一天晚上我们聚餐回来之后,她不是喝高了吗?其实她半醉半醒,你扶她到客房,她看上去是倒头就着了,呼噜震天的,其实还有那么点清醒,她看见你和罗立凡两个在黑灯瞎火中窃窃私语,拉拉扯扯,说暧昧已经是很客气的了……"

"我们之间,什么也没有!"

简自远说:"这个我就不知道了,成露本人也不知道,因为她后来怎么也死撑不下去,还是晕晕乎乎地睡着了。昨天她和罗立凡闹别扭闹了一整天,罗总当然不承认你们俩有什么问题,成露觉得,没有明显证据的事儿,直接和你争执很难堪,所以出此下策,找到了我。"

此刻的心情,难以描摹,从愤怒到伤感,我不知该找谁倾诉。同时,我有些警惕起来,问简自远:"成露将这么私密的事情告诉你,当然不希望你四处宣扬,你为什么告诉了我? 这样难道不有损你的信用吗? 千万别告诉我,你只是在怜香惜玉。"

简自远嘿嘿笑,"你怎么把我的话堵上了呢? 开个玩笑。别忘了,我对成妹妹一样怜惜的。之所以'泄露'给你听,是因为我根本担不来这么八卦的一个差事,尤其,我觉得……成露这个人,不太稳定。相对而言,你更靠谱。"

"谢谢你的信任。"我的声音里,肯定有一丝嘲讽,"让开吧,黎妹妹等着搬进来呢。"

客厅里,除了黎韵枝大概在收拾东西,其他旅伴都在。我说出了一句惊人之语:"我看,要不我搬到度假村的单间旅馆去住吧,这儿是有点儿挤了呢。"我想说,这样可以将所有的是是非非留在这个木屋。参加这次旅行度假,事实证明已经是个天大的错误,此刻远离,让如此惊艳的肥皂剧不至于愈演愈烈。

简自远明知我为什么要搬出去,帮倒忙说:"挤? 不会吧? 宣传手册上说这样的房型最多可以'挤'下十个人呢。"

谷伊扬拉住我说:"千万不要! 如果是因为韵枝……房间的事,我可以劝她将就一下,你还是可以自己住。"

我苦笑说:"我是那么心胸狭窄的人吗? 根本不是因为房间的事。"说的也是，如果我在这个时候离开，每个人都会认为我是对黎韵枝"含沙射影"。

欣宜也拉起我的手说："我可想你和我同住了，我和某人正相反，我自己睡反而睡不踏实，如果你走了，我连说话的人都没有了。"

成露也说："兰兰，是我把你拉进来的，如果你走了，可是不给我面子哦。"

看来我是走不成了。我苦笑着对欣宜说："那我就和你挤一挤了。"又对谷伊扬说："你千万不要误会，我刚才想走，绝对和韵枝无关。"

"那又是为了什么？"谷伊扬不依不饶。

我无言以对，只好随口说："是头痛，不知为什么，一到这个屋子里就头痛……"

欣宜说："我有阿司匹林……"

"吃过了，没什么用。"我懊恼地说。

"还有泰诺、布洛芬、扑热息痛……"

简自远说："欣宜妹妹怎么像个小药箱似的？"

欣宜说："我本来就是做药品推销的，最主要的是，我们雪上飞其实也会摔跤，出去滑雪总会备些止痛药。"

在欣宜的房间安顿下来后，我走出门，迎面又遇见简自远。他一脸坏笑，"亲爱的，从现在开始，我要跟踪你了，总不能白拿钱不干事儿吧，哈哈。"

我骂了一句"无聊"，走开了。

24. 尸检

　　此刻,谷伊扬在摆弄着简自远的电脑,简自远靠在床上,盯着天花板发呆。欣宜和黎韵枝的泪痕已干,沉默地并排坐在谷伊扬的床沿。

　　我的脑子里塞得满满的,同时又是一片空白,住进木屋后的三天,犹如太虚幻境里的蝴蝶梦,有人失踪,有人死亡,有人背叛,有人欺骗,一切都扑朔迷离,只有阵阵袭来的头痛是最真实的。

　　为什么会有这种头痛?为什么会梦游?为什么会沉睡整整一天一夜?

　　成露究竟去了哪里?罗立凡是自杀还是他杀?那被撕烂的一条腿,是谁作的孽?

　　被这些问题困扰着,我腹内忽然一阵绞痛,口干舌燥,我这才发现自己又饿又渴。父亲留给我的保温杯还在客房里,早已不能制冷的冰箱里还有多少残羹冷炙?

　　"我必须得吃点东西,喝点东西。"我打破室内的沉寂。

　　谷伊扬站起身说:"走吧,咱们一起去厨房。"

　　欣宜问:"他的电脑里,你检验出什么了吗?"

　　谷伊扬摇头说:"简老师的电脑上已经配了几种恢复被删除文件的软件,我都用过,恢复了一些近期删除的文件,都和视频无关。我又做了搜索,搜索出了所有视频,还没有一一过目,但似乎没有那兰提到的目录。"

　　我冷冷地说:"知道了,你是在说我撒谎。"

　　"或者是看错了,记错了。"谷伊扬叹口气,一只手温柔地搭在我肩头,"还是先去吃点东西吧。"

我努力晃动肩膀，甩掉他的关怀。

现在，只有我自己相信我的意识。

五个人来到厨房，检视着我们所剩无多的食品：三碗方便面，一袋八只的速冻杂粮小馒头，一袋真空包装的酸菜鱼。欣宜还带了些苏打饼干和两小盒可以室温保存的牛奶。谷伊扬看着堆在桌上的所有食品，对我说："这些也真要感谢你，那天晚上坚持要去买，否则，我们的情况会更糟。"

是吗，还会有比这更糟的境况吗？

我当时感觉很不好，但怎么也没想到，之后事态的发展，会如此凄惨。真的更糟。

原来，那晚我要"出走"的小小风波过去后，我们一起下去吃晚饭，饭后，是我坚持要买些现成的食品以备不时之需。我无法预测天气，但可以预防天气骤变带来的负面影响。

好在厨房里锅碗瓢盆俱全，电虽断了，煤气尚存——炉灶接着一个天然气罐，不受恶劣天气的影响。我们一起精打细算地分吃了点东西，食品储备又有一半去除了。

我看着外面阴沉的天气发愁：雪仍在紧密地下着，一点没有回晴的迹象。

"这度假村，怎么能就这样把我们丢在山上不管了呢？"简自远又开始抱怨了，好像这样可以唤来天降神兵，"还有地方政府呢？急救大队呢？直升机呢？"

谷伊扬说："这样的天气，雪这么大，谁也上不来，包括直升机。先不说调用直升机的难度，就这样的能见度，绝对是自杀性行为。何况这木屋在森林正中，即便直升机能冒险开上来，也无法着陆或者和我们接触。更主要的原因，我们并不算失踪人员，被困时间久了以后，救援的紧迫性才会显示出来。"

简自远嘟囔着："是啊，我们不是失踪人员，只不过是倒霉人员。"

欣宜怒道："你说这话有狗屁用啊？"

我忽然开口，彻底扭转这个阴霾密布的话题，转入一个更阴霾密布的话题："我倒是觉得，现在首要的，还是找出罗立凡的死因。"

我的眼睛，没有盯着厅里任何一个人看，心里想的是，如果罗立凡是他杀，排除不着边际的替死鬼之说，排除不可思议的隐身杀手成露之说，凶手应该就是这四个人中的一个。

即便是谷伊扬，先是在厨房找成露的痕迹，后来和我在房间里密谈，仍会有短暂的时间作案。比如，借口去卫生间上个厕所，将罗立凡诱到阁楼勒死，然后吊起来，前后只要几分钟。他是这里唯一的肌肉男，他下手的成功率会最高。

更何况，罗立凡对他和成露的指控如果成立，如果暧昧的确存在，这完全可以衍生为谋杀的动机。他和成露究竟是什么样的关系？他虽然向我解释透彻，但只是一面之词。

我相信他吗？他值得我相信吗？

他到这木屋来"旅游"的真正目的是什么？真的是来探寻安晓上吊的真相吗？真相怎么可能以那么一个云山雾罩的传说为背景呢？死者的周年忌日、显灵、替死鬼，这比我听到最荒唐的传说更荒唐。

他还有什么没告诉我？

还有那个像是从某朵莲花里蹦出来的天外来客黎韵枝，竟和谷伊扬唱着同样的曲目。

动机呢？如果简自远和欣宜是凶手，动机又会是什么呢？

成露呢？成露去了哪里？她还活着吗？

简自远接着我的话说："不是废话吗？当然应该找到他的死因，但怎么个找法？兰妹妹选修过刑侦吗？"

欣宜怒道："你能不能讲一句不带酸味儿的话？"

我说："我们必须做个尸检。"站起身，向阁楼走去。

"尸检？"简自远也跳了起来，"这好像是公安的事儿，你够专业吗？不怕破坏现场吗？"

谷伊扬快步跟上来说："刚才给罗立凡做过急救，现场早就被破坏了，等公安来，不知要到什么时候，就怕我们也要……"

"我们也要什么？"我惊回首。

谷伊扬说："成露消失了，罗立凡死了，会不会是个系列犯罪的开始呢？"

简自远的脸色又变苍白了，"谷老弟，不要吓唬人好不好？你是说我们屋里有个系列杀人狂？"

欣宜说："那我们大家都照照镜子，看谁更像？"

谷伊扬到房间里取来一把硕大的电筒，一行人走到阁楼下都停住了脚步。谷伊扬说："要不，还是像刚才那样，我和那兰上去验尸，欣宜和韵枝，如果你们觉得上去不方便，可以待在下面，简自远在楼梯上接应，怎么样？"

简自远连连摇头，"不行不行，我也要参与验尸，一来多一双眼睛，二来防止你们掩盖罪证……不是说我只怀疑你们啊，现在大家都不清白，对谁都要防着点。"

我看见欣宜对我使了眼色，做出一副作呕的模样。我说："我没意见，多一个人倒是可以看得更仔细点，不过你不要把现场吐得一塌糊涂，好不容易有点食物，都白吃了。"

简自远打了个哆嗦，显然想到后果的严重，但还是咬牙切齿地说："没……没关系，见过一次后，胆子应该强大些了。"

谷伊扬说："那好，韵枝和欣宜，你们也上楼吧，就在阁楼门口等着，我们五个，从现在开始，绝对不能分开。"

进阁楼前，鼻子就被一阵血腥气塞得满满的。简自远立刻捂上了鼻子，另一只手捂住了嘴，真不知道他怎样才能呼吸。

罗立凡的尸体已经被我和谷伊扬放倒在地上，谷伊扬打起手电，正照在尸体的双眼，他的双眼，半睁着，目光定定地望着我们。简自远转过了身。

我和谷伊扬都戴上了薄手套，用手电照着罗立凡的尸体，从头到脚仔细寻找着，除了脖颈勒痕和被撕裂的腿外，是否有其他明显的伤口。

没有。

于是我们把注意力放在了头部和脖颈处。

LED手电光，照出来的事物，很容易就只剩黑白灰色，罗立凡脖子上被皮带勒出的淤痕，看上去是一片青灰。淤痕附近的皮肤也有明显被磨破的痕迹，那是上吊时挣扎中皮肤和皮带磨砺后的结果。将尸体翻身，脑后枕部没有创伤，也是只在后颈部有勒痕和磨伤。

谷伊扬的重点似乎在罗立凡的脸部，他紧贴在手电光下看了一阵，我能看见，罗立凡的脸上并没有明显的伤痕，但略略肿胀，而且似乎多出一些小小的斑点。这说明什么？谷伊扬为什么要这么认真地看他的脸？

我转换视线，仔细看了看已经解下扔在一边的皮带，一寸寸地看过去。

看见了一小片血迹。绿豆大小的一片血迹，在浅棕色的皮带上只是一点暗色，真的是血迹吗？我再次将手电光转回尸体的颈部，颈部前面的皮肤几乎磨烂，而且有明显的血迹，但颈后虽也有勒痕，皮肤损坏并不严重，不过就在后颈正中，也有一小点血迹，不仔细看，很容易就疏忽了。

"看到什么了？"谷伊扬问。

"没有任何异样。"也许日后会后悔，但此刻，我谁也不相信，"只能说明他是被吊死的。"我的手触及罗立凡的肌肤，松软无力，毫无生气。

简自远一直躲在我后面，想看又不敢看，直到我在琢磨皮带，他才问："这真的是他自己的皮带吗？"

我说："应该是的吧，你瞧，他裤腰上的皮带已经不见了。"我顺便将皮带在裤襻上比了比，正合适。

裤子的纽扣扣紧了，但拉链松开了一大半。幸亏扣子扣好了，否则整个裤子就要掉下来。

我们自然又将重心放在被撕开的腿上。

简自远转过身，不再问什么了，喉咙里叽里咕噜的，显然血腥的部分他实在受不了。我尽量屏住呼吸，仔细看伤口。最外部的皮肉断开处齐整，但靠近骨头的部分却丝丝缕缕，像是被硬生生扯断。

谷伊扬说："看上去好像先是被什么锋利的东西切开，然后再撕扯……谁会残忍无聊到这个地步，简直像野兽！简直是魔鬼！"

"或者，就是野兽，就是魔鬼。"我又想到了那天晚上在黑暗中看见的那个影子和那双眼睛，"简自远，记不记得那天半夜里，我说我好像看见一个影子在厨房里。"

简自远瓮声瓮气地说:"你那时候就开始头痛了吧?"

这个混账家伙,还是在说我神智出了故障。

谷伊扬说:"奇怪的是,如果是野兽,那野兽又怎么会把罗立凡吊起来?还是说罗立凡上吊在先,野兽撕咬在后。"

简自远又发宏论:"我看兰妹妹的野兽论完全站不住脚。腿虽然被扯断了,但明显没有缺少太多皮肉……你们两个不信试试看,把地上的皮肉收拾起来,肯定能给那条腿复原。如果是野兽,哪有只咬不吃的说法?"

我们一时回答不上来。

同样无法回答的,是罗立凡为什么会上吊。或者说,谁吊死了罗立凡?

我们中间的一个,还是不在我们中间的一个?

罗立凡,成露;成露,罗立凡。简简单单的两个名字,简简单单的两个人,却生出无数的纠葛。

25. 色戒

　　我提出要搬出去住的小风波过后,那天晚上又去聚餐,大家胃口都好了些,但是一个个好像都心事重重。或许,黎韵枝要求换房间、我要求出走,这两个小插曲,足够影响所有人的心情。吃完饭后,我坚持要再买些食品。我们在银余镇上的超市里买过一些速食和日常用品,但经过两天两夜,已经所剩无几。还需要买很多吗?几乎所有人都笑我过于谨慎,只有欣宜挺我。我当时就感觉,等下山后,这批同伴里,只有和欣宜可以保持长久的友谊。

　　有时候,应该想得远些,比如预防突来的封山暴风雪;有时候,不应该想那么远,比如下山后云云。因为那时候的我,从来没想到,如果下不了山呢?

　　可惜我当时没有想到那么多,只是继续想着欣宜的友谊。唯一会成为我和欣宜之间保持长久友谊的障碍,是谷伊扬。

　　我相信,自己和谷伊扬之间,应该已是清白了断。本来就是如此,更何况"正牌女友"黎韵枝的横空出世。但我不知道谷伊扬是怎么想的,在许多黎韵枝不注意的时候,他看我的眼光中还透着热切盼望。有时候,我真觉得是自己先入为主的自作多情,目光真的能读得出吗?我比常人多一点心理学的训练,就能真的看出目光中蕴含的深意吗?

　　我真正能看出的,是欣宜对谷伊扬的欣赏。晚餐的时候,黎韵枝照样紧紧贴在谷伊扬身边,但是一张圆桌边,一个人的座位永远有两个邻居。谷伊扬的另一侧就是欣宜。有时候我真不明白,欣宜这么出色的女孩子为什么要去趟这池"浑水",大概一见钟情就是那么不可理喻吧。

　　回到木屋,在我和欣宜的客房里,当灯光暗下,当我在隐隐头痛中昏昏欲睡时，邻床上的欣宜突然问我："你对谷伊扬，还剩多少感情？"

我立刻淡去了睡意，说："你怎么知道了？是谁转发的消息？"

欣宜咯咯一笑，"若要人不知，除非己莫为嘛。"

"我好像真的罪行深重。你问这个干吗？"我猜，十有八九是简自远说出来的，只有他会那么无聊。那么他又是从哪里知道的？说不定是从谷伊扬那里直接听来的，他们毕竟是同事，甚至可能在办公室看到过照片。

"你真看不出来啊？"欣宜说，"我以为我这点小念头，早就是司马昭之心了。你们之间要是真的撇清了，我可就不客气了。"别说，这还真符合欣宜这个雪上飞的个性。

我说："我已经摆脱他的折磨了，你前仆后继吧……哦，差点忘了，明天早上，我还要向你介绍一下黎韵枝小姐，据说她是谷伊扬的女朋友，你们可以友好协商，或者比武招亲，比谁滑雪滑得快……。"

欣宜又是咯咯一笑，"你这人真逗。我是说真的。我比较喜欢有男人味儿的……"

"那我向你隆重推荐同样来自京城的简公公，他一张开嘴就特别有味儿。"我索性损人到底。

欣宜笑停后问："你真的不在乎，我要是向谷伊扬抛俩媚眼儿？"

"我和他真的浮云了。"我不知该怎么说。

"我知道，听说你和一个叫秦淮的作家好上了，对不对？"欣宜问，"不是我爱八卦，这可是上了娱乐版的事情。"

我叹口气说："秦淮就是这座木屋。"

"什么意思？"

"让我头痛。秦淮和这木屋一样让我头痛。说实在的，我不知道自己和秦淮到底算是什么，他消失了很久，我似乎也越来越不在乎了。"不知为什么，和欣宜聊天，三言两语就开始全盘掏出真心话。

欣宜"哦"了一声，"我真不该提这事儿了。那就再说谷伊扬吧。你有没有觉得，黎韵枝这个人特别怪？"

"你也看出来了,她和谷伊扬的关系好像很微妙。"

欣宜说:"可不是! 她虽然口口声声说是谷伊扬的女朋友,谷伊扬虽然从没有反驳,但也没有一口承认下来,只是唯唯诺诺,顺水推舟一般。我倒是觉得,谷伊扬有时候看你的眼光里,还有一种温情。所以我刚才问你,你们到底还有没有交情,我能'插足'不能?"

看来我的目光解读还算到位。

我说:"什么插足不插足的,放心吧,你要插的,是一根黎韵枝。"

欣宜歪着头说:"说得我像职业小三似的。"

"那可是本世纪最看好的职业哦。"

欣宜冷笑一声,"有一点我可以保证,我做什么都不会做小三,做鸡都不做小三,那是个最没有自尊的职业。我永远不会和别人分享一个男人。"

那天晚上平安无事。第二天滑雪滑到一半,大片的雪花就悠悠扬扬地落下来。那时还没有狂风,雪也不算紧,除了雪花体积比我以前见过的大,感觉就是平常的一场雪。一起吃午饭的时候,欣宜提议大家一起回山间,到木屋门口打雪仗、堆雪人。罗立凡皱着眉问,雪上飞女士您高寿? 怎么还打雪仗、堆雪人呢? 成露反驳说,谁都跟你似的老气横秋的。欣宜帮着一起挤兑说,要不怎么叫"老总"呢。简自远说一上午滑雪摔得体无完肤,也建议回去玩雪,他正好可以动态摄影。

于是,饭后我们一同坐上"木屋专线"缆车回木屋。

相信谁也没有想到,这竟是我们最后一次的"缆车行"。

万小雷用雪地车将我们分批送到山腰,短短话别,谷伊扬说:"雪大,你开车的时候小心点儿。"

"放心吧老铁,你们好好玩儿,明儿个我再来接你们。"万小雷又在谷伊扬的肩膀上狠狠拍了一下。

等开始玩起雪来,我才发现,原来每个人心中都有一份精心呵护保留的童真。当时雪下得反而比中午小了一些,有点像黎明前的黑暗或者暴风雨前的平静,总之是绝佳的玩雪机会。新鲜的、松软的、干爽的雪,被团成一个个雪球,砸向那一个个令人欣赏、鄙夷、痛恨、牵挂、猜忌、怜爱的人。

摆脱了我心目中阳光形象、一直郁郁寡欢的谷伊扬似乎又回到了大学里那副敏捷霸道的模样,上蹿下跳,扔出来的雪球都是被各种"肌"狠狠挤过的,砸得人生疼;老气横秋的罗立凡似乎返老还童了,显示了出人意料的"身手",矫健的程度居然绝不在谷伊扬之下;成露仿佛是林妹妹从红楼梦里清醒过来,把眼泪和小性子都抛开埋在了雪中,竟发出了大声欢笑;在那短暂的一个小时里,我的头痛也暂时消失了。我真希望那段清醒欢愉的时光能够被无限延长,现在想起来,那是这一次旅行"度假"中最快乐的时段。

当我打到胳膊有点酸的时候,成露过来拉起了我的手说:"走,暴力发泄结束,咱们做些建设性的活动,垒雪人儿吧。"

我笑说好:"记不记得那年你到我们家过年,也一起堆雪人来着,直夸我们那里的雪比江京的好。看看这雪,我才被震撼了呢。"

成露说:"怎么不记得!"她叹了口气,一丝忧伤又锁眉头,"真希望回到小时候,只需要傻玩儿,哪怕考试啊,升学压力什么的,也比现在这种日子好过。"

我们开始在地上滚雪球,我说:"其实,令人不高兴的事儿很多,但都是外因,快乐不快乐,自己还是能做主的。"

"可我就是控制不住,不甘心……"成露抓了一把雪在嘴里嚼着,"从小我就没学会忍气吞声,就没学会'挥一挥手,不带走一片云彩'。所以我特佩服你,那个叫秦淮的小子这样烂,你也没派几个私人侦探杀过去。"

我想到邝景晖和他的无数耳目,心里苦笑。即便有一连正规军杀过去,又能拿人心怎样?我说:"不止秦淮哦,谷伊扬这小子最先跟我玩儿的这套。"

成露一时无语,等雪人的下肢直径已滚到一尺,她才说:"他至少没逃过咱们手心儿不是?何况,你要想听我说实话……"她压低了声音,欲言又止。

我心里一沉:千万不要告诉我,任何我不该知道也不想知道的事。

"……我真是觉得,谷伊扬对你还是很有感情的,你大概没注意,他有时候盯着你的样子。我看他和那个黎韵枝……听说他们是在沈阳遇见的,我是一点也不看好他们。其实我在北京也碰到过他们在一起，估计他们也就是一起玩玩儿，谁知道前天黎韵枝突然出现，自称是谷伊扬的女朋友，倒让我震撼了。"

我只好说："至少现在，我们都不好回头了，随它去吧。"

"说实话，"成露今天不知有多少实话实说，"有时候，我既可怜你，又羡慕你。可怜你到现在还很冷清，羡慕你招那么多人喜欢。"

我嗔道："你胡说什么？我觉得这一屋子的人里，就只有欣宜喜欢我，连你都整天给我个哭丧脸。"

成露苦笑道："我给谁都是哭丧脸，又不是针对你的。"我想到她和简自远的密会，暗暗自问：真的是不针对我吗？成露又说："不过既然说到招人喜欢了，我要请你帮我一个忙。"

"条件是你以后见我就要笑。"我说，不知道成露又在打什么小主意。莫不成简自远是在骗我？如果我发现他说的密会内容不属实，引用谷伊扬的话，他会"很惨"。他不至于这么傻吧？

成露轻声说："也许你不知道，我们家这位罗立凡，其实一直对你很青睐。"看来简自远罪不至死。我忙抓了一把雪，往成露的嘴里塞，"你又在胡说什么呀！"

"我是说真的。"成露避开来，抓住我的手，"你比我更不像傻瓜，所以你肯定也能感觉到，对不对？但我会不相信你吗？这年头我即使谁都不信，也不会猜疑你。所以他一个人到江京出差什么的，我也从来没担心过。但是，我真的很想知道，勾了他魂儿的人是谁。可是，不管我怎么问他，他都不会说的。这两天我们哭哭闹闹，就是因为这个。因为我已经感觉出，他的心彻底离开了，但我就是想知道，究竟是谁……我总不能死不瞑目吧。"

"你怎么这样说！"我越听越心惊，"天哪，露露，你不会是要我……"

成露坚定点头，"没错，我求你了，帮我这次忙，做我的'美人计'，和罗立凡套套近乎……只是套近乎，千万不要献身什么的……从他嘴里，套出那个人的名字。"

"你有没有搞错！"我低呼，"这也太出格了，他不告诉你的秘密，又怎么会告诉我？他很精明的一个人，知道我们两个瓷，怎么可能张嘴就说出小三的名字？"

"这就看你演技是否高明了，我对你充分信任。你要记住，他对你很馋的，这是你最大的优势，只要发挥得当，一定能成功。比如说，你可以告诉他，和他好可以，但他必须断掉别的女人，让他交出那些人的联系方式，以便你监督什么的，我感觉他会听命。我完全相信你的魅力。"

我想：她疯了。她一定是疯了。

"笑一笑！"简自远不知什么时候将相机镜头对准了我们。我们一起转过头忘向镜头，脸上的表情，一定是"皮笑肉不笑"的典范。

"你们是在做雪人吗？需要这么大一雪球吗？别到时候做一雪人还得给它减肥。"简自远评论着。

26．预杀

那一晚，我又失眠了。

大概玩雪玩儿得疯了，出了汗，回来喝了好几杯水，仍觉口渴。下午近傍晚的时候，风起了，雪骤然加紧，铺天盖地地落下来。到了晚上，我躺在床上，头痛难忍，止痛片吃了也不见好转，只好听着窗外狼嚎般的风声和震慑心扉的雷声。

是的，我也是第一次知道，原来暴风雪的时候，也会打雷。

因为怎么也睡不着，我索性起身，但又怕在客房里倩女幽魂扰乱了穆欣宜的睡眠，于是悄悄走出了房间。

走廊里，只有我轻轻的脚步声，屋外的风吼反让屋中更显寂静。和周围一片寂静截然不同的，是我纷乱的心境。

我的表姐，如亲姊妹般的表姐，竟要让我色戒一回，只为套得负心郎的一句真相。而这位负心郎是否名副其实，也没有人能确证。表姐本人，也有她自己的暧昧，同时怀疑着我的不诚。

这个乱！

仔细想想，我可以理解成露反常过激的表现，人在极端的环境下会有极端的反应，她面临着婚姻破裂，大概是她有生以来最大的、甚至唯一的"失败"。她不会轻易放过罗立凡，更不会轻易放过导致罗立凡三心二意的人。

我该怎么做？

我当然不会去施"美人计"，我需要劝她看穿看透，注重在未来的离婚过程中争取自己的权益，而不是紧抓不放，直到筋疲力尽。我开始有些后悔起来，这两天总是在和头痛抗衡,竟没有多为她开导,一个心理师的失职。

好在还有明天。

我真是这么想的。我怎么也没想到,后面的那一天天,会有那样急转直下的发展。

快走到客厅的时候,我又看见了那个黑影,又看见了那双眼睛。灰绿色的眼睛。

"是谁?"我轻轻问。但我不知道,这究竟是不是双人的眼睛。那双眼睛似乎浮在空中,但只是短暂的一瞬,就消失了。

"是我。"一个声音哑哑地响起。

我惊得立刻退了两步:难道那真是某人的眼睛?那"某人"正是罗立凡。

好像我每次失眠后出来夜游,都会撞见一个人。

"你吓死我了!为什么黑着灯在这里?"我问道,"有没有看见一个影子……我没看清什么样子,看清的只有一双眼睛,有点绿的……"一切都像是在重复着自己,我说着前天晚上对简自远说的话。

罗立凡说:"你才吓人呢,什么绿眼睛?怪兽还是鬼魂啊?"罗立凡走近两步,带来一片幽绿,"你刚才看到的是不是这个?我手机上的一个游戏。我睡不着,走出来也无聊,就玩儿了一会儿。"

我仔细看看,一个迷宫游戏,背景的确是绿色的,难道我看错了?"看来不止我一个人睡不着。"我敷衍着,觉得有些尴尬——和罗立凡单独在黑暗中相会,思无邪者尚能接受,这个木屋里偏偏难得有思无邪者。

罗立凡说:"的确是睡不着。这么说吧,如果知道有人要杀你,你会不会睡得着?"

我悚然一惊,又后退了两步,"夜深了,开不得这样的玩笑!"

"我不是在开玩笑。"罗立凡叹口气,"你看看这个。"

黑暗中,隐隐约约看见罗立凡走到了沙发面前。我迟疑了一下,在墙上摸到了一个开关,点亮了灯。

罗立凡穿着棉睡衣,一台笔记本电脑合在茶几上,他打开来,点了几下,说:"来吧,你看看。"

成露的微博显示在屏幕上。

"这几天,露露一直没忘了玩微博,一直在更新这次出游的情况。"罗立凡说,"你看看她最近的更新。"

事态升级了,妥协和忍让终于到了尽头,我哭,哭是没有用的,只有来个鱼死网破。只要那条鱼,不是我就好。

微博的更新时间是当天晚上 23 点 28 分。

再前面的一条微博内容是:

世界是平衡的,我从小受尽宠爱,长大后却一路坎坷,这是一种平衡。我终究还是不幸的人,给他人带来不幸的人,应该消失,消失在屋外茫茫的雪海中。

微博的更新时间是当天晚上 21 点 33 分。

我揉着阵阵胀痛的太阳穴,问道:"你们今晚又吵架了?"

"我倒是希望有一架可吵。问题是,今晚转入冷战,露露忽然不和我说一句话,只是泡在网上,像是灵魂出窍了一样。你瞧,你了解露露的脾气,她这个人,跟你大吵大嚷并不可怕,那只是她性格的一部分,但是当她一声不吭的时候才是最可怕的。这不,我索性搬出来,在沙发上将就一下。"罗立凡的声音里,透着隐隐恐惧。

"这很明显的是一时气话,你既然了解露露,就应该知道,她从来不是有意去伤害别人的那种人。"我说。

"哦? 是吗?"罗立凡的反问中含的那份讥诮,即便在剧烈风吼中也能听得真切,"那怎么解释她和谷伊扬的秘密约会,难道不是既伤害了我,又伤害了你吗?"

我的心也开始隐隐作痛,"这一定有个解释,我不相信露露会做那样的事。

她如果对你不是一片真心,又怎么会这么在乎你们的婚姻?"

"我怕就怕,她对我猜疑过甚,有了报复的念头,才会找到谷伊扬,好像是说,你出轨,我也出轨……"

"你到底有没有出轨?"我怎么会忘了成露分派的"任务"。

"我还要说多少遍,都是逢场作戏。我从没有移情别恋过……"罗立凡信誓旦旦。

我沉默了一阵,权衡着该怎么说,最后还是毫不掩饰地说:"不是我不相信你……你毕竟是有'前科'的人。"

罗立凡也沉默了。

就在我大二那年,在成露家和罗立凡见了第一面后,我遭到了罗立凡紧锣密鼓的追逐。他和成露正式提出了分手,开始频频到学校来找我。花不知送了几许,信不知写了多少篇,爱你,爱你,爱你。

那时候,我的情感是完全封闭的。父亲的尸骨未寒(在我心目中,父亲的尸骨至今未寒),母亲得了严重的抑郁症,我心里的创伤远未结痂,没有任何一个男子可以轻易地走入我心中。更何况,成露是我至亲的表姐,我怎么可能接受一个见异思迁抛弃了表姐的人?

拒绝,坚决的拒绝。

"那个……能算是前科吗? 毕竟都是结婚前的事。谁在恋爱中没有个反复?"罗立凡无力地辩护着,对我毫无说服力。

"我只能奉劝你一句,如果你真的在乎她,不如把事情说清楚。如果真有红颜知己,断干净了,向露露认个错,不是没有挽回的余地。"我不知道自己的话有多少底气,不知道天下的婚姻咨询有多少成功率。

罗立凡忽然转过头,面对我,柔声说:"我一直知道,这世界只有一个真正让我动心的人,就是你。"

27．五小无猜

　　此刻在阁楼里，我终于回想起罗立凡搬出客房在沙发上睡觉的事。看来，我出现了失忆。还有什么我没记起来的？或者，还有什么记错的？为什么会这样？我年轻的生命中，即使在父亲去世后那段最阴暗的日子里，我都保持着足够的清醒，是什么发生了变化？

　　看着罗立凡鼓胀但毫无生气的双眼，鼻子被一阵阵的腥臭刺激着，我突然想，或许，成露在微博上"鱼死网破"之说，并非只是发牢骚解气，而是真的有所指。

　　罗立凡在成露失踪后不久身亡，会不会是成露一手策划？故作失踪，然后冷不丁地出现，杀人。

　　但是，天下真会有这么傻的杀人犯，将犯罪意图写在微博上供大众消费？犯罪心理学里会提到一些反社会人格的系列罪犯，作案前可能发警告，用来彰显自己作案的影响力，得到犯罪快感和成就感。但成露远非反社会人格，如果只是一个情杀，也谈不上是什么轰轰烈烈的大案，她绝不会从中得到什么乐趣和自豪感。

　　而且成露远非运动健将，怎能在搏斗中占上风，勒死罗立凡呢？

　　如果她能随心所欲地消失和出现，这段时间里她又藏在哪儿呢？

　　我说："可惜，我们还不够专业，看不出罗立凡到底是上吊自杀，还是被人勒死。"

　　谷伊扬站起身，又开始在阁楼四壁和地板上不停敲打，大概是希望能无意发现一个夹层或暗室。

　　一无所获。

"好了没有？找到什么没有？没有的话，我可要撤了！"简自远不耐烦地问着，声音从后面瓮声瓮气地钻出来。

我说："你什么时候都可以退出去。"然后，自己先跨出了门。

楼梯上，欣宜和黎韵枝都眼神空洞地木立着，像两尊美丽而受了惊吓的蜡像。欣宜将覆满泪痕的脸微微转向我，轻声问："是不是她杀的？她杀的，对不对？"

"谁？谁杀的？"

"她，成露？是她杀的，对不对？"欣宜的嘴唇轻轻颤动。

"为什么这么说？"

欣宜说："她消失了，然后他就死了。他们一直在闹别扭，不是说，如果一个人被杀，那最先会怀疑的就应该是他的配偶或者情人……"

我说："我不知道，现场看不出这样的迹象。而且我不觉得成露有那样的力量，可以徒手杀了罗立凡。"

"没有人能估量一个人的潜力，对不对？我以前的滑雪教练说的。他就是那种人，去挑战所有的极限，我看到过一些照片，他滑着最原始最险峻的雪道，在空中做着最不可思议的动作，真正潜力的爆发。"

我静静听着。当一个性情直爽乐观的人开始探讨人生，只能说明心理所受的刺激何其强烈。我安慰道："你的滑雪教练，这样的高人，等以后我去北京找你，你一定要带我拜见。"

"他已经死了。"欣宜淡淡地说，新的泪水又流了下来，"一次滑雪的时候坠落悬崖。你瞧，总是冒险的人，最后的结果只有一个，当他们意识到的时候往往已经晚了，收不住了，潜力带来的势能太强大。"

犯罪心理学上也讲潜力，这是为什么很多看似本分敦厚的人，在过激中会做出极度残忍的事。

我轻声问道："欣宜，我想问你们一个问题：不久前我在简自远房间里的时候，谷伊扬是不是一直在厨房找成露的线索？"

欣宜一愣，那种木然的神色减弱了，想了想说："厨房就那么大一点，其实没有什么太多可看的，我们开始分头在找，记得你去了阁楼，我去了我们的房间，所以没有一直跟在他身边，不像某人……"她看一眼黎韵枝，不知道自己的话是否被听见。

我轻声向黎韵枝问了同样问题，她脸色一沉："你什么意思？你在怀疑伊扬?!"

"没有，就想搞清楚罗立凡出事时大家都在哪儿。"

"没有，我没有一直跟着他，我爱他，我是他的女朋友，但我并不是他身上的一条寄生虫!"黎韵枝的声音越来越高。

欣宜也提高声音："只是问你一个问题，有必要那样引申吗？有必要那么上纲上线吗？"

"怎么了?"谷伊扬从阁楼探出头来。

黎韵枝指着我说："她在怀疑你，她怀疑你杀了罗立凡!"

谷伊扬一怔，异样的神情在脸上凝结，良久才说："我以为……刚才和你解释得很清楚了。"这话是对我说的。

我想说，成露消失了，罗立凡死了，就只剩了你的一面之词。我想说，如果你和成露真的有染，如果你真的爱上了成露，你说不定会怀疑成露的失踪和罗立凡有关，你甚至会猜到，罗立凡知道了你和成露之间的事以后，伤害了成露。你逼问他，他不说，你暴怒之下杀了他。

只是个猜测，只是个猜测。

但我不用说，谷伊扬应该已能猜出个大概。

简自远忽然说："兰妹妹的意思还不明白吗？我们这五个人，谁都不能完全撇干净！难道兰妹妹自己就没有杀人的可能吗？她难道没有杀罗立凡的可能吗？"

我望着简自远，没有显出惊讶，我知道，迟早会有人提出这个假设。

欣宜没有掩饰自己的惊诧，"你臭嘴，你胡说!"

简自远说："穆姑娘，你自己天真就算了，别把所有人都想得那么天真。那兰，和她表姐、表姐夫之间，有你想象不到的错综复杂的关系。对不对，兰妹妹?"

我没有什么可辩解的，无语。

"那兰要杀罗立凡的动机，其实很简单，有两种可能。第一种可能，那兰和罗立凡之间以前可能有过暧昧,现在被成露发现了。兰妹妹脸皮薄,就和罗立凡一起联手让成露消失了。罗立凡从此一定会紧盯着那兰不放,但那兰和谷伊扬又藕断丝连,为了将罗立凡灭口,合伙除掉了这位表姐夫。刚才有很长一段时间,两个人在一起密谈,不是吗?同样的时间里,他们也有可能找到罗立凡,诱他上了阁楼,把他杀了。

"还有一种可能,就是那兰怀疑成露的失踪,是罗立凡下的杀手——其实这个问题很简单,傻子都能想得出来,成露是从罗立凡的房间消失的,他们最近又在闹纠纷,不是罗立凡干的还会是谁呢?于是那兰为了替表姐报仇,就和谷伊扬合伙干掉了罗立凡。"

我耐心地等他讲完,说:"你这里的主要假设,暧昧,或者藕断丝连,都是无稽之谈。成露下落不明,又不是明摆着遇害了,我也没有什么仇可报。"

简自远冷笑,"真的是无稽之谈吗?"我忽然想到,那天半夜和罗立凡在客厅里的一番对话,应该也都被简自远安装的摄像机拍下来了,具体对话能听见多少也许并不重要,重要的是我们在深夜同时出现在客厅里。

幽会的最好证据。

乱!

我说:"欢迎你拿出证据。"同时想,他为什么要隐瞒那些屋内视频的存在?只有一个解释,"真1"和"真2"两个文件夹里,有他不希望我们看见的东西。

但那些视频,都去了哪里?

28．备逃

这大概是我度过最漫长的一天了。

饥饿、幽闭、互相猜疑、对未来的恐慌，将时间拉成绵延的丝，做成摄人心魄、令人窒息的茧，将颓丧绝望的人桎梏。

即便如此，天还是一点点黑了下来。

我们点起煤气，将剩下的食物烧了，所有人都没有饱，但食欲也丝毫不振。

黎韵枝和欣宜在洗碗，简自远坐在窗边，听着屋外风的嘶吼，一脸沮丧。谷伊扬轻声对我说："我还是没想到，你会这么不信任我，还会将我也列为怀疑对象。"

我说："如果你的初恋恋人，忽然不辞而别，对你不闻不问；如果你的初恋恋人，将一段重要往事只字不提很多年；如果你的初恋恋人，口口声声说彷徨不知所爱，但身边又出现一个正牌女友，你说，你会不会立刻相信他说的一切？"

谷伊扬叹一声，沉默了一阵说："是，所以我没有怪你的意思。"

"什么时候，你对我有了足够的信任，我也会投桃报李。"我站起身，走到谷伊扬身边，凑在他耳边说，"其实，你早就可以告诉我，黎韵枝是个精神病患者。"

谷伊扬全身一紧，被说中要害的反应。过了很久，他才说："你怎么知道的？"

"我们俩有很久没谈彼此的工作和学习了。我研究生的专业方向是犯罪心理学，还去江医选修精神病学的很多课程，算小半个专业人士。我先是感觉出，她有明显的被爱妄想症状。她屡次声称是你的女友，你都没有明显的表态，说明你了解她的病情，不忍心戳穿。我是她来后第二天就有了这种想法，和她聊了聊，知道她是沈阳医大二院的一名护士。于是我给她们医院打了个电话。医院护理部的人告诉我，小黎在休病假，我问是什么病，对方支支吾吾不肯说，于是我反试探，说是不是精神科的疾病，医院的人认可了。她被诊断为轻度的间歇性精神分裂，住家治疗。"我继续在谷伊扬耳边低语，乍一看一定像是情侣呢喃。

黎韵枝终于看见了，面沉似水。

"你一定了解她的病情，不希望硬生生的拒绝刺激到她，所以一直在迁就。当然，这只是我的推断。告诉你这些，我只是希望，如果你还有什么秘密不肯告诉我的，最好都说出来，说不定可以改善我们现在的处境。比如，这次你组织这个活动，究竟是什么目的；叫上我，又是什么打算？"我终于离开了谷伊扬，不希望真的激怒黎韵枝。

谷伊扬低声说："组织这个活动，和安晓的死有关，和这座木屋有关，你已经猜到；叫上你的目的，很简单，我希望重回你身边。"

我心头一动，忽然觉得一阵悲哀。

太晚了。

太晚，因为我的这份情感已经封闭；太晚，因为没有人知道，我们是否能安然度过这一劫。

"伊扬，你们在说什么？"黎韵枝走过来，目光犀利如针。

谷伊扬一时不知该说什么，黎韵枝尖声说："在这种时候，你们……你们还在背后嘀嘀咕咕，难怪有人会怀疑你们藕断丝连！"

我平静地说："正是在这种时候，我们的重心不应该放在儿女私情，刚才和伊扬的交谈，是我们要摆脱困境的一部分。"

简自远说："哦？那好啊，说出来听听？不要搞小团体嘛！"

我说："我有种感觉，我们早些时候，对成露的失踪，和罗立凡的死，分析了很多，但都是集中在说不清、道不明的一些情感纠葛上。我们的思路也因此被局限了，局限在我们这几个人之间，彼此猜疑个没完。但有没有可能，他们的出事，是外界因素？"

"外界因素？"简自远摇着头说，"我们对整个木屋搜查得还算很彻底了，没有发现任何一个'外界'能进来沟通的门户啊？他们两个出事的时候，没有外人来拜访不是？"

我说："我们只是自认为搜查彻底了，如果真正有秘密的门户，也不是能让人轻易发现的，对不对？"

黎韵枝问道："那你是什么意思？"

"我们不能在这儿坐以待毙……"

"打住打住……"简自远举起手，"这话说得也太有想象力了，难道就因为一个人丢了，一个人死了，我们剩下这几位就注定也要一个个去见上帝？兰妹妹是不是劣质恐怖片看太多了？"

我强忍住怒气，说："请你不要揪字眼，我说的'坐以待毙'，不是说我们真的会死，而是说现在情况很糟糕，需要改善。比如说，我们饥肠辘辘；比如说，我们不知道几个人中间是否有'杀手'，是不是另外有能够自由进出这座木屋的凶手；比如说，今晚谁又能睡个安稳觉？这样的现状，你是不是很满意？"

简自远说："改变现状我没意见，你有什么高见呢？"

"今晚我们还是做不了任何事，只能尽量好好休息，祈祷再没有不测发生。等到明天天亮，我们必须离开这里。"

"离开这里？"简自远和欣宜同时叫起来，"那兰你疯了吗？"

我看一眼黎韵枝，说："韵枝和伊扬，都知道这座木屋的背景，先后有两个女孩儿在这上吊，一死一伤，伤者最终也还是逝去了。然后是成露在这座木屋失踪，罗立凡在这座木屋上吊。所以很简单，问题出在这座木屋上。还不明显吗？如果要得到最安全的保障，必须离开这座木屋。"

谷伊扬说："谁不想离开这儿呢！但外面这满山大雪，天气随时都会变得更恶劣，我们又能往哪儿去？"

我拿起茶几上的一张度假村地图说："下山求救的可能性当然不大，但是我们不是知道，还有四五家类似我们处境的木屋吗？他们的住处，离我们虽然有一定距离，寻找起来虽然会艰难，但比一路下山还是要可行得多，比没有食物、没有安全感的等待也要更为实际。"

"天方夜谭!"简自远高声抗议,"我们怎么走过去呢? 就在这好几尺深的雪里一步步蹭过去吗? 等找到其他木屋,估计我们也筋疲力尽了,更何况其他几家的情况未必比我们好,说不定也早就盆儿干碗儿净了,还指望他们会施舍给我们吗?"

"至少,其他木屋的环境可能会好些。"虽然我说不出这座木屋的环境究竟"差"在哪里,只不过是丢了一个人,死了一个人。"一步步走过去肯定行不通,但别忘了,我们这里有一副滑雪板,我们基本上都会滑雪了吧? 可以有一个代表,滑出去探路,剩下的人,跟在滑雪者的轨迹之后……"

谷伊扬忽然说:"我们小时候,经常会去踩厚雪,那时候没有高档的雪地鞋,我们都是用的土制雪地鞋,就是用树枝和木条做成一个加宽的表面绑在脚上,这样人的重心就被更广泛地分布在脚下,不容易陷入深雪。我们现在就可以开始收集材料,这里有煤气,将树枝木条加热后它们可以弯曲。我来制作!"

黎韵枝叫起来:"伊扬! 你难道同意了她这个……这个疯狂的想法?"

谷伊扬说:"实话说,守在这个屋子里,我也有种坐以待毙的感觉……"

"求求你,不要用这个词了好不好!"黎韵枝继续叫着,似乎随时会崩溃。

欣宜说:"我也同意离开这里。我一直不信邪不信鬼的,但是不知道为什么,我总感觉,罗立凡的死,完全超出我们能解释的原因,这是不是就是超自然呢?"

简自远无奈地说:"欣宜,你可是女中豪杰,怎么可能会相信那些乱七八糟的东西?"

穆欣宜看来心意已决,"我们这几个人中,伊扬和我滑雪滑得最多,我就自告奋勇一回吧,明天一早就出门去探路。其实滑雪板滑过的雪面,就不会那么松软,不会那么容易陷入。我本来就带了一双雪鞋,如果有了更多土制雪鞋后,你们可以跟在后面走。"

谷伊扬站起身,仿佛重新有了动力,径直走到门口,拉开了门,任凭一丛雪花飞舞进门厅。

我们几个都出去帮着他找树枝。大风雪的确压断、刮下了不少树枝,但很多已被深埋,即便找到一些,也都枯得太脆弱。好在谷伊扬很快发现了一棵不大的小松树,可以够到很多细枝,有了足够的材料。欣宜取出了她的滑雪板和滑雪靴,试着在木屋附近滑了一段,告诉我们说,只要不过悬崖或者独木桥,问题应该不大。

回到木屋,点起煤气,一个多小时后,五双山寨版的雪鞋做好了。我们又一起去了一次阁楼,因为那里有一个拖把,拆下拖把上的布条,就有了雪鞋的鞋带。

煤气点燃发出的暗光下,谷伊扬看着厨房台子上一字并排五双雪鞋,露出了满意的微笑,好像是这两天来头一次见他露出笑容。他说:"好了,大家就在沙发上睡一下吧,现在就等天亮了。"

谷伊扬又把刚才捡来的一些枯枝烤干了,放在一个不锈钢锅里,点了一小丛篝火。小屋刹那间多了一份难得的温馨。

L形的大沙发,都躺下睡肯定没有足够的位子,但可以让我们五个人从容坐下。简自远缩在一角,很快发出了鼾声。黎韵枝紧靠在谷伊扬身边,枕在他肩头。欣宜蜷在我身边,闭一会儿眼睛,却又立刻睁得老大,仿佛被什么突如其来的噩梦惊醒,然后问我:"你怎么还不睡?"

我呷了口水说:"大概是昨天睡了一天一夜,不困,头痛得也厉害,想睡也睡不着。你怎么睡得这么不踏实?"

"能踏实吗? 想到他……他躺在阁楼上,想到成露……她不知道在哪里游荡。是她杀的罗立凡,对不对? 是成露杀的? 只有她最想杀罗立凡,对不对? 我听到过他们吵架,冤家一样。"

我握起欣宜的手,柔声说:"你别去多想了,我其实脑子里一团迷糊,没有这个能力猜到谁是凶手。说不定到头来,他真是自杀的呢。说不定,他真是对成露有一份挚爱,见她失踪了,一下乱了方寸轻生呢。"

欣宜显然没有被说服,喃喃说:"是她,我觉得肯定是她。只有她最想杀罗立凡。"

我抚着她的柔软短发,轻声说:"可怜的,你不要去想了,安心睡吧,一切都会好的,一切都会水落石出的。"

欣宜勉强笑笑,贴在我耳边说:"这里,就是你最好。这样吧,等下山了,我不追谷帅哥了,我追你吧。至少,我去追杀那个秦淮,把他找来向你谢罪。"

　　我笑笑说:"你真够前卫的。"

　　就这样,我也逐渐昏昏欲睡,去迎接属于我自己的那份噩梦。

　　直到身边的欣宜发出一阵强烈的颤动。

　　"什么声音!"欣宜轻声惊呼。

29．琴绝

我立刻惊醒，地上那盆篝火将烬，但能依稀看出谷伊扬也坐直了，紧张地回首。

我仔细聆听，除了外面时强时弱的风声，木屋内一片寂静。

"我没有听见啊……"我刚开口，就见谷伊扬将食指竖在唇中。看来，他也听见了什么。

终于，我也听见了。似乎是极轻微的脚步声。

像是从阁楼处传来！

阁楼里躺着一个人，一个死人。

谷伊扬站起身，轻轻迈出脚步，双眼望向走廊尽头的一片黑暗。

我也站起身。

"砰砰"，剧烈的拍门声。

沙发上所有的人都醒了，愕然盯着木屋大门。

所有人的注意力，也都从阁楼上的脚步声，转移到更分明的拍门声。简自远弯腰向火盆里吹了一下，火苗跳动，他扔进去几根枯枝，屋里又有了明火。谷伊扬摸到了欣宜的滑雪杆，走到了门口。

"是谁？"

"是我，"一个陌生的女声，"我是张琴。"

张琴，这个名字好熟。我忽然想起来，是那个险些被简自远猥亵的女服务员，和谷伊扬也是本地的老相识。

果然，谷伊扬松了口气，但显然并没有完全放松警惕。他拉开门，只缓缓拉开那么一点点,手里仍紧握着滑雪杆。

简自远轻声说:"哇,我老不是在做梦吧,怎么封山的日子里会有来客呢?是不是我们得救了?"

我拿起早备好的手电,照向门口。一个穿着雪场工作服滑雪衫的圆脸女孩,正是那天见到过的羞怒着跑出木屋的张琴。她说:"是谷伊扬吗? 快让我进来。"

谷伊扬将门开得略大了些,仅容一个人进入。张琴脚带"咚咚"响地挤了进来,抱着一副滑雪板,脚上显然还穿着滑雪靴。不用问,她是滑雪过来的。

"你是怎么上来的?"谷伊扬不解地问。

"不是'上来',是'下来'。"张琴将滑雪板推给谷伊扬,开始解背后的一个包。光线不佳,依稀看见她脸上一副焦虑神情。"我其实一直在山上……前天我打扫完一套别墅后没来得及下去,缆车就卡死了。好在我打扫完的那套木屋里有不少吃的,我就等了两天。这不,给你们带了点吃的来,你们饿坏了吧。"

简自远笑着说:"妹妹好,好久不见了。"

欣宜在我耳边轻语:"我怎么感觉,有点太不可思议了,怎么突然间,我们的命就变得这么好了。"

这话显然被张琴听见了,她惊讶地看着欣宜,"这位雪上飞大姐为什么这么说? 你们的命哪里不好了?"同时,我觉得她似乎已经有了什么预感,问话时双眉紧皱着,声音也有些发颤。她探头往屋里看一眼说:"你们……你们几个一起来的,都在这儿吗?"

欣宜说:"我们这里……"但被我搡了搡,没说下去。

张琴反倒更紧张了:"怎么,难道你们已经……"

谷伊扬沉声说:"我们的情况很糟糕,张琴,你实话告诉我,你今晚来,不只是来送吃的,对不对?"

张琴一震,自言自语说:"天哪,看来,你们真的……是,我的确是来……"

黎韵枝忽然一声尖叫:"小心!"

我的眼前一花,似乎有道微弱的绿光划空,然后是张琴的脸,由惊讶焦虑变为惶恐失神。

一个黑影扑到她的胸口，"咿呀"叫一声，又倏忽离去，消失在黑暗中。

张琴仍张着嘴，就在那黑影离开的刹那，一股血流从她的脖颈处激射而出！

溅了谷伊扬一身！

她的身躯仆倒在地。

我几乎可以肯定，那微弱的绿光，就是我曾经在两个晚上见到过的那双绿色的眼睛。幽绿的眼睛显然是从我们身后的走廊飘过来，只有张琴一个人面对着走廊的黑暗，成了第一个被攻击的对象。

简自远"啊"地尖叫一声，那个黑影又向他扑了过去。他随手抄起一根木柴，挥了出去，黑影翻了个身，落下地，简自远算是躲过一击。

一只极为凶猛的小型动物。

脚步声响，两只甚至三只小型猛兽一起出现。数不清它们的数量，是因为它们的身形实在太快，飘忽如鬼魅。

"离开这儿！到房间里去！"我叫道，同时上前去拉张琴。

"那兰，小心！"谷伊扬叫着，但已经晚了，我的左小腿处一阵刺痛，感觉是有一副尖利的牙齿划破我的裤脚和肌肤。然后是一阵撕裂疼痛，接着，腿又被敲打了几下。回过头，看见谷伊扬正用一根滑雪杆挥打，显然是在驱赶咬我的那只小兽，难免敲到我的腿上。

我拉住了张琴的手套，手套湿滑，我又向前抓住了她的手腕，拖动。张琴身高和我相仿，但丰满许多，因为骤来的腿伤，我几乎失去了自主走动的能力，举步维艰。简自远的声音叫起来："不用管她了，她肯定没戏了！我们快走！"

谷伊扬叫着："你们拿好滑雪板，保护好自己！"他显然是将张琴的滑雪板递给了别人，只拿了一根滑雪杆，过来和我一左一右架起了张琴。

简自远叫道："欣宜，你也带上你的滑雪板，和韵枝，你们两个前面走，找最近的客房进去！用滑雪板和滑雪杆在你们面前划拉！我来殿后！"

我和谷伊扬扶着张琴快步往走廊里走，简自远的确守在我们后面，他手里也有一根滑雪杆，还捏着几根半燃的柴火，对付猛兽，或许那是最好的武器。

黎韵枝的客房离客厅最近，我们陆续涌入，简自远飞快地关上门，还没来得及锁上，就听得一阵尖利爪子划在门上的响声和砰砰撞门声。

它们想进来。我相信，它们一定会设法进来。

简自远和欣宜一起拉过一张桌子顶住了门。我和谷伊扬将张琴平放在地板上。黎韵枝打起手电，我查看张琴的伤势。

她已经没了呼吸。

粗粗看去，她的喉头被咬烂，颈间一片血肉模糊，还在无力地渗着血。仔细看，她的气管被咬穿，虽然不敢肯定，但我猜测那猛兽的第二咬，咬开了她的颈动脉。所以她会死得这么快。

黎韵枝又嘤嘤地哭了起来，像是在为张琴哀祷。

我的眼中，也一片模糊。

难道这仅仅是巧合？就在张琴赶到我们的木屋，似乎要带来什么重要消息的时候，这些小兽发动了进攻！

我问道："你们看清了那些野兽的样子没有？"

简自远说："谈不上看清，但感觉像山猫，像狼，像小个子的豹子。"

谷伊扬说："是貂狸。"

"貂狸？"我依稀听说过这种动物，但没有一点概念。

谷伊扬说："貂狸虽然小，却是我们长白山林里最凶猛的野兽之一。说起来，貂狸还算是珍稀动物，我们中学的时候就听过报告，宣传不要去惹它们，更不要去猎杀。"

简自远说："我们运气还真不错，一晚上就遇见仨。"

欣宜带着哭腔说："那么，罗立凡，是不是它们杀的？"

简自远鼻子里哼了一声："它们是厉害，还没有厉害到会用皮带勒死人。但是罗立凡的腿一定是它们咬的。看来，它们一直在阁楼附近转悠，刚才楼上那奇怪的脚步声，也一定是它们发出来的。"

我这才感觉到小腿上的剧痛，禁不住低头看了一眼，裤脚上一片血迹——我的衣服上也是血迹斑斑，张琴的血。

谷伊扬撕下一截床单,小心卷起我的裤管,"幸亏被及时赶走了,咬得不算太深,但最好有消毒用品。"他看一眼黎韵枝,"你带了有酒精或者碘酒吗?"

黎韵枝摇头:"我又不是来上班的。"

"抗生素呢?"

黎韵枝去包里翻找了一阵,找出一板阿莫西林。我吃了一粒,看着谷伊扬给我包扎了伤口。

"猞猁是吃腐食吗?"我问道。

谷伊扬摇头说:"猞猁基本上吃活的,不吃死尸。这是它们在山林里数量越来越少的原因之一。这也基本上解释了,为什么它们只是咬烂了罗立凡的腿,但并没有吃掉什么肉。我猜,罗立凡上吊的时候正好被猞猁看见,它们先是把他当作猎物进攻,咬脱了他的脚,随后发现他已经死了,就没有吃他。猞猁和其他很多猛兽一样,一般没有太大兴趣进攻人类,除非是受到威胁,或者极度饥饿。我猜罗立凡上吊的时候,猞猁显然并不饿,否则,还算新鲜的尸体它们也不大会放过。而今天,它们大概一整天没有进食,饿得慌了,开始进攻我们。"

"听说过有人养猞猁吗?"我问道。

"当然,不少动物园都有猞猁。"谷伊扬奇怪地看着我。

"我是说,附近,你们县里,或者银余镇上,有没有听说谁养过猞猁?"

谷伊扬一惊:"你是说,这些猞猁是被养的,是有人放来的杀手?"

简自远显然觉得我的想法荒谬,嗤之以鼻说:"这年头,看来什么都有人包养。"

我说:"只是问一下,不觉得三条珍稀动物同时出现,时机有些太巧?"

简自远说:"这倒是,这位张琴妹妹,她的出现也比较诡异……"他捡起了地上张琴的背包。

里面是几块干干的蛋糕和几根煮熟的老玉米。可怜的女孩,果然是给我们带食物来的。我将手电筒靠近,说:"再仔细翻翻,有没有什么别的东西?"

一瓶矿泉水,一包火柴,一包餐巾纸,一串钥匙。没有我想找到的东西,任何能暗示她离奇出现的东西。

我看一眼谷伊扬，又看看其他人，"我……想看看她随身带的东西，介意吗？"

众人都摇头。我将手伸进了她的滑雪衫的口袋，然后是滑雪衫衬里的胸袋。

我摸出了两张纸——两张照片。

我们的合影。其中一张是简自远给我们拍的合影，另一张是同样的合影，只不过成露的脸被篡改成了贞子鬼脸。

相信所有人都和我一样被震住了，屋里一片寂静，相信所有人也和我一样，在咀嚼这个发现的意义。

简自远说出了每个人都能得出的结论："是她放的那张照片！那天，我们俩……交流的时候，她看到我打印出这张合影的！一定是第二天，我们都出去滑雪，她进来打扫卫生，把原照从成露的房间里拿走，找人去 PS 了一张鬼脸，放回成露的包里！一定是这样！"

欣宜颤声说："这个我们都能猜得出，问题是，她为什么要这样做？"

屋里又恢复了沉默，最后还是简自远先开口："说不定……她……就是凶手，好像系列杀人犯都会摆这个谱，预告一下，我要先干掉某某，然后是某某，说不定，今天晚上，她也是来……"

"简直是胡说！"谷伊扬斥道，"她和成露、和罗立凡，和我们，有什么仇怨，需要这样？"

欣宜嘀咕说："最多她想干掉你简自远，和罗立凡毫无关系！"

"我只是在分析嘛！"简自远尖声说，"很多系列杀人犯都是脑子里进了水，逮谁杀谁，要什么理由啊？你们倒说说看，她为什么要给成露换脸？"

"是在提醒我们！"我突然明白了过来，"她一定是在提醒我们，这里不能久留！"

黎韵枝问："但她为什么不直接告诉我们？为什么要那么遮遮掩掩的？"

我也没有精准的答案，说道："当时，她一定有顾虑，不便直言相告。或许，几天后大雪封山，情况有了变化，她必须直接告诉我们了，所以今晚到我们这儿来，也一定想提醒我们，有危险！其实，这样的提醒已经不是第一次了！"我说出了银余镇上那个苗婆婆对我说的那句话。

——现在就回去，还来得及。

想到那位苗婆婆，我心头一动，手电光再次照向张琴的颈部，一串玉石项链，苗婆婆的产品？

欣宜忽然说："听，它们好像不再敲门了。"

我们都静下来倾听，果然，外面似乎安静下来，好像什么事都没有发生过。简自远冷笑说："是，它们是不再敲门了，就等着我们傻乎乎的冒出头来，咬断我们的脖子。"

谷伊扬抬起头，四下望着，仿佛猞猁已经潜入了这间屋子。他沉声说："它们不会罢手的，猞猁是高明的猎手，它们正在想办法进来。"

我们也都抬起头——木屋，顾名思义，完全是木结构，屋顶是木制，可以清楚地看见横梁和椽柱。

虽然每间屋子都有墙和天花板，但似乎只是薄薄一层的木板，吹弹可破。最要命的是，所有的这些屋子，从客厅、走廊到各个客房，上面都相通。我似乎已经可以听见，猞猁跃上横梁，开始在各个屋子上方游走。

"我们必须离开这里。"我说。

黎韵枝和简自远同声问："离开这里？"

"是，越快越好！"我起身走到窗前，一把推开了木窗。劲风卷雪，涌入屋中。

第二部分 亡命雪

30. 夜奔

我提出，我们必须尽快离开这木屋。屋外是漫天飞雪和酷寒。

谷伊扬走到我身边，问道："你的建议是，我们跳窗，逃出这座木屋？"

我点点头，"谈不上是建议，其实这是我们唯一的生路。那三条猞猁，迟早会找到突破口，攻进这间客房。更不用说，三条猞猁的主人，随时都会赶来。"

"逃出去以后怎样呢？"欣宜问。

我说："我不知道。真的，我只知道在这里是死路一条。我们可以试着去找别的木屋。张琴既然是从某家木屋出来，应该不会很遥远。"

简自远说："问题是你得知道往哪个方向走！"

我摸了摸口袋，"我把度假村的那张简图带上了，可以有个大致的方向。"

谷伊扬说："好，先出去再说。我们这里倒是有两副滑雪板了，可惜，那些编好的踩雪鞋没有带过来。"

"不要那么悲观哦。"简自远得意地说，"看看这个是什么。"

我这才发现，他脚下躺着一个塑料袋，里面竟然是五双土制雪鞋。

欣宜说："真要刮目相看了，刚才那么紧迫的时候，你还能想起带走雪鞋！"

简自远说："谁让我和兰妹妹心意相通呢，知道可能会逃出门，所以顺手牵羊了。"

我也带了钦佩地看他一眼，的确出乎意料，但老问题又浮上来：他究竟是个什么样的货色？

数分钟后，我们都已经在窗外没膝的雪中。我们都知道，欣宜和谷伊扬的滑雪水平最高，我坚持要他们两个踩滑雪板。张琴脚上的滑雪靴虽然是女式，但她的脚大，谷伊扬的脚勉强还是挤进去了。我们换上枝条做成的雪鞋后，站在雪地上，果然没有强烈的下陷。等谷伊扬和欣宜开始滑雪，我们沿着滑雪板的轨迹，也会更不容易深陷雪中。

谷伊扬将窗户关上掩紧，说："走吧！"

我们都不解，欣宜问："往哪儿走？"

谷伊扬说："跟着我！"滑雪杆在雪上戳了几下，向前面慢慢滑去。

这时的风雪，仿佛同情我们的处境，比前两日减弱了些，但冬夜的寒冷无情依旧，很快，脸孔露在外面的部分就失去了知觉。从客房跳窗出来前，我们几乎搜刮净了房间里所有的保暖衣物，连简自远也"变性"了一回，围了一条艳丽的围巾。好在黑夜之中，没有人会注意，也没有人有心情取笑。

我回头望望地上，浅浅的印迹。我开始在心里默默祷告，希望这雪下得越大越好，尽早盖住我们的踪迹。看这个情势，或许是我唯一能如愿。

走了不远，谷伊扬忽然说："你们继续向这个方向走，我去去就来！你们不要走得太急，要节省体力，保存热量，这是雪地行走的关键！"没等众人提问，滑雪杆一撑，掉头滑走了。

黎韵枝叫着："伊扬！"我忙说："不用叫他，他应该马上就会回来。"

"他这也太不靠谱了吧！说走就走，去哪儿啊？"简自远说。

我说："他去制造假象。"

简自远冷笑说："不愧是老相好，你怎么好像知道他心思一样。"

我说："他的衣服上，沾满了张琴的血，很有可能会成为猞猁追踪我们的依据。谷伊扬现在往另外一个方向跑去，然后会将带血迹的衣服留在雪地里，再回头找我们。这是我的猜测。"

剩下的四个人又向前走了一阵，谷伊扬滑雪如飞，很快追上了我们。果然，他的滑雪衫反穿着，衬里在外，显然已经将滑雪衫外面有血迹的地方撕去了。我问道："会不会太冷？"

他一愣，随即明白我已经知道他去做了什么，"还好，我们的目的地不算太远。"

黑暗中的雪地行走，的确是对人毅力和注意力的极大考验。我常年游泳不辍,体力算是过硬的,但走出不过百米,双腿就像和地下的厚雪胶着在了一起。

简自远气喘吁吁地叫着:"小谷啊,你倒是说明白,我们这是往哪儿去啊?"

谷伊扬回头说:"如果你想把猞猁引过来,你就大声叫吧!"

黎韵枝问:"伊扬,你就告诉我们吧。"

"去一个相对安全的地方,没有尸体,没有猞猁的地方。"谷伊扬一左一右地踩着滑雪板。

"为什么说是相对安全?"简自远嘟哝着,显然没有指望得到回答。

果然,谷伊扬保持沉默。

有时候我觉得,他这半年来"转型"得太剧烈,连我也有些不适应。我对简自远说:"我们要想真正安全,还是要加速离开这里,我总觉得,猞猁用不了太久就会发现我们已经出走,等它们追到谷伊扬撕下的血衣外罩后,就会继续追寻我们的方向。它们是最好的猎人,我们可谈不上是最有经验逃生的猎物。"

一行人在黑暗中艰难前行,一棵棵松杉,在夜色中狰狞,阻挡着通途。好在谷伊扬显然对要去的地方颇为熟稔,只是沉默着带队,哪怕犹豫或确认方向,也没有停下来,除了寒冷、黑暗和积雪的为难,这是一条算不上太过风险的路。

但为什么谷伊扬从未提起过他熟识这条路?

他只是提到,我们租住的木屋别墅,是石薇和安晓上吊的地方;她们上吊的时候,木屋还不是别墅,只是一间山林里常见的狭小鄙陋的棚屋,唯一引人注目的是木屋通体乌黑。安晓出事不久,银余镇就被开发商关注,开始筹建滑雪场和度假村。"小黑屋"和山间数座类似的木屋都被清拆,重新建起了一幢幢别墅,去年冬天试运行,据说不少京城的明星大贾,都曾光顾过这些焕然一新的木屋。这次我们几个人合伙租下这木屋,是谷伊扬的点子,他的确是希望能在这段时间里,得到石薇和安晓上吊的真相。哪怕是一点启发。

而我认为,他还有什么没告诉我。也许是没来得及说,也许是有意隐瞒。

在这个流光飞影般迅速变幻的世界里,失去最快的,是人和人之间的信任。我和谷伊扬、成露和罗立凡、还有这一行所有人之间,信任如冬夜温暖般不可求。

又走了不知多久，我的呼吸都有了困难，也许是寒风锁喉，也许是高山反应，也许本身精疲力竭，全身的所有部件似乎都已经不属于我。所幸一路走来，没有三条嗜血的凶兽在身后追猎。

也就是这个时候，我隐隐觉得不妙。

"停！停下来！"我叫了起来。

走在前面的谷伊扬和穆欣宜一起回过头，"怎么了？"

离我最近的简自远也扭头看我，然后也叫了起来："操！黎韵枝！黎韵枝不见了！"

31. 潜伏

　　我叫停这一艰难跋涉，就是想仔细找一找，黎韵枝为什么会掉队。记得刚才一路上，黎韵枝一直走在我后面。她虽然看上去娇弱，耐力倒也不错。我最初还有些担心她会跟不上，特意关注，但走了一阵后，发现她没什么问题，就没有再多留意，反而将注意力集中到反思这几日来一系列的不信任危机。在这样的黑夜中，当耳朵都缩在帽子和围巾里，唯一清晰的只有飕飕的风声，一不留神，一个人的消失，对她的旅伴来说，是真正的无声无息。

　　黑暗中，仿佛有一双手，攫走了黎韵枝。

　　"我们往回找！"我叫道，"但千万不要分开太远！"

　　谷伊扬滑到我身边，说："注意脚下，厚雪盖住坡上的一些灌木后，有时候会形成陷阱，黎韵枝有可能会陷在里面。"

　　手电光无力地逡巡着，我们往回找了一段，最初往回的地面上有我们行进的痕迹，但不知走出多远，脚印和滑雪板的轨迹都消失了，黎韵枝还是不见踪影。

　　简自远说："别再往回了，都快要走回我们的木屋了！回去喂狼吗？"

　　谷伊扬停下脚步，怅然地站着，略思忖后说："继续赶路吧。"转头前行。

　　我深一脚浅一脚地追上谷伊扬，问道："你应该是最了解黎韵枝的，她有没有雪地里生存的经验？"

　　"谁说我最了解她？"谷伊扬头也不回，"我只知道，她突然失踪，也不是什么偶然事件。"

　　在零下不知多少度的雪夜里，对寒冷已经不再陌生，但内心里冲荡的一股寒意，却是恐惧的赐予。

谷伊扬努力让我在风中听清,同时努力压低声音,只让我一个人听见,"罗立凡不是自杀,是被勒死的。"

这个结论不算石破天惊,但我还是被震了一震,"为什么这样说?"

"尸检……石薇上吊后我和安晓读过一些法医学上的资料,吊死和勒死的人,尸体上会有不少特征可以鉴别。石薇的死,和安晓那次出事,都完全符合上吊的特征,而罗立凡的尸体,脸上有肿胀,脸上和脖子边都有小血点,这些都是被勒死的特征。我验尸的时候没有说,是不想让简自远听见。"谷伊扬回头看了一眼,简自远和欣宜离我们还有两步路的距离,应该不会听见。

这么说来,凶手真的有可能就在我们几个人中间。

欣宜走上来,一把拉住我的手,说:"你紧跟着我的滑雪板,谁也不能再丢了。"她的声音,颤颤地让人心怜。

继续往前走的一路,再没有一个人说话。

当抬头看见一个房子形状的黑影时,我知道这一定就是谷伊扬要带我们来的地方。这是一幢不起眼的木屋,比我们居住的别墅小了很多。谷伊扬说过,这附近的很多小木屋都被开发商推倒重建成别墅,这座小小的木屋或许是"硕果仅存"的原生态呢。而当初石薇和安晓上吊的那个小黑屋,说不定也就是这般大小。

门掩着,没有挂锁。简自远拉下罩着嘴脸的围巾,长吐一口气说:"终于到家了。"

欣宜也放低围巾,轻声问我:"简公公这家伙,是不是真的没心没肺,还是心理素质特别好?"

我也在想同样的问题,剩下的那段旅程中,我一直在想着黎韵枝,她去了哪儿? 为什么消失了? 这样的寒夜里,凶多吉少。成露失踪了,罗立凡死了,现在,黎韵枝也失踪了。接下来是谁呢? 终于走到一个避风避寒的屋子固然可喜,我的心却沉重无比。难得简自远在这个当口还能调笑。

谷伊扬看上去也丝毫不轻松,径直推开了门,熟门熟路,仿佛这里是他在这山林里的第二个客栈。

借着手电光，我可以肯定这不会是任何人的栖息地，不仅是因为那远谈不上宽敞的空间（约莫15～20平方米），更主要是因为里面堆满了笤帚、铁锹、水桶、木板、袋装水泥等杂物。谷伊扬说："可能是因为藏在山的最里面，这是唯一没有改头换面的木屋，度假村把它用来做储藏室。"

简自远关紧了门，谷伊扬关掉了手电，屋里更是一片漆黑。简自远说："我们就地坐一坐，休息休息，等天亮吧。"

谷伊扬说："这屋里如果不生火，还是太冷，要休息，还是到地窖去。"

"地窖？"欣宜惊呼。

"是啊，"谷伊扬又打起了手电，"其实这些小屋，通常都有地窖，因为在天冷的时候，地窖里反而暖和，有时候还可以用来做储藏室。"

"真的有必要吗？"欣宜的声音里仍透着惊慌，"我是说，一定要下去吗？到地窖里？我……我……我怕，我这个人，有点幽闭恐惧症的，就怕待在地下室什么的。"

我握握她的手说："我们四个人都在下面，没有什么可怕的，你可以紧紧抓住我，保暖求生存更重要呀，另外，可能也会更安全些呢。"我想的是，万一那些猞猁追过来，要钻进小屋可能不难，但要找到地窖可能不那么容易。

地窖的入口在小屋的一角，一块不大的木板，上面一个铁把手，掀起来后，是黑黢黢的一个洞穴。简自远说："你说以前的人真偷懒，连个扶梯都不整一个。"

谷伊扬说："这可是个地窖，不是什么豪华游轮的船舱。跳下去就可以。"他率先跳了下去。

我将谷伊扬的滑雪板递了下去。谷伊扬一愣："这是干什么？"

"不要留任何痕迹，以防万一。"我讲不出别的什么原因。

简自远嘀咕了一句"莫名其妙"，但还是帮着我将欣宜的滑雪板也递了下去。

地窖不到一人高，谷伊扬在里面，几乎要弯成一只龙虾，我也好不到哪儿去，跳下去后就立刻要弯腰。欣宜是最后一个下来的，她站在地窖口上面，手里还拿着两根滑雪杆，呆呆地站着，一动不动，谷伊扬手里的电筒光照上去，或许是 LED 本身的光色,照得她脸色苍白。她的面容满是恐惧,仿佛我们三个人进了地窖后就立刻变成了某种怪物。

"下来吧,还愣着干吗?"简自远催促着。

我说:"欣宜,不要怕,跳下来,我接着你。"

"下面……你们看清了……有什么东西吗?"欣宜颤声问。

"有,一大堆怪物呢。"简自远冷笑说。

我踢了简自远一脚,"这个时候开这种玩笑,无聊不无聊?"

谷伊扬用手电在地窖里扫了一圈,我顺便看去,基本跟上面小屋的面积一样大,四壁空空,水泥粗粗糊过的墙和地面。谷伊扬说:"除了我们三个人,什么都没有,你放心,下来吧。"

欣宜终于跳了下来,下来后,我立刻将她拢住,柔声说:"不怕,这里很安全。"

"很安全?为什么还要把滑雪的家伙都藏起来呢?"欣宜问。

我想了想,是啊,为什么呢?"只是为了保险……这么说吧,那三条猞猁的出现,绝对不是偶然;黎韵枝的失踪,也绝对不是偶然。一切都是人为的,所以,不管是谁,找来的可能性应该不大,但如果找到这儿来,一定会带来危险。"

地窖的盖板两面都有把手,谷伊扬向下一拉,木板盖紧了,我才略略松了一口气。

"为什么?为什么会是这样子?我真的不懂。"欣宜喃喃地说。

我想告诉她,我也不懂,这里有太多的蹊跷,太多未知的危险。嘴里却安慰她说:"我们紧守在一起,再出事的可能性就会很小,看样子风雪已经逐渐弱下来了,说不定,明天一早,我们就能下山呢。"

沉默了一阵,或许深夜雪路奔波带来的倦意来袭,所有人都只是静静地靠墙坐着。简自远忽然说:"你们有没有想过这么一个问题:成露不见了,罗立凡死了,现在黎韵枝也失踪了,这说明……说实话,对不起谷老弟啊,本来我是有点怀疑你女朋友的……其实我谁都怀疑,但现在是不是可以说明,黎韵枝肯定不是杀罗立凡的凶手,这是不是也说明,凶手的范围现在更缩小了,就在我们这四个人当中?"

我说:"为什么一定是我们这四个人呢? 难道黎韵枝的失踪,也是我们这四个疲于奔命的人'抽空'下的手吗?"

"是他干的。"欣宜说。

我一惊:"谁?"

"成露,是成露干的,一定是她。"欣宜的声音很轻,但坚定。

我想起来,早些时候在别墅的沙发上,她也是这样说的。为什么她总认定是成露? 相反,我认定了不可能是成露。这源自于我对表姐的了解。但是,我真的了解成露吗?

就像,我真的了解谷伊扬吗?

我真的了解简自远吗?

我真的了解欣宜吗?

欣宜是雪上菲,女中豪杰,开朗直爽,明丽如雪莲,但在罗立凡被杀后,在危机四伏中逐渐崩溃。能怪她吗?

我又何尝不是在崩溃的边缘?

想到一天前的此刻,自己因为头痛和幽闭进入了昏睡,那漫长的昏睡中,发生了什么? 成露失踪了,我梦游了。

还有,梦到了那么多往事浮现。

32. 淘宝惹的祸

　　我在梦中,忆起那个初秋的下午,江京市公安局大楼的一间会议室里,江京市刑警大队的队长巴渝生,我敬重的一位师长,正色告诉我:"你把你知道的都说出来,有一说一,他们只是调查,只是问话,不是审讯,你不是嫌疑人。"

　　会议室里走进两名男子,没有穿公安制服,黑色西装,面料考究。两个人一个四十出头,一个二十七八岁的样子,脸上都带着公事公办的浅浅笑容。他们自我介绍,一个是王处长,一个是小高。他们是北京来的公安部的一个特殊机构,主要负责打击文物盗窃走私。

　　我立刻明白他们找我谈话的目的。

　　夏日里,我卷入了一宗大案,整个案件和江京一个古老的传说有关。传说江京昭阳湖底,藏着元朝权相伯颜的一笔巨宝。藏宝图画在两张羊皮上,是我用一种特殊的方法,将两张羊皮重叠,看出寻宝的路线。为了引出同样垂涎重宝的案犯,解开一系列可能和寻宝相关的旧案,我和另外几名潜水高手组成了一个"淘宝组",名为潜水探宝,实为引蛇出洞。我根本不相信宝藏的传说——太传奇、太戏剧化的东西,十有八九都是人造的——所以我事先将一些石头装在黑胶皮袋中,希望这些"淘"到的山寨宝,足够引起案犯对我们下手的兴趣。谁知,我们误打误撞,真的找到了宝藏。为了安全起见,为了保险起见,我说服了共同潜水的淘宝组成员,并没有立刻取宝,而是空手往回游,手里拿的只是装着石头的黑胶皮袋。果然,案犯出现,劫宝,并打算将我们这些"淘宝组"人员捉去拷问宝藏的下落。由于我事先和江京公安"串通"好,设下埋伏,案犯非但没有得逞,反而被警方一网打尽。

可是，当硝烟散尽，公安局的潜水员跟着我潜入藏宝洞穴，却发现宝藏已经不翼而飞！

这只能用一个老成语说明：螳螂捕蝉，黄雀在后。

我能想到的唯一解释，是"淘宝组"的成员里有人"变节"，另起炉灶，组织了他自己的潜水小组，紧跟着我们，就在我们发现藏宝洞穴、空手返回后，这些水底"黄雀"潜入了藏宝的礁洞中，偷走了伯颜宝藏。当然，淘宝组的成员们没有一个招认。

叙述这样的故事已经多次，我平平静静地说完，对面公安部来的两位警官虽然没有露出任何表情，但我知道，他们存疑无数。

警官小高问："你应该知道，那天湖面上有江京公安的船在接应你们，如果你的理论成立，另有一拨人在你们出洞后取走了宝藏，他们是不是很容易被警方发现？"

我想了想说："应该是……但也很难说，如果规划得当，完全也有可能不被发现。"

小高的双眉一扬："哦，说说看。"

"宝藏是装在一个大箱子里，他们可以先分装好在一些袋子里，然后将这些袋子分藏在湖心岛下的某些礁石缝隙里，做好记号，等风平浪静后来取。而他们可以潜水，避过有公安巡逻的湖面，从湖心岛的任何一处上岸。公安部门对湖心岛没有封锁和监控。"这些，我以前也都想过。

王处长说："很好，你想的很周到。巴队长说的不错，你是个心思缜密的女孩。"

我的心一凉，莫非他是在暗示什么？

果然，小高说："既然可以这么好地设计，会不会，有人……知道了你的想法？"

我冷冷地说："我没有和任何人提过这些可能。"我忽然发现，我将自己逼进了死胡同。

"这么说，只有你，可能操作这么周密的计划？"小高问。

我努力保持平静，说："我觉得你们做这样的假设前，应该先想通这样一个问题：发现宝藏是个意外事件，因为从古至今，希望找到这笔宝藏的人不知有多少，水性更好的、资金人手更雄厚的，忙活了五百年都没有找到，我本来根本没打算会有什么好运气。这都是绝对的意外！如果我真是处心积虑要那些宝藏，我完全可以告诉世人：我和五百年来的探宝者一样，根本没找到任何宝藏。又有谁会不相信？为什么还要和警方合作，为什么需要惹这个麻烦？"

王处长笑笑说："有道理，但是别忘了，你当时有一个'淘宝组'，有六个人，对不对？你或许可以告诉世人没有找到宝藏，另外五个人，智力有高下，人格有好坏，他们一定不会告诉世人吗？而且，六个人平分那一箱宝藏，和两三个人分那一箱宝藏，差别还是不小的。所以，有没有一种可能，你表面上大方地告诉了公安，你'淘宝组'的同伙顶多心里嘀咕两句，说你胆小或者假正经，肯定拿你没辙。而你，会不会有更'铁'的合作伙伴，一两人足矣，在湖里湖外闹得不可开交的时候，偷偷地按照你刚才的设想做了。"

合情合理。愤怒中的我也认为这样的假设合情合理。

于是我淡淡地说："你们的假设也许符合逻辑，但我没有这样做。相信如果你们有更具体的证据，也用不着和我这样耐心地交谈。"

小高说："没错，我们只是和你谈谈而已。能谈谈你的家庭情况吗？"

我想，何必呢，其实有什么你们会不知道呢？但我还是说："我，单身，我父亲在我高二那年去世，我母亲一个人在赤河铁矿，她是那里的会计。我父亲去世后，她休养了几年，最近才回去上班。"

"可不可以推测一下，你们家的经济状况并不算很富裕。"小高问。

我点头说："的确是的，我父亲去世后，原先单位支援了我们家不少，但的确远远谈不上富裕。"

"既然是这样，为什么听说常会有豪华车开到校园里和你会面？为什么你又会在中国银行江京大学的营业部里开了保险箱业务，能分享一下保险箱里的内容物吗？"

太过分了！我深吸口气，微微闭眼，完全冷静下来后，才说："开豪华车和我见面的是朋友。保险箱里面有一串蒂凡妮的钻石项链，我不知道价钱多少，但应该很名贵。是别人送我的生日礼物，我觉得太贵重，但推不掉，又不方便每天带着，只好到银行申请保险箱存放。"

"什么人送的，我们能去核实吗？"

我想了想，说："是位叫邝景晖的老人，不久前，就是你们现在感兴趣的这个案子里，我和他结识，他认我做了干女儿。你刚才提到开豪华车到校园里来看我的，也是他。"

我为什么会梦到这些？

为什么梦到的，和实际发生过的，毫无二致？

每个人都做过梦，都知道梦里情形，无论和现实多么接近，都不会是现实的翻版。

这个问题其实一直在困扰我，这一日来，无暇去苦苦分析，为什么，那天公安局里的一幕会在梦中重演。

而为什么在这个时候，一切似乎慢慢清楚起来？

虽然疲于奔命，虽然饥肠辘辘，虽然口干舌燥，但我的头痛症状在渐渐好转。

这时候，我需要一杯热茶，不，一杯热水，在父亲的那个保温杯里。

我这才想起来，父亲留给我的那个保温杯，还在猞猁游荡的木屋别墅里。

我还想起，那一天……是几天前了？三天？四天？从一住进木屋别墅后，我就给自己泡了一杯茶，我有喝茶的习惯，喝茶让我清醒，也让我精力充沛。我想起那天晚上去 K 歌，真的很清醒，很兴奋。可是，不久后，时有时无的头痛就开始搅扰我，我用尽了一切办法，睡觉、运动、暴食，都没能让头痛走开，我在山穷水尽的时候，甚至有意识不再喝茶。

结果，头痛得更厉害了。还增添了严重的昏睡症状。更不用说睡醒后，发现自己梦游和失忆。

转机似乎是从离开木屋开始，我的头痛开始显著地缓解，是不是巧合？而我竟开始回忆起更多与昨晚的梦境有关的事。不再只是照片上的鬼脸和成露的消失。

那些伯颜宝藏，在哪里？

此刻，我几乎可以肯定，有人在梦里问我。

记忆就是这么一个有趣又折磨人的东西，有时候无论你多么努力，它却和你玩捉迷藏；有时候在无意之中，它又向你展现最深的秘密。

我又昏昏睡去。我真希望，在梦里，在脱离此刻这残酷现实的梦里，能见到没来得及和我说再见的表姐。露露，告诉我，你去了哪里？或者，是谁害了你？

一声尖叫。

我立刻醒了过来。是欣宜！

33. 画里乾坤

黑暗之中，我不知道她是醒着还是在梦里，轻声问："欣宜，欣宜，不要怕，一切都好好的！"

简自远的声音也从黑暗中传来："能不能让人睡个安稳觉啊？"

谷伊扬拧开手电，地窖里有了光亮，我终于可以看见，欣宜睁着眼睛，我甚至能看出她绝望的眼神。她说："是她，是成露！我看见她了！"

简自远说："欣宜妹妹，这个时候，意志要坚强……"

"你能不能少说点废话！"谷伊扬打断道。他将手电光又环照一圈，柔声道："欣宜，你瞧见了，这儿除了我们四个，没有别人。"

我说："你可能做了噩梦……"

"不，我听见了，她在和你说话！你难道不知道吗？你明明在和她说话！我也看清了，她就站在那儿，她甚至在摸你的脸……"欣宜几乎要哭出来。

我只好拢着她，"我不记得和她说话呀，也许是我在说梦话吧。你好好休息，这里只有我们四个人，真的。"

"那你说，成露会去哪儿了呢？我们分析来分析去，总是在分析谁杀了罗立凡，怎么对她的下落，没有一点猜测？"欣宜紧紧抓住我的手，隔着手套，我似乎都能感觉到她手的冰冷。

这是个我全然无法回答的问题，我只好说："你不要想那么多了，继续睡吧，等到天亮，我们设法下山报警，总会有个说法的。"

"我们能活着下山吗？"不知道这是不是一个问题，还只是欣宜说出心中的恐惧。

"没有什么理由不能啊?"我自问:有多少信心?

不知过了多久,欣宜不再说话,甚至起了轻轻的鼾声。我却再也睡不着,睁着眼睛,盯着冰冷的黑暗,想着欣宜的问话。

我们能活着下山吗?

这几日来,太多的不可思议。气象预报未能预报出的暴风雪我们固然无法控制,但人的失踪和死亡呢?最糟糕的是在我记忆里,和这些失踪和死亡相关的都是一个个片段和若有若无的关联,但远远不成线索。

不行!不能一直这样蒙在鼓里。

"那兰,你还醒着?"谷伊扬忽然开口。

我说:"你是不是该告诉我,你为什么会知道这个木屋?你是不是可以坦白白天犹豫不肯吐露的真相?"

谷伊扬一叹:"原谅我,当时……没感到事态会这么严重。"

"为了生存,我们必须开诚布公,有人要杀我们,对不对?猞猁只是他们的凶器之一,我们的危险远没有过去,对不对?"我问道。

"我要是真知道这些,怎么会让局面失控?但有一点我知道,一定是和我租那个木屋有关,一定是和石薇和安晓的死有关。"黑暗中传来他挪动的声音,他在向我靠近,"先告诉你,到这里来'度假'的源起。

"你已经知道,我的确不相信安晓是自杀,就像当初安晓不相信石薇是自杀,所以我开始仔细回忆我所知道的一切。当安晓从植物人状态脱离,开始对外界有反应到住进医院后,每次我去看她,为了刺激她的感知,有助于她尽快恢复,我都会和她做一个游戏。这是北京一位神经科大夫教我的一种康复技能,做法其实很简单:我一字一字地说一句话,也就是问她一个问题,然后告诉她,你努力回答,能张开嘴最好,不用担心我是否会听得见。最开始,都是极简单的问题,比如你叫什么?你多大了?你喜欢听谁的歌?最初,她连听懂我的问题都很艰难,更不用说有意识地去回答。但慢慢的,从她眼睛里可以看出,她完全听懂了我的问题,并且在想、在思考、在努力寻找答案,甚至在努力回答。所以那时候如果有人在沈阳医大二院看见我的情形,必定是我在病房里,和她说两句话，然后将耳朵贴在她的嘴边。

"有一天……那个时候她已经好转了很多，已经在家休养了，我终于问了那个一直困扰我的问题：有没有人害你？我还清楚记得，她原本平静祥和的脸色，突然变得十分恐惧，她的胸口起伏不定，显然还没有完全接受这个问题的能力，是我太冒失了。我当时吓得不行，连声道歉。随后，她的目光一片迷茫，我猜，如果她上吊是被害，她自己也不一定会记得具体的经过，也不一定知道谁是凶手。

"又过了一阵子，有一天我去看她，她看上去恢复得更好了，已经可以坐起身靠在床头，可以伸出手，握住我的手。我先是问她一个极简单的问题，吃过饭了吗，她用那种轻得无法辨识的声音回答说，吃过了，我当时很激动，因为那是第一次，她能发出哪怕是极轻微的声音。那是里程碑的一天，记得我当时就给在沈阳负责治疗她的医生打了电话。她那天的眼神特别殷切，好像很想跟我说什么，我问她最近在想什么，她开始回答，只发出了一个音，一个字，我怎么也没想到，那竟是她对我说的最后一个字。"谷伊扬的声音有些哽咽。

我伸出手，黑暗中触到了他的臂膀。我轻轻握了握，不知隔着厚厚的棉衣他是否能感觉。

安晓说的那最后一个字，一定是今日这一切的起源。

过了一阵，谷伊扬说："那是个'花'的音。"

"花？"

"我最初以为，她说的是花，鲜花，因为我一直知道她很喜欢看美丽的花——大概很多女孩子都喜欢的，所以也没在意，只是想，下回来看她，一定给她带一束灿烂的玫瑰花，完全没有想到，那竟是和她的最后一次见面。那个周末过后，我回北京才两天，就听说她割腕自杀！我刚接到消息的时候，人彻底要疯了，我赶回县里——安晓家那时候已经搬到县里了——我找了公安局里认识的人，告诉他们，一定要查清楚，安晓不可能是自杀。可是，没有任何证据表明是他杀，毕竟那时候安晓已经可以做一些简单的动作，拿起剪刀不成问题，现场也没有任何可疑的痕迹。她这几年来，一直卧床，当然也不会得罪招惹任何人。

"从此,我抱定了安晓是被害的观点,开始打算自己揭示真相。但线索呢?我没有任何线索!安晓开始恢复后,进展缓慢,直到上回见面,她也只能够说出几个简单的字。我开始思考,'花'字和她的死会有什么关联。当然我苦思冥想后还是找不到任何线索。

"想了很长时间,我开始将安晓的死和石薇的死联系在一起考虑。毕竟安晓最初的上吊,就是在石薇上吊的那个木屋,她们俩生前又是好朋友。可是石薇上吊也早就被定为自杀,也没有任何线索。唯一的可能,是一些心理学家的解释,安晓自杀,是受了好朋友石薇自杀的影响,一种心理暗示什么的。

"我就这么苦苦地想,终于有一天,我忽然感受到一个可能的方向:孤立地看,安晓说的'花'字毫无意义,但和石薇联系起来看,却有了些意义——石薇是我们中学的艺术尖子生,一直准备报考美院的,石薇的特长是画画!安晓生前说的那个'花'字,会不会是'画'呢?这只是个假设,但事实证明,这个假设,把我带到了这里。"

谷伊扬不再说话,我听见一阵窸窸窣窣的声响,眼前一亮,他打开了手电,照着一张展开的纸,显然他一直随身携带着,"你看这张,看出什么没有?"

我凑上前仔细看去,是一幅景物速写。看得出,画者很有功底,线条流畅坚定,如果要我冒充笔迹专家,我会猜画者很有自信很有主见。画面的最前方是座黑色的木屋,一定是传说中的小黑屋;木屋裹在数株参天松树中,后面是山坡和更多的松树;在画面的最远处还有一座白色的木屋,在森林中若隐若现!

"黑色木屋是石薇和安晓上吊的木屋?就是我们租的别墅?白色木屋,难道就是这儿?就是这间木屋?这是石薇画的?"我惊叹。

谷伊扬说:"安晓去世后,我得到她父母的允许,在她的房间里整理遗物。这张画,夹在安晓的一个相册里,相册的那一页都是安晓和石薇的合影。所以我猜,这画是石薇的作品。我后来问过石薇父母而得知,安晓曾经去石家整理过石薇的遗物!估计安晓和我有一样的想法,在整理遗物的过程中,寻找线索。

"开始,我对这幅画也并没有太在意,安晓收藏已故好友的一幅画,很正常，即便是关于'小黑屋'的，也没有什么可奇怪的，因为石薇吊死在那里，而且我们三个在少年时期的那一次'探险'历历在目，石薇印象深刻，画一幅画也合情合理。我甚至没有在意那个白色的小屋，因为我知道山林里这样的木屋不止一二。但我后来又想到，石薇和安晓从小一起长大，亲如姐妹，听她们讲起过从小学开始，她们就经常通过画画来传送信息，比如说，上课传纸条，怕被老师和别的同学看见发现她们的小秘密，她们就不写任何字，只是通过画画来描述小秘密，课间休息去玩跳绳还是踢毽子、放学后到谁家做功课，诸如此类都用画画表达。到中学，更会用画画来打趣某些男生。所以，会不会这幅画正是石薇留给安晓的一个秘密呢？有一天，我又拿出来这幅画仔细研究，终于发现了一个疑点。"

谷伊扬伸出食指点在黑色木屋的背面，向上蜿蜒曲折地勾画，我终于看清，在素描的众多不同方向的铅笔线间有一条细细的不间断的铅笔线，从"小黑屋"一直连接到白色小屋。

我低呼："这不只是张风景速写，这是张地图！"

"我也得出了这个结论，于是猜测，石薇和安晓的死会不会和黑木屋和白木屋二者相关。我得知'小黑屋'已经被改造成别墅，就抽了一个周末到这里来实地考察，却发现，这间白色木屋还保留着！但是我在这幢小木屋里里外外仔细寻找，也没有发现任何线索。后来我想平日这里偶尔也会有工作人员进出，看到我，会觉得我鬼鬼祟祟，于是我想了这个现在看来很笨的主意，租下了'小黑屋'原址改建后的别墅，然后在这段'度假'的时间里仔细研究这座白色木屋。因为白日里怕撞见人，刚来的那两天，我每天晚上至少用两个小时，在这里翻找。比如这地窖里，几乎每一寸我都摸过了，什么都没发现。这几天，尤其成露失踪后，我感觉我整天就是在和坚硬的墙壁、天衣无缝的木板怄气干架，而且总是一败涂地。"

我说："难怪你带了这么大一个高功率的手电，我一直以为，只有我这样受过刺激的人才会随身带手电。"自从脱身于昭阳湖"五尸案"，那兰生活小百科的第一条就改写为：永远带一个手电在身边。

谷伊扬微微惊讶，"看来你观察得很仔细……当然，也没什么奇怪的，你一直是那种喜欢静静观察而不轻信的人，难怪罗立凡被杀，你也怀疑过我。"

我说："我怀疑所有人，包括我自己。"我想了想，还是给他举了个例子，"也许你不知道，成露失踪的那个晚上，我梦游过，甚至爬上了阁楼。所以，我没法百分之百证实自己的神志清醒。"

"梦游？你自己又怎么会知道？"

"欣宜和简自远都看见了。"我叹道，"欣宜说我刚才在和成露说话，我也一点都不知道，肯定是在做梦。"

谷伊扬犹豫了一下，说："你和成露说话，我也听见了。"

34. 头顶上的脚步声

我惊问："看来,是真的? 天哪,难道,成露真的在附近? 这怎么可能!"我不由自主掩住了欣宜的耳朵,生怕她听见。

谷伊扬说："开什么玩笑,我们刚才看过了,根本没有成露的影子。"

"那我在和谁说话? 那你怎么可能听见成露的声音?"

"你不会忘了安晓深信的那个传说吧? 在这个古怪的山林里,在适当的场合,你会看见死去的人……"

我沉声打断道："你胡说! 谁说我表姐已经死了?"

"那你怎么解释,她这么久不见踪影? 这样的天气里,如果她流落在外,还会有多少生机? 还有,你怎么解释,安晓去小黑屋见石薇的'鬼魂',自己也险些吊死?"

"难道说……"我彻底迷惑了。

"会不会是刚才你的确是在梦里见到了她,和她说话? 就像古代小说里的'托梦'。"

"你单田芳老爷爷的评书听太多了。"我抗议道。

谷伊扬说："那你努力回忆一下,你的梦里,有没有在和成露对话?"

我不作声了,沉吟良久才说："真的记不太清了,现在我脑子里转来转去,只有一个字,好像是梦里听来的,'冷',她说,冷……还有,我想起来了,她还说,死……报仇,她说她会报仇,向害死她的人报仇!"我不停打着冷战:"难道……难道她真的被害了! 她要向谁报仇?"

谷伊扬也沉默了片刻,显然在苦苦思考："或许,她是说,她已经报了仇。"

我又一惊："罗立凡！你是说，罗立凡的死，是成露干的？是罗立凡害死了成露？成露化身厉鬼，杀了罗立凡？你不觉得这有点太荒唐？"

"我宁可相信一个更好的解释，但我们不是没有吗？罗立凡一个汉子，怎么说死就死了呢？如果不去信那些荒唐的解释，那凶手就是我们中的一个了？谁又和罗立凡有那样的深仇大恨，去杀他呢？我现在想想，也就只有一个可能，罗立凡害了成露，成露阴魂不散，报仇杀了罗立凡。至少，成露的鬼魂认为罗立凡是杀害自己的凶手，她会向所有怀疑杀害她的人报仇……"谷伊扬的声音里，是不是也有些颤抖？

我捂着嘴说："太可怕了，世上难道真的会有鬼、阴魂……"

谷伊扬轻声说："我本来也不信的，但这两天发生的事，还有发生在石薇和安晓身上的事，让我感觉不得不信，冥冥之中……"

话只说了一半，噎住了，因为头顶上的不远处，"吱"的一声，木屋门被推开了。

我的呼吸，几乎停止。

又是"吱"的一声，接着是关门声。

然后是脚步声，咚，咚，皮靴，更像是厚重的滑雪靴。

身边的欣宜颤动了一下，显然也被这突如其来的声响惊醒。

脚步声缓慢，咚，咚，来人显然在木屋内缓缓踱步。

或许在仔细检查，有没有外来者的痕迹。

心跳飞速，脑中却似被冰冻，我这时只冒出一个念头：刚才，幸亏将滑雪板和滑雪杆收下了地窖，用一把笤帚将我们踩进来的雪扫出了门外，又用一根拖把将地上湿湿的脚印抹去。

但我们怕什么呢？我们没有做任何亏心之事，在躲什么呢？会不会来的只是一位像张琴那样没来得及下山的工作人员？说不定，会给我们带来好运，给我们提供温饱，甚至帮我们下山。为什么这个人的出现会让我们集体战栗？

因为我们已经不相信，不相信好运，不相信发生在身边的这些厄运都是偶然。

当然，还有像简自远这样的家伙，居然轻声问："要不要试着跟他联系一下，说不定……"

谷伊扬打断道："说不定让两条猞猁陪你玩玩？"

简自远不再多说了，敛声屏气。

而脚步声，已经到了木屋的最里面，停在了地窖的入口外。

时间被寒冷凝结，焦虑的心在接受无止境的折磨。

欣宜的手紧抓着我，颤抖不止。我真担心她会承受不了，随时都哭叫起来。

脚步声终于又响起来，踱离了地窖的入口。

来人，不管是谁，会不会看出我们在这里？或者，曾来过？我庆幸自己跳下地窖前做了那些准备，但这足够抵挡住他的猜疑吗？

他，或者她，是谁？

只能说明一点，这个人对这山林一定熟极了，才会在这深夜里的雪中穿行。

什么时间了？真的还是深夜吗？

脚步声又回到了地窖入口！停住了。

欣宜颤抖得更剧烈了，我在她耳边轻声说："不要害怕，我们有四个人，他只有一个，又能怎么样？"

真的只有一个人来吗？

过了足足有两分钟，脚步声才又响起，仿佛来人经过了长时间思考，最终还是觉得不值得弯腰拉起地窖口的盖板。

脚步声在头顶又盘桓了一阵，"吱"的门响，然后是门被重重拉上。

"什么人……"简自远刚开口，就被谷伊扬扑上去捂住了嘴。

谁也无法确定，来人是不是已经走了，开门关门后，他可能仍留原地，守在门口。

外面传来了一阵口哨声，吹着不知是什么调调，看来无论是谁，心情肯定比我们这几个地窖客的要好很多。口哨声渐渐远去，我说："我们要离开这儿。"

"离开了，去哪里呢？"简自远问，"我倒是觉得四个人在这里挤一挤，还挺暖和的。"

欣宜怒道："你要是觉得四个人一天吃喝拉撒都在这个小地窖里挺温馨，你就一直待在这儿吧，我同意那兰说的，快点儿离开这里。"

谷伊扬说："希望暂时不会有人再来了。"

"我看，不久就会有人再来，而且，来的肯定不止一个人。"我说。

简自远问道："你又在瞎猜了。"

"咱们等会儿上去后你就会发现，我虽然打扫了木屋的地面，虽然收拾走了滑雪板和滑雪杆，但是如果来人有那么点侦查经验，看看湿湿的地面，就不会完全排除我们的到来。他在地窖外犹豫了一阵，一定在想，下面可能不止一个人，他不一定有胜算，更不想暴露他的嘴脸，所以最后还是假装什么都没发现地走了。"

简自远叫起来："所以说我们刚才太示弱了！我们有四个人，为什么不冲上去和他打个照面？互相认识认识？有什么可怕的？"

谷伊扬说："很简单，因为我们也无法确证，屋外是不是有他的同伙，他是不是带了三条猞猁过来。他手里是不是有凶器。"

我说："等他再次回来，肯定会做好充分准备。所以我们必须离开。我们可以商量下一步怎么走，基本上是三个选择，一是去寻找另外的别墅，一是沿着他的脚印或者滑雪板的轨迹找到他们，一是回我们的那套别墅。"

地窖里静下来，片刻后，简自远先说："这三个选择都很烂，都很不安全。"

"你的建议呢？除了死守在这儿。"我问道。

简自远无语。

谷伊扬说："从风险看，去跟踪那个神秘来客好像最大。"

我说："的确是很危险，但好处是有可能让真相大白，而且，知己知彼。"

"那姑娘兵法纯熟，佩服佩服。"简自远冷笑说。

"问题是，我猜那人多半不是徒步走过来的，如果要跟踪，可能就得伊扬和欣宜滑雪跟过去。这就意味着，我们要被迫分开。"我感觉到欣宜的身躯微颤。

果然，欣宜说："不行不行，我们决不能分开。"

谷伊扬说："那肯定行不通了……而回我们的别墅也有很大危险，猞猁可能还等着我们。"

"我觉得，猞猁的出现是针对我们的——它们并非时时刻刻守在我们的木屋里,只是偶尔来拜访几次,不管是谁训练了它们,只是为了在关键的时候做为杀手。张琴没出现之前,我们并非是被谋杀的目标,但张琴的出现改变了一切。"我犹豫着,一时也说不清该往哪儿走。

"你怎么把我们的倒霉事儿都推在可怜的张琴妹妹身上?"简自远说。

我没有理他,继续道:"等我们逃出木屋,猞猁们不久就会发现空城计,而猞猁的主人也不需要这些最厉害的杀手继续守株待兔,原因很简单,我们既然觉得木屋如此恐怖,连夜逃离,又怎么会再投落网?"

谷伊扬说:"最危险的就是最安全的。这么说来,我也倾向于回去了。欣宜,你说呢?"

欣宜说:"可是,我还是怕回去,罗立凡和张琴都死在那里。为什么不能去找其他的木屋呢?"

"当然可以,但有些盲目,虽然我带了地图来,找准方向还是不容易,毕竟我们从来没有去过甚至见过任何其他木屋。而且如果我们面对不止一个人和三条猞猁,那么其他木屋也一定在这些人的搜索范围之内,面临着同样的甚至更大的风险。"

简自远摇头说:"说不通,你讲得好像有一个特工连队在这漫天风雪中寻找我们这几个草民似的。我同意欣宜妹妹的,还是去就近找一家安全点的别墅歇歇脚。这么大的山林,哪会那么巧,就被人再次骚扰呢?"

再这样争执下去,只怕我的头痛又要卷土重来,我让步说:"好,那就先去找别家木屋吧。最关键的还是先离开这儿,不要被瓮中捉鳖了。"率先起身,推开了地窖的盖板。

白色光线从木屋的门缝间渗进来,原来天已经亮了。

令人沮丧的是,屋外风雪没有一点消停的迹象,唯一不同的是,雪花小了许多,但也密了许多,没头没脑地往我的衣领里钻。

两道明显的滑雪板轨迹向右侧延伸到不知何处,如果此刻我有一副滑雪器械,真会克制不住冲动,追上去一瞧究竟。

谷伊扬仔细地研究着我带出来的那张度假村地图,简自远最后一个从木屋里恋恋不舍地出来,回过头东张西望,大概终于有了机会能将小屋和周遭看个清楚。我心头一动,问简自远:"记得你好像随身一直带一个小卡片机的,对不对?"

简自远一笑:"想留影吗?兰妹妹心情不错嘛。"果然,从大衣口袋里摸出一枚小照相机,说:"笑一笑。"

"笑个鬼!"我恨恨地说,"请你给这木屋拍一张全景。"

"什么用途?这木屋除了破旧点,没有一点摄影价值。"他还是拍了一张。

我也不知道为什么要让他拍一张木屋的全景,只是有个朦朦胧胧的想法,我现在最需要的是时间和安宁的环境,坐下来仔细梳理一个个散乱的线索。

身后传来谷伊扬的话:"大致有个方向了,你们跟我来吧。"开始在雪地上滑行。

我留意了一下,还好,我们的路线和地上已经有的那两道轨迹是反方向,显然谷伊扬有意避开刚才来人的去向。

35. 二度尸楼

　　足足两个小时后，当我觉得再难多迈一步的时候，一座木屋别墅出现在眼前！这木屋的形状和我们租的那座一模一样，屋顶厚厚的积雪，感觉几乎要压垮整座房子。木屋静静地站在那里，任凭风雪肆虐。

　　简自远"耶"了一声，踌躇满志地说："我就说嘛，我们这个决定绝对正确，你瞧，多安静、多祥和的环境！如果屋里有人，正好可以做个伴儿，如果屋里没人，我们可以进去喝点水，吃点东西，再次享受当家作主的乐趣！"

　　我和欣宜一起瞪向他，不知道这样的情况下还会有任何乐趣可言。

　　木屋外，一尘不染的雪地，没有脚印，没有雪板印，仿佛多年没有被搅扰过，当然，这样的效果，一两个钟头的大雪就可以造就。

　　谷伊扬卸下滑雪板，率先上前敲门。无人应门。他用力推了推，门紧锁着。我们绕着木屋转，终于发现有一扇窗被拉开了一道缝——是那种上下拉的单扇窗，一看就是通往卫生间的。简自远自告奋勇地爬上窗台，将整扇窗抬起，钻进了卫生间。

　　不到一分钟后，简自远就出现在门前，张开双臂，一脸笑意："欢迎欢迎，我的伙伴们，花一份价钱，住两套别墅！"

　　我摇头苦笑："亏你在这个时候能笑得出来！你仔细看过了没有？是不是真的没有人？"

　　简自远一指身后："反正我从厕所过来一直到前厅，皮靴敲得咚咚响，都没撞见一个人。"

　　四个人一起在整个木屋转了一圈，木屋内的布局和我们租的那套也完全相同,四间客房,都空空不见人影。我一直跟在最后,尽量将一切收入眼中。简自远得意地说:"哈哈,这下,晚上我们可以一人睡一间,不用为分房间打架了。"

欣宜立刻说:"我还是要和那兰睡一间的!"

我说:"简自远你开什么玩笑?!即便要在这里住一晚,我们也必须在一个房间里。何况,我不认为我们是这里唯一的客人!"

另外三个人都惊异地看着我。我走到壁橱边,拉开来,里面是两个旅行箱和一件皮大衣。"瞧,这里的客人显然有很好的收拾习惯,室内不见杂物,但卫生间里还是可以看见洗漱用品,厨房的台子上也有两个用过的茶杯。"

我又带着他们仔细看了另外三间屋子,其中两间的壁橱里都有旅行包和衣物,有一间的桌上还有两本小说。

简自远略略失望地说:"看来不能独享这套别墅了,不过,多些旅伴多些人手,也不是坏事儿。"

我自言自语说:"问题是,这么大的雪,这些人去了哪里?"

欣宜说:"会不会他们酷爱滑雪,这样的天气,在附近越野滑雪还是不错的。"

我说:"这些人的确酷爱滑雪,但他们今天没有出去滑雪。"我拉开了走廊里的一间小储藏室,里面堆着三副滑雪板和滑雪靴。

众人无语,相信每个人都和我想的一样:他们去了哪里?

忽然,一种不祥预感升起,我说:"我们还有一个地方没找。"

微微一怔后,谷伊扬转身向走廊尽头走去。我紧跟上,跟到了一架楼梯前。谷伊扬猛然停下,蹲身,看着木质地板上的一滴暗红。

一滴血迹。

楼梯上,楼梯侧,一滴,两滴,无数滴血迹。

熟悉一幕的重映。

身后,欣宜发出一声惊呼。

"操!"简自远捂住了嘴,倒退了数步,远离楼梯,远离血迹。

谷伊扬叫了声:"大家都拿好滑雪杆!"转身自己到刚才那小储藏间里,取了数根滑雪杆分发给我们,然后开始一步步走上楼梯。我紧紧跟上。

阁楼的门掩着,血迹从门缝下延伸而出,已经干凝。

缓缓推开阁楼门,强烈的血腥气扑鼻而来,我不由自主掩住了口鼻,腹中一阵狂烈的翻搅。

黑洞洞的阁楼被谷伊扬的手电照亮。在那一瞬间,我真希望阁楼里还是保持着黑暗:地上躺着三具尸体,但与其说是三具尸体,不如说是三份残缺的尸骨。死者的肢体血肉模糊,大块的皮肤肌肉已经不存在,露出森森的骨头。他们身上的衣服被撕扯成碎片,从保存相对完好的头部判断,应该是两男一女,一家子——中年夫妻和一个高中生样的男孩。

三具尸体有一个共同特点,颈部都被咬得稀烂。

"猞猁?"我轻声问。

谷伊扬点点头。显然,有猞猁入侵这套别墅,只是不知道,是不是我们遇见过的那三条。据谷伊扬说,猞猁是珍稀物种,所以很难想象它们会在这个山林里有泛滥的数量,料想还是那三条。我虽然对刑侦和法医学知之甚少,但大致可以看出来,这三个人死了不久。莫非,它们在我们别墅空腹而归后,找到了这里杀戮充饥?从现场看,很可能是三名受害者发现了猞猁入侵,奔逃到阁楼里避难,但灵动异常的猞猁还是设法进入了阁楼。

我说:"从客房的行李看,好像至少应该有四个人,甚至五个人,另外一两个人在哪儿?"

谷伊扬说:"无论在哪儿,估计也是凶多吉少。"

我们将阁楼门再次掩上,下了楼梯,欣宜和简自远的脸色看上去比死了还难受。谷伊扬说:"是猞猁。"

欣宜问:"这都是因为什么?猞猁为什么要杀这些人?"

简自远尖声说:"还能为什么?为了生存!这大雪地里没有别的吃的,吃人是它们最容易做的选择!"

我说:"只怕没那么简单。会不会是猞猁的主人想要我们认为那些猞猁是随机出现的,是野生的?这几个无辜的受害者,有可能是追杀我们的人故意杀了,一则让猞猁果腹,二则让我们放松警惕?另外,如果到最后只是将我们几个杀了，很有可能会引起警方的注意，所以猞猁的主人安排猞猁到这间木屋来行凶。这样，日后我们的尸体被发现，也会和这里的人一样被看作是一个单纯的事故：野生猞猁为解饿，在这屋子咬死数人，在我们租的那间屋子里也咬死数人。至于罗立凡的尸体，凶手在这大雪封山的日子，也有的是时间来'处理'。这样，罪行可以被掩盖得一干二净。"

欣宜又打了个寒战："那我们现在怎么办？"

我说："先在这里吃点东西，"我忽然觉得这话着实可笑，目睹了阁楼里的惨相后，我哪里有一点胃口？"也许在这里，什么样的美食都难下咽，但为了我们自己的生存，还是要吃点东西再起程。"

"起程？去哪儿？"简自远问道，带着极度的难以置信。

我说："回我们的木屋。"

"你是不是脑子进水了？"简自远的"女高音"又起，压力、恐惧，让他变得更赤裸裸地粗鄙，"你不是说，最危险的地方就是最安全的吗？这里已经被猞猁血洗过了，猞猁不会再来吃死人，这里难道不是最安全了吗？为什么还要回去？"

我努力心平气和："我们对风险的判断应该随着我们的认知而不断调整。如果我们待在这里，可能正中他人的下怀。让猞猁在这里行凶的人，或许正是希望我们以为猞猁来过这里吃饱了肚子，势必安全了，在这里住下。而他们不久就会返回。现在看来，猞猁和它们的主人，在山林里巡游，一边寻找我们，一边制造恐怖。所以无论是这里也好，我们原来的那座木屋也好，没有一处是安全的。我们只有在这里歇一阵，吃点东西，继续上路。他们是动态的，我们也是动态的，否则，就是坐以待毙。"

简自远冷笑说："坐以待毙，坐以待毙，这话我好像听过很多遍了。"

欣宜忽然说："我也同意，回原来的客房。"

"啊？"简自远一愣，"欣宜妹妹，你怎么突然变了心思？不是一直怕回去的嘛？不是怕那里有死人……"

欣宜冷冷地说："难道这里没有死人吗？回去，至少……至少是比较熟悉的环境。"

谷伊扬说："好吧，那就弄点吃的吧，吃完了，休息一下再上路。"

简自远一叹，半晌不作声，默默跟着我们去了厨房，点火烧锅。一直到吃完张琴带来的苞米，他才说："好，就跟你们回去，但是，回去后我们也不用再离开了。这样不停地跑，再跑个半天下来，我们的体力就消耗差不多了。因为极度寒冷的天气里赶路，体能消耗的剧烈无法想象，还是和自杀没什么两样。"

我仔细斟酌着他的话，第一次觉得他的话不无道理。我问道："你有什么办法让我们可以防御猞猁和不知名的凶手？"

简自远的嘴角微微抽动，似笑非笑，"我们要利用大雪的优势，给猞猁们、凶手们安排一些陷阱和枷锁。"

"陷阱和枷锁？"

简自远伸手进张琴留下的背包，在其中的一层里取出一团绕成圈的铁丝。"瞧，这是我在那个堆垃圾的木屋里找到的，还有这个，"他又拿出一只半尺见方的盒子，打开来，里面是老虎钳、螺丝刀、扳手等工具，"这也是那里找到的宝贝。用这些，再就地取材，我们可以给猞猁们制造点麻烦。"

我忽然觉得，对简自远这个人，我依旧陌生。

36. LV 的价值

雪还在下,强度略减,但仍无间断的迹象。我们借用了死者的滑雪板,尤其谷伊扬,不用再把脚箍在张琴的"小鞋"中,一路走来,轻便了许多。我和简自远都是初级滑雪者,幸亏有过前几天的练习,这次出发,算是越野滑雪的集训。最初在上坡的时候,我们还举步维艰,但多试了几次,逐渐掌握了要领,总之比穿着土制雪鞋一步步跋涉便捷多了。

走出不远,我问手拿地图辨认方向的谷伊扬:"这里过去,会不会经过昨晚黎韵枝走失的地方?"

谷伊扬想了想说:"大致经过,稍微绕一点。"他的语气十分平静,没有失去心上人的那种伤感,使我更觉得自己的判断的正确,他和黎韵枝,绝非简单的"情侣关系"。他没有给我一个满意的答案,既然知道黎韵枝只是一种被爱妄想,只是一位精神病人,他为什么在如此敏感危险的一次"度假"里收容了她,让她时刻在身边,让事态变得更复杂,甚至,很有可能白白送掉一条生命?

仿佛猜到了我的心思,谷伊扬说:"也许你不相信,我的确在和黎韵枝……我们的确保持着情侣的关系。"

我的确不信。

"她是负责安晓康复的护士之一,在安晓快要出院的时候,她开始主动接触我。开始,我根本没有考虑,安晓的复原不说,我心里其实满满的还是你,不可能有任何人走得进来。但她没有放弃,甚至到北京来找过我,我基本上是以礼相待,婉言谢绝,直到安晓突然过世。"

我一阵心惊:"你怀疑她?"

"当然不会是她，因为安晓'自杀'的那一刻，黎韵枝在北京，在找关系，换工作到北京来，所以不可能是她。"

"我不明白。"

谷伊扬说："我不是怀疑她是凶手，但安晓的死，让我开始怀疑一切，怀疑所有人。在黎韵枝对我的温情和劝慰中，我忽然想到，安晓到沈阳医大二院开始住院的时候，似乎也正是黎韵枝新换工作调到安晓病房做护士，是不是有些巧合？"

"人事流动转换，日新月异，谈不上是巧合，但我理解你的怀疑，你是说，她的出现，尤其她对你的'痴情'，可能和安晓有关？"

"我立刻查了一下，我没记错，她的确是在安晓脱离植物人状态开始住院后，从江京第五人民医院调过去的。"谷伊扬回头看看简自远和穆欣宜，确保他们没有在听。

"江京！"我又是一惊。接下来的事，不用谷伊扬多说，我已经猜到大概。谷伊扬怀疑黎韵枝的来历，虚与委蛇，开始和黎韵枝"恋爱"，为的是发现黎韵枝是否和安晓的死有关。"这么说来，你至今也并没有发现黎韵枝的任何'破绽'？你至今也不明白，她是真的爱上你了，还是有别的什么打算？"

谷伊扬摇头："要不就是我彻底猜错了，要不就是她极善于遮掩。我了解了她很多的情况，甚至去湖南见了她的父母，她就是一个背景普通性格单纯的女孩，护校毕业，在江京做了四年护士，调到沈阳来，是因为她姥姥一个人在沈阳，年事渐长，她可以照顾一下……我也见过了她姥姥，很慈祥的一个老太太。"他用手向前一指，"差不多就是这里了。"

我回头对简自远和欣宜说："我们这段滑慢一些，仔细看看，是不是能发现黎韵枝的痕迹。"

简自远还是一如既往地高度不合作，"痕迹？下了一整夜加这半天的雪，挖个深坑都能填满，你还指望能找到痕迹？"

欣宜说："关注一下又怎么了？看看总比做睁眼瞎好吧？"

我根本没将简自远的话听进去，凝神四顾。谷伊扬和欣宜也不时左拐右绕,到树下、石块边看个究竟。

欣宜向前滑了一段,忽然停下,回头问谷伊扬:"你确认是这附近吗?"

谷伊扬道:"八九不离十吧。"

欣宜长嘘了一声:"希望她没有在这里走岔。"

我走到她身边,心里一紧。

我们脚下,是一片陡坡,为白雪覆盖,不知深几许,坡上虽然也有寒松峭立,但可以想象,万一有人失足,凶多吉少。

简自远说:"她不会就这么倒霉吧,她不是一直跟队的吗?我们一路都顺利啊?再者说,如果她不小心滑下去,总会呼救的吧。"

我有时觉得,简自远说的一些话,其实是他故意在装傻,我懒得去辩驳。欣宜冷笑说:"你还记得自己昨晚的样子吗?耳朵被花围巾裹得紧紧的,加上寒风呼啸,即便有人远远地呼救,你听得见吗?"

简自远无话。

"看!那是什么?"谷伊扬的手,指向坡下。

"哪个是什么?"简自远问。

"那个树梢上!"

我定睛看了一阵,终于知道谷伊扬指的是什么。斜坡上一棵冷杉的树梢上,离我们脚下大概十米左右,挂着一件浅棕色的物事,虽然披着雪,但是我基本上能肯定,是一个皮包,我甚至可以肯定,那是黎韵枝的包包。或许女人对包包的敏感出自天性,我第一次见到黎韵枝的时候,就关注了她的包包——LV皮包本身就很难被忽视。

"那是黎韵枝的包!"心头再次一紧:我最担心的事似乎发生了。

欣宜显然也认了出来,"真的,真的是她的包包!她的确是从这里走失了,她应该离这儿不远!"

简自远冷笑说:"应该说,她的尸体离这儿不远。"

我说:"不要这么早下定论好不好?即便是从这里不小心滑下去,四处都是雪,她不见得会摔得致命……"

"正是因为雪多，尤其在树丛边，她可能会陷得很深，立刻埋入雪中，连呼救的机会都没有。"谷伊扬面色凝重。

欣宜说："那也只是可能，我们是不是应该下去找找？"

"如果我们想再白白牺牲一个人，可以下去找。否则，我们还是离开这里。"谷伊扬的声音里没有太多的情感，只有生存的本能。

就在所有人都转回身的时候，我说："简自远，借你的铁丝用一用。"

简自远一愣，随即明白："你想要那个包？"

我说："LV 的包包，浪费了可惜。"

简自远意味深长地看了我一眼，笑笑说："我可以帮你打捞上来，到时候怎么分，还要好好商量商量。"

他从背包里取出那团铁丝，捏了捏说："用来钩那个包，这个软了些。"将铁丝的头前那段折了三折，再弯成钩状，说："除非包里塞了水泥，这个应该能吃住力了。"

将铁丝完全拉直，离那树梢尚有一点距离，简自远又从背包里取出一卷尼龙绳，展开后在腰上扎了两圈，将余下的绳子交在我手中，说："你们帮我拉紧了，我掉下去事小，LV 包拿不到，损失就惨重了。"

欣宜摇着头说："你这个财迷，有必要冒这个风险吗？"

简自远已经从滑雪板上下来，向坡下跨了一步，回头看了欣宜一眼："欣宜妹妹，你是真不知道吗？兰妹妹的醉翁之意不在包包。"

欣宜满脸迷惑地看我一眼："他在说什么呢？"

我拉紧了尼龙绳，说："等会儿你就知道了。"

简自远向坡下又走了几步，脚下打了好几个滑，幸亏被我和谷伊扬一起拉紧了尼龙绳，才没有让他葬身雪崖。他将铁丝扔向树梢，试了几下，扑空了几次，最后还是钩住了包包的肩带，向下拽了几次，包包终于落在雪地上。这也亏得厚雪覆盖坡面，否则那包一定会滑下高崖。简自远再次挥动铁丝，钩住了包包的肩带，一点点拖了上来。

包包终于被拖到面前的时候，简自远又兴奋地尖叫一声："三万大洋就这样到手了！"随即愣了一下，"诸位有没有觉得奇怪啊？黎妹妹小护士一个，却能买得起 LV 包包。"

欣宜"切"了一声，"有什么好大惊小怪的，我认识的女孩子里，卖血卖身买 LV 包包的多了去了。"她又看一眼谷伊扬，"也许是别人买给她的呢。"

我从简自远手里接过那包，说："我现在要打开这包看一看，你们可以做个旁证，我看里面的内容，但不会将任何东西据为己有，这个包包和里面的东西，以后都会上交。"虽然自己也不知道，这"以后"会是多久。

或者，还有没有以后。

包包的拉链已经开了一小半，想象一下昨晚在风雪中赶路，拉链应该是拉紧的，也许黎韵枝在失足前，打算拉开那拉链，她想要取什么？

包里的东西，和所有女孩包里的藏宝没有太大不同，钥匙、钱包、手机、小化妆盒、唇膏、一小瓶辣椒水。

唯一不同的是，包里有两只手机。

我将两只手机都拿出来，其中一个是最新款的 iPhone，另一只有点像较老式的简单手机，但没有键盘，只有几个开关，标着"频道 1"、"频道 2"和"频道 3"。

"这是个无线对讲机、步话机！"简自远说。他一把抢过来，仔细把玩，正要去按其中的一个"频道"，谷伊扬厉声叫道："你想干什么！"

简自远一脸坏笑地举起手做投降状："放心吧小老大，我还没那么傻。"

欣宜全然不解："你们在干什么？"

简自远说："我假装要打开其中的一个频道，其实这是很危险的。因为一旦打开，如果和这个对讲机在同一频道的另一方就是捕杀我们的混蛋，他们就有可能通过对讲机，知道我们存在的范围——在这个山林里，步话机是最好的通讯方式，但也是有范围限制的——如果知道我们就在附近，他们就会将搜索范围缩小，更快地发现我们。"

我又一次对简自远刮目相看。他究竟是个什么样的人？我心中有太多谜团，他又来添乱。

"天哪！黎韵枝难道一直在用对讲机和别人保持联系？"欣宜震惊不已。

我说:"只是有可能,除非,"我看一眼谷伊扬,"还有别的用途。"

谷伊扬会意,"我从来没有见过这个对讲机。"他的脸上,写满质疑和忧虑。

简自远继续研究着那个对讲机,问道:"有没有人知道这个键是干什么用的?"他指着一个和频道 1、2、3 形状不同的方型键。

当然,没有人知道。

我想的是,会不会黎韵枝当时暂时离队,就是打算将我们的行踪通过步话机告诉那些捕杀我们的人。她拉皮包拉链,准备取出步话机的时候,却在黑暗中一脚踩空,失足滑落陡坡,向下坠落的时候,皮包被掀在空中,勾在了树上。如此说来,她的身体,一定坠落在树下或者更底下的雪中。

37. 雪上血

　　我们的那幢木屋,虽然承载着两具不忍睹的尸体和无数的秘密,但却幽雅地坐落在雪松环抱之间,一片宁静,像是年历或明信片上童话世界般的美图。也许是奔波后的反应,也许是心头挥之不去的畏惧,我的肌肤上冷汗津津。

　　"有没有想过,想要我们命的人正在屋里等着我们,等着我们毫无防备地进入,一网打尽?"我停住脚步,问那些看上去同样心力交瘁的同伴。

　　简自远不失时机地说:"所以说,根本就不应该回来。"

　　谷伊扬推了一把简自远,"这个时候,又说这种废话!"走上几步,回头对我们说:"你们在树后躲一躲,我先过去看看,如果有什么动静,你们立刻回头。"

　　我说:"我和你一起去! 至少有个接应。"

　　谷伊扬微微一笑:"看来,你对我,至少还有那么点关心。"

　　我尚未回答,也未想好怎么回答,简自远先"啧啧"起来:"这个时候,难道打情骂俏就不算废话吗?"

　　谷伊扬没有理会他,只是看着我,细长的眼睛里滋润着温柔,他说:"我们的目标是将风险减小到最低,还是我一个人去吧。如果有什么事,你们要保重。"没等我再说什么,转身滑向木屋。

　　木屋前也是平白一片,至少证明短时间内并没有人在门口走动。谷伊扬一摇一摆地滑到台阶前停下,卸下滑雪板,迈上木级。

　　他一步步走上台阶,每一步都至少用了三秒钟,仿佛已经感觉出了木屋中危险的存在。他低头看着门前的地上,我知道他看见了什么,血。张琴被咬断颈动脉后喷射而出的鲜血。他推了推门,门开了,原来门只是掩着,没有上锁。

还有比这更不好的兆头吗？

我叫道："回来吧！"

但太迟了，谷伊扬已经推门走了进去。

一进去，就是整整三分钟。最漫长的三分钟。

不觉中，欣宜紧紧抓住了我的胳膊，颤声说："怎么他进去了那么久还不出来？他……不会有事儿吧！"

我正想说："我可以过去看看。"大门猛然洞开，谷伊扬高大的身躯直扑了出来，一跤跌倒在台阶上，勉强爬起身，连滑雪板都没顾得上穿就跌跌撞撞地向我们走来。我冲出去迎他，却被欣宜和简自远拉住。

因为谷伊扬的双臂挥舞着，一个明显的"不要"的手势。他往前跑了几步，立刻陷入齐腰深的雪中，再难举步，他大叫道："不要！千万不要过来！不要进去！"

我甩脱了欣宜和简自远，向谷伊扬滑去，叫道："为什么！"

"她在里面！她在里面！成露！成露在里面！危险！"

成露！

身后忽然一声凄厉的尖叫。我惊回首，是欣宜。

欣宜陡然转身，向坡下滑去。

"欣宜！"我叫道，转身去追她。简自远会意，已经先起动一步跟了过去。但欣宜是雪上飞，我们只能望着她的背影迅速缩小。

风声和滑雪声从耳边呼啸而过。不知何时，谷伊扬已经踏上了滑雪板，飞驰而过。滑起雪来，只有谷伊扬能跟上欣宜。

不多久，谷伊扬和欣宜的背影就消失在苍茫雪林间。

好在雪地上有清晰的轨迹，我和简自远虽然行动迟缓，但还是没有被甩迷了方向。滑了一阵，终于看见了谷伊扬，像雕塑般一动不动地站着，背对着我们，望向前方。

我快滑了几下，跟到他身边，向前下方望去，倒吸一口冷气。

不远处，三十米开外的一棵巨树下，穆欣宜举着一块滑雪板，正疯狂地将大堆大堆的雪往两边拨，嘴里时不时地发出一声声尖叫，像是在发力呐喊，也像是在驱走恐惧。

"哇!"简自远一声感叹。

穆欣宜努力扫雪的结果,是一个逐渐显现的大包裹。

仔细看,那是一个帆布车罩。穆欣宜努力一拽,车罩掀起,一辆雪地车!

"这也太神奇了吧!"简自远再次感叹。

"一点也不神奇。"我说,"欣宜一直有这辆雪地车的钥匙,我猜,这钥匙是她施展魅力从那个教她开车的小服务员那里得来的备用钥匙,是她整个计划的一部分。"

简自远一愣,"计划?什么计划?"

我没有回答他,是因为泪水覆盖了我的双眼,是因为突然袭来的悲伤卡住了我的咽喉。我突然发现,证实了自己的猜测,非但没有一丝自豪感,带给自己的反而是无限的沉痛。

这只能说明一条我不愿接受的事实:成露,真的被杀害了。

谷伊扬轻声回答了简自远的问题,"杀人计划,穆欣宜的杀人计划,杀害成露的计划。"他的声音里,有一种被压抑住的愤怒。

很多非心理学专业的人也知道,被压抑住的愤怒,一旦爆发,会是更严重的后果。

果然,谷伊扬向前迈步,但被我一把抓住,"她已经是困兽,我们尽量保持距离,她不可能走到哪儿去。"

雪地车还剩小半截在雪里,穆欣宜就迫不及待地坐在了驾驶位上。她伸手摸进系在腰上的小包包里,掏出一把钥匙,却塞不进那雪地车打火的匙孔。她将那钥匙翻来转去连试了几次,都塞不进去,将它举在眼前发呆。

"你是在找这个吗?"我的手里,也是一把车钥匙。

穆欣宜望向我,美丽的双眼里充满恐惧。

我叫道:"你难道真的不认得你手里的钥匙?它虽然不是雪地车的钥匙,但是你还是应该认得的,对不对?"

穆欣宜这才仔细看着车钥匙末端的标识,我知道那是一个三分天下的"奔驰"

车标。她开始喃喃自语,我听不真切,但好像是:"立凡的……是立凡的……"

我叫道:"对,你手里的是罗立凡开来的奔驰车的钥匙。你一定坐过他那辆车吧?欣宜?你甚至梦想着,这迟早也会成为你的车,对不对?穆欣宜?我在检查罗立凡尸体的时候拿走了这把钥匙,本来是要收着他的遗物,但后来从你包里拿出雪地车的钥匙后,为了怕你起疑,在包里原位放了这把罗立凡的车钥匙。相信过去的一天里,你怕我们留意,无暇将钥匙拿出来仔细看,只会时不时地去摸一摸,摸到一把车钥匙就放心了。你一定没想到,我偷梁换柱了,你每次摸到的都是这把奔驰越野车钥匙,而不是雪地车的钥匙。"

穆欣宜远远看着我,面孔逐渐扭曲,"你这个贱人!"

泪水一出,便凝结成冰,灼得我眼痛。我抹去泪水,向前走出几步,厉声道:"告诉我,你把成露的尸体放在了哪里?"

她尖叫一声:"你胡说!没有啦!她的尸体早没有啦!她已经不在地窖里了!她已经变成了鬼!罗立凡是她杀的!她还要杀我,要杀你们,你们通通都会死的!"

简自远说:"欣宜妹妹好像有些崩溃。不过,我还是不明白……"

我颤声道:"你……你果然杀了她,用这个雪地车,把她的尸体运到了那间堆放杂物的小木屋,藏在地窖里……"我明白了,为什么穆欣宜对小木屋的地窖如此畏惧,她知道成露的尸体应该在地窖里,偏偏成露的尸体不见了!

成露的尸体去了哪里?

"你说,你怎么杀了成露?罗立凡是你的帮凶对不对?你们早就策划好了,对不对?"我厉声问。

穆欣宜忽然大笑起来,仿佛听我说了一个天大的笑话,"罗立凡?他是天下最没种的男人,但你瞧,命运捉弄人,我偏偏爱他爱得放不下。他没有那个胆子做帮凶,他只有色胆,他有追不完的女孩子,不是连你也不放过吗?但他不敢杀人,所以当我下手的时候,他在客厅里做春梦。他倒是心有灵犀,就在我准备下手的时候,被成露从客房里踢出来。为了不让他听到动静,我将成露的尸体推出窗户,然后再拖到雪地车旁边,前前后后,他什么都不知道。你还有什么要问的？你这个自作聪明的贱人！你这个装腔作势的烂货，把我骗得好苦！"

我说："我不想骗任何人，我只想知道真相，想知道是谁害了成露。其实，我是很可怜你的，你一心爱着罗立凡，痴心地爱着罗立凡，以为自己是正牌小三，杀了成露，你就能名正言顺占领他全部的世界，却没想到，当你凶残杀人的时候，他正在和另一位佳丽亲热。"

穆欣宜脸上那疯狂的笑容凝住了，"你……你又在骗人！"

我冷笑说："我已经没有必要再骗你，你难道真的以为，罗立凡被成露赶出客房，是天助你行凶成功吗？你太天真了！罗立凡是主动'被踢'出客房的，他离开客房的目的，是为了爬上另一个的床。"

穆欣宜终于听懂了，"你……你胡说！你难道说……他和黎韵枝……"

简自远"哇"了一声："兰妹妹，你想象力也太丰富了点吧！"

我说："不是我想象力丰富，是他们这些人的想象力太丰富！他们的荷尔蒙太丰富！你们不觉得，真正凑巧的是黎韵枝搬出来独住一间客房的时候，罗立凡也被踢出了成露的客房？现在我们知道，黎韵枝前一阵子去北京找过工作，和成露、罗立凡也见过面，她和罗立凡，也必定是在那一阵子勾搭上的。你们也许会问，我是怎么知道的？记不记得，穆欣宜，你和简自远都看到过我梦游，甚至上过阁楼？"

简自远说："这个可是千真万确的。"

我说："我现在逐渐回想起来，我当晚确实起床过，但并不是在梦游，而是在找罗立凡。我想，是我潜意识里怀疑罗立凡会离开和成露的客房是为了做些什么小动作。另外，在前一天晚上，他曾告诉我，说成露在微博上写了些要死要活的话，好像要杀他解气报复。我想看看他到底有什么异样。而就在那次'梦游'中，我发现他并不在客厅里。当时他在哪儿？他事后说不在成露的客房里，当然也不在我和穆欣宜的客房里，也不在你们男生宿舍，那么，他只可能在一个地方。"

"黎韵枝的床上！"简自远叫了起来。

穆欣宜显然还是无法接受我丰富的想象力，"你还在胡说，臆测，他为什么……"

我说："我可以继续臆测，我们刚才找到了黎韵枝的对讲机，应该有把握地说，她在和其他人保持着联络，联络什么呢？不知道你们在地窖里是否听到了我和谷伊扬的对话，我们落到现在这个处境，最主要是因为有人害怕一些不可告人的秘密被我们发现，这些秘密一定和两位少女上吊有关，一定和谷伊扬有关，和张琴有关。这些秘密，值得三条猞猁出动追杀，值得无辜的人白白丢掉性命。

"黎韵枝是在安晓住院后从江京调到沈阳医大二院，然后立刻'爱上'谷伊扬的，而且跟到了这里，并和神秘的外人保持着通讯联络。所以我猜，她在谷伊扬的生活中出现，目的可能就是在获取一个重要的信息：对于那个不可告人的秘密，安晓到底知道多少？她恢复得怎么样了？是否还记得自己是怎么上吊的？她告诉谷伊扬了什么？谷伊扬对这个秘密知道多少？谷伊扬又发现了什么？谷伊扬租住这套木屋别墅的目的已经很明确，他有什么样的线索？黎韵枝在谷伊扬身边，难道不是能说明很多这样的问题吗？

"问题是，谷伊扬会将一切都告诉黎韵枝这个'外人'吗？黎韵枝也没有那么大的信心。但她发现，谷伊扬在北京有位知心的成露，他经常和成露谈起安晓的事情。他们甚至密会被偷拍到了。他们在谈些什么？是不是谷伊扬发现了什么秘密？也许，成露知道一些内幕呢。如果黎韵枝直接去问成露，当然得不到任何答案。于是，黎韵枝将获取信息的目标，锁定在离成露最近的人身上。这是她主动献身罗立凡最直接的原因。"

穆欣宜再也听不下去了，叫道："你继续猜吧，我才不会信你的鬼话！"

谷伊扬叫道："穆欣宜，你滚过来！你不要以为你能一走了之就解脱了，我们还没有完！"

穆欣宜跳出了雪地车，又踩上了滑雪板，叫道："你别做梦了，你想让我和你们一起回去，去见成露的鬼？去做她的替死鬼？她捉了罗立凡，已经足够了，我不奉陪了！"

滑雪杆在地上重重一撑，穆欣宜已滑出数米，一路大笑，一路尖叫，消失在密林中。

简自远叫着："我听懂了没有？是她杀的成露？又是谁杀的罗立凡？你们怎么就这样让她跑了？"

谷伊扬说："追她回来又怎么样呢？让这山林，让这风雪，给她应有的惩罚吧。她虽然滑雪技术一流，我还是估计她下不了山，如果不是运气好碰上猞猁，就会又冷又饿困在雪中。"

38. 重投囹圄

简自远问:"兰妹妹,说实话我现在还是比较晕,你是怎么看出欣宜是杀成露的凶手?"

我说:"我其实怎么也没想到欣宜是凶手。我怀疑过罗立凡,但他很快被杀了,我怀疑过你,因为你令人怀疑的地方太多了,我甚至怀疑过伊扬,因为他总是对我吞吞吐吐。后来,还是一个小小的线索,穆欣宜的一个小小失误,让我起了疑心。"

三个人转身往回走。我一边解释一边心想:成露的尸体在哪儿?

"哦?失误吗?感觉欣宜妹……穆欣宜掩盖得很好,反正我是一点没觉察。"简自远说。

"真的吗?"我话里的讥嘲相信简自远可以听出来,"那我先说吧,等会儿请你补充。过去几天里,我注意过一个现象,穆欣宜对她的滑雪靴和滑雪板有着强烈的喜好,每次去雪场回来后都会第一时间用面纸把它们上面的雪水和泥擦干净,擦得几乎锃光瓦亮,纤尘不染。"

简自远说:"哦,这个……我好像也注意到了,我还和她打趣过呢,说她有洁癖,强迫症。"

"如果真是一种强迫症,要想打破十分艰难,但也绝非不可能,那就是,有十分意外的事情发生让她分心了。成露失踪后,我们在屋子里四处寻找,我拉开了走廊里的那间储藏室门,里面只有穆欣宜的那套滑雪用具。当时找人心切,我只是粗粗一看,发现滑雪板和滑雪靴上微湿,也没有多想。后来记起来,觉得有些蹊跷:记忆中穆欣宜最后一次出去滑雪回来,是在成露失踪之前的整整一天,我亲眼见她回来后,在房间里仔细擦拭过,怎么可能还会湿呢?这只能说明一点,穆欣宜在过去的几个小时里,曾出去滑过雪,而且,一定是因为什么突发事件,她没有来得及将滑雪器械擦干,或者说,惊心动魄的事件发生让她完全忘了去擦干滑雪板。如果真是她杀害了成露,相信她多少会心神不宁。当然,不排除有别人借用了她的滑雪板和滑雪靴,但那可能性很小。欣宜的脚纤小,大概只有黎韵枝能穿下她的滑雪靴,而黎韵枝基本上不会滑雪,可以排除。"

谷伊扬问:"这可以算是一个很明显的线索了!为什么不早点挑明?说不定还有希望找到成露!"

我黯然说:"我当时刚从昏睡中醒来,头痛还很严重,一听到成露失踪,也有些乱了方寸,这些细微处虽然捕捉到了,却没能引申,是我的过失。"

简自远说:"不是你的错,我们几个,连这个细节都没注意到呢!你那时的状况,能立刻开始投入发掘真相,已经很不容易了。"

我皱眉看一眼他,突然觉得这话不像是从简自远嘴里说出来的。谷伊扬低声说了对不起,说没有任何责备我的意思。我苦笑说:"自责总是有的。但对穆欣宜起疑心,不久也就开始了。我们随后发现了罗立凡的尸体,黎韵枝和穆欣宜几乎同时崩溃了。我不是洞察一切的高人,只是觉得穆欣宜的深深恐惧格外真实,这和我对她最初的印象有些不吻合——她给我最初的印象,是风情万种之外有股子刚强坚韧,不应该被一具尸体吓飞了魂魄。然后,她开始坚持认为罗立凡是成露杀的。这个观点,除非她是坚信鬼神之说的那种人,完全可谓荒诞不经,这也一点儿不符合欣宜的性格。唯一的解释是,她心里有鬼,觉得是被冤杀的成露在复仇。"

简自远吹了一声口哨,"这欣宜,还真会遮掩,我一直以为,她对谷老弟情有独钟呢,敢在兰妹妹和黎韵枝的夹击下知难而上……"

我看一眼谷伊扬,"不要把我扯进来好不好!现在想起来,欣宜显示出对伊扬的兴趣,其实正是在遮掩她和罗立凡的关系。成露告诉过我,也告诉过伊扬,甚至可能告诉过你简自远,她一直试图在找出罗立凡真正的情人,但一直不成功。我后来又想到,有一天晚上欣宜和我谈心时说到小三的问题,欣宜说，她永远不会做小三，不会和另外一个女人分享一个男人，回想一下，杀害成露后，'大奶'已经不存在，她就不是严格意义的'小三'了，不需要分享了。这可能就是她的动机，一种原始的、强烈占有欲转化来的动机。她很聪明，利用这次'度假'，通过和我的'交情'，通过对谷伊扬的'垂涎'，将自己排除在嫌犯之外。至于罗立凡，听穆欣宜的意思，他比较软，没有杀成露的强烈动机。毕竟男女之情，缘尽分手，斩断婚姻这样的事，现今已经太多。

"穆欣宜要独霸罗立凡，容不得成露的存在，和她每次要擦干净滑雪板一样，是一种强迫症的表现。所以她处心积虑要杀成露。她和开雪地车的服务员混得熟了，甚至弄到了雪地车的备用钥匙，就是在为抛尸做准备；记得前天上午，就是我们发现停电的时候，她独自出去滑雪，我猜，一定是在寻找可以藏匿尸体的地方，找来找去，她一定找到了看似荒废的那间小木屋，小工具间，一个地窖，完美的藏尸场所……"

简自远忽然打断道："为什么要藏尸体？反正人都杀死了，就往外面一扔，大雪覆盖，不是很自然吗？"

"穆欣宜是在蓄意谋杀，但她毕竟不是什么职业杀手，从心理上说，肯定不希望成露的尸体很快被发现，而是藏得越深越久越好。没有人能真正预测天气，她怎么会知道这暴风雪一下就是三天，还没有停歇的趋势呢？万一第二天就雪过天晴呢？但如果将尸体藏匿在一个工具间的地窖里，对她的心理是种安慰，让她有种错误的安全感。同时，尸体不被发现，在舆论上还可以说，成露只是失踪，可能只是出走。

"她怎么杀害成露，很难想象，由于我们在木屋里没有找到任何血迹，我猜，很可能是窒息死亡，而那可怕的一幕，就发生在成露的房间里。成露被杀后，尸体被穆欣宜从窗口抛出，穆欣宜滑着雪将尸体拖入雪地车，再开车将尸体载到那个工具间木屋，拖入地窖里。我想，这终究还是她第一次杀人，回来后还是心神大乱，或者是遇到了什么干扰，竟然忘了将滑雪板擦干……"

简自远叹道："兰妹妹看来这两天没少动脑筋，能不头痛嘛！"

我说："本来，穆欣宜的罪行可以裹藏得更久，只是罗立凡的死，改变了一切。她的惊慌，她对'成露'是凶手的惧怕，让我越来越怀疑她。到了工具间的地窖，她的异样更让我将不多的线索连了起来。"

"这么说来，地窖里，你和成露的'梦中对话'，是你的独角戏，你用来试探穆欣宜的法宝。"简自远若有所悟。

"我当时想，如果欣宜和成露的失踪无关，如果她仅仅是对地窖有天生的恐惧，或者对鬼魂有天生的恐惧，我那样做，对她来说会很残酷。但我没有别的办法，我必须解开这个谜。"

正说着，我们合租的别墅木屋已经在眼前。

率先走上木屋台阶的还是谷伊扬，他说："里面没有明显异常，我粗粗看过了。"

简自远停在门口，上上下下打量那幢木屋，仿佛初来乍到，充满新鲜感。同时问我："真没看出来，兰妹妹不但是福尔摩斯附体，还有小偷小摸的习惯。"

我一怔，随即明白，他说的是那把雪地车的钥匙。我说："我要是有福尔摩斯的水平，说不定就不需要小偷小摸了。因为怀疑穆欣宜又没有证据，只好出此下策，趁她睡着的时候，伸手到她包包里翻。好在她总和我靠在一起，我的机会还真不少。我摸到这把钥匙，开始没起疑心，因为欣宜本来就是自驾来的。让我起疑心的，是我摸到了两把完全不同的车钥匙。一把有开关车门的遥控键，一把没有。可疑的当然是那把没有遥控键的车钥匙。于是我忽然想到了，前几天她和那位开雪地车的小服务员打成一片，刻苦学开雪地车的一幕。她是雪上飞，爱好所有雪上项目倒不足为奇，但会不会开雪地车有别的目的？我也是为了证实我的猜测，才将那把不带遥控键的钥匙取出来，将罗立凡的车钥匙放进了她的包里——罗立凡的车钥匙，遥控器恰好是拴在钥匙链上，钥匙上本身并无额外键钮，可以混淆视听。果然，穆欣宜一直没有发现，直到我和伊扬想出了那个办法，让伊扬先进屋，说成露的鬼魂在屋里等着我们，算是一种攻心吧。她彻底把持不住，准备驾车逃走，才发现我调包。"

简自远仍旧在打量木屋外围，这时候看看我，又看看半个身子已经在门内的谷伊扬，冷笑说："你们两个，真是旧缘难了，而且是天生一对，合伙将欣宜妹妹逼上绝路，我是不是也要对二位防着一手？"

谷伊扬同样冷笑说："穆欣宜杀害无辜,是她自己走上绝路,也是她自己心里有鬼,才能让那兰的攻心术成功,你老如果内心坦荡,又有什么可怕的?"

简自远被噎得无语,终于结束了对木屋的审查,走进屋门,经过谷伊扬身边时,在他心口敲了敲说："我们这里,有一个人是内心坦荡的吗?"

谷伊扬脸色一沉,突然挥起拳头,我忙伸手拽住了他的胳膊,"这个时候,我们不能再内耗了。"

"有什么话能不能痛快说出来,阴阳怪气的算什么爷们儿?"谷伊扬仍在努力去直面简自远。

简自远只管往厅里走,"等猞猁们来了,它们可不管爷们儿娘儿们儿,一律照单全收。兰妹妹说得没错,还是先预备着别被吃了要紧。"他将张琴的那个双肩背包扔在地上,从里面取出那团铁丝,看着我说,"兰妹妹,要不要先去看看猞猁是怎么进屋来的吧? 说不定,你可以再给我们说说,罗立凡是怎么死的。"

他转身,径直走向走廊的尽头。

爬上了血污斑驳的阁楼!

阁楼里,是熟悉的腥臭味,强烈地刺激着我的鼻黏膜。我不由捂住了鼻子,略带惊讶地看着简自远。他仿佛换了一个人,没有呕吐,没有捂鼻,只是冷冷地站在阁楼里,仰头望向阁楼的木顶。

"谷老弟,借你的手电筒用用。"简自远叫着。我知道简自远也有手电,但功率似乎不如谷伊扬的手电大。

谷伊扬递上了那柄大功率的手电。简自远拧亮,手电光照在头顶上方的一排排木板上。扫了一阵,手电光定格在木板的一处,他一动不动地看了一会儿,似乎看不清,摘下了眼镜,仿佛那样可以看得更清楚。他问我:"黎韵枝包里的那只对讲机呢?"

黎韵枝的包包一直由我挎着,我取出步话机,递给简自远。简自远将手电光对准步话机,细细看,三个"频道"键,还有那个奇怪的无标识的方形键。他的手指揿动了那个额外的方键。

头顶上,传来"哒哒"一阵轻响。

手电光迅速回到屋顶,刚才定格过的所在,一块木板向上抬了起来,露出一块空间,滚落一小堆雪。看来,对讲机同时是一个遥控器,可以打开一个隐秘的"天窗"。

简自远说:"记不记得,猞猁似乎总是出没在阁楼,在阁楼上咬过罗立凡,又是从阁楼上冲下来咬死了张琴。我刚才在外面,仔细观察了阁楼附近的屋顶,发现了一块四四方方的凸起。"我心头一动,从包里取出张琴携带的那两张以木屋为背景的合影照片。简自远指着左侧房顶说:"就是那儿,瞧,乍一看,以为就是设计成那个样子,一个装模作样的假烟囱,装饰性用的。但我们后来去的那家别墅就没有这个。"简自远拿出卡片机,回放一张最近的照片,"看看这个,我受你的启发,给那个别墅也照了一张,外观和我们的这个一模一样,唯独没有这个方块儿。"

我逐渐明白:"这个方块,是猞猁的窝?"我抬眼去看屋顶那个天窗的位置,似乎正是照片上屋顶那个凸起的位置。

"至少是暂住点。"简自远说,"这些猞猁,被精心训练过。我的猜测是,谷老弟订下这套别墅后,有人因此提高了警惕,特意在这木屋上加建了猞猁的暂住点,同时安装了遥控天窗。"

我越听越心惊:"同时安插了负责遥控的人——黎韵枝!"

"能做这些事的,显然是度假村内部的人。"简自远转头看着谷伊扬,"谷老弟究竟得罪了哪一位?要他们如此兴师动众地整你?我一直以为,你们乡里乡亲的,你应该受优待呢。"

谷伊扬摇头:"我还真不知道,我在这里招惹了谁。"

相信他至少知道,这一切一定和安晓的死有关,和石薇的死有关。而关系何在,他至今也不甚明了。

他唯一的线索,只有石薇生前画的那幅速写。

简自远说:"如果你都不知道,那我们就更抓瞎了。不废话了,我们耽误的时间已经够多了,来,谷老弟,帮我一起设一下防御体系吧,好在我们已经知道了猞猁进出这屋子的通道,可以有的放矢。这个天窗虽然受遥控,但猞猁用强力撞开也毫无问题，所以必须设防。兰妹妹，你负责在我们整个屋子里检查一下，看还有什么漏洞。然后，就站在窗口望风吧。如果有人来，立刻告诉我们。"

我想问："你到底是谁？怎么忽然变了一个人似的？"但知道问了也是白问，他毕竟还没有"变"成一个开诚布公的人。转念，我问他索取了那枚卡片相机，说要拍一下谋杀和劫掠的现场，同时要研究一下工具木屋间的图片。

走下阁楼，我到各间客房转了一圈。

满眼狼藉。

不难想象，那晚我们从黎韵枝的房间跳窗逃走后，不久就有人闯入——门锁没有坏，说明来人有这套别墅的钥匙——进来后翻箱倒柜，显然是在寻找什么。

我的笔记本电脑、成露的 iPad、简自远的笔记本电脑，都不见了。

黎韵枝的房间里也有一股腥臭味，张琴的尸体仍在，若不是因为寒冷，屋里的味道可能会更难忍。黎韵枝的箱包也都被颠覆翻找过，床上堆满了行李箱里翻出来的凌乱物品。一个半尺多长的小药盒吸引了我，打开，里面除了几小袋常用的头痛脑热药外，还有两根针管，和一个用去了一半的小小药水瓶。我将药水瓶挑出来，只看见一些英文，最显眼的应该是药名：Sevoflurane。药水瓶口黑黑的，估计原本是密封的，被用去半瓶后，又用火烧密封，以免挥发。

我将那药盒收在身边，又去造访简自远和谷伊扬的"男生宿舍"，这次，我有意识地探寻着闯入者不曾搜到的地方。因为强盗们的工作很细致，被遗漏的地方屈指可数。这屈指可数的几处，衣柜后面、备用毯子中间、枕头和枕套之间、床垫下面。我一一摸过。

在简自远的床垫下，我找到了要寻找的东西。

简自远的另一台笔记本电脑。

39. 李警官

　　那天,简自远和我一起在电脑上看了几段视频,视频是通过客厅里的一个小摄像机录下来再无线传输到简自远的电脑。在视频中,我们发现我在午夜一两点给一个神秘的人打电话,电话里提到了"黎韵枝"和"安晓"的名字。等我再次提出要看简自远电脑上的视频时,他却一口否认视频的存在。谷伊扬在他的电脑上用了浑身解数,也没有复原出任何被删除的视频。这一切,包括简自远和穆欣宜同时指证我梦游,都说明了一点:我的神志不清,我的话,不可靠,不可信。

　　但怎么解释那些不存在又没有被删除过的视频呢?

　　当时情急之下,我没有任何满意的解答;事后,当我有时间仔细思考,我得出的是一个看似荒唐但完全可能的假设:他有两台一模一样的笔记本电脑!

　　当时看完视频后,我出去找谷伊扬,问他三个问题。在那段时间里,简自远有足够的时间将电脑藏好,又拿出另一个"干净"的电脑。当我们一无所获地离开简自远的房间,他的电脑还好端端地在桌上,之后,我们几个再没有单独行动过,他不可能再有任何机会将电脑藏匿在床垫下。猞猁的凶主闯入这座木屋后,搜走了所有电脑,他放在桌上的那个自然也没能幸免。

　　所以,两个电脑的假设完全成立。我可以肯定,我心心念念的视频,就在床垫下的这个电脑上。我对证实黎韵枝的诡秘身份已经没有太大兴趣,我更有兴趣的是"真1"和"真2"那两个目录下的视频。如果我的猜测不错,"真1"和"真2"完全有可能就是"针1"和"针2"的混淆视听;如果我的猜测不错,酷爱摄影的简自远可能"酷爱"到了极端,在客房里安装了针孔摄像装置。

他究竟想干什么？

仅仅是猥琐老光棍的变态？

我在自己与欣宜合住的客房里，找到了我的双肩背包，将他的笔记本电脑装入。走到前厅的窗口，望向远处。

雪还在飘，风还在呼啸，天光黯淡，不知已是几时。我打开那只小照相机，上面的时间是下午 3 点 27 分。

离天黑又不远了。

我的心又开始往下沉。

好在远近没有见到任何人影，希望这阵子的雪能够盖上我们行进过的痕迹。

我从口袋里摸出早些时候谷伊扬给我的那张图，那张石薇画的速写。我盯着画面角落的白色木屋发了一阵呆，又去看照相机屏幕上简自远摄下的木屋，微微感叹，石薇真是个很有艺术天分的女孩子：木屋在画上是远景，虽小，但极为逼真，她甚至画出了白色木屋的那一点点倾斜。

双眼在两个画面上游走，完全一样的木屋。

但不知为什么，我有一种感觉，画面上的两座木屋多少有些不同。

不同处何在？

脚步声响起来，谷伊扬和简自远走了过来，简自远叫道："兰妹妹怎么在走神啊，别把敌人错过了。"

我看一眼窗外，鬼影不见一个，说："我时不时会注意一下的，不过真要是'敌人'来，不会这么正大光明走正门儿的，一定会从这屋子的背后或者侧面过来，可惜我们只有三个人，不可能顾得上所有方向。"

简自远说："有道理，所以我们要在这房子周围都挖好陷阱。"他打开走廊边的储藏室，取出了那天我们用来堆雪人的铁锹。

我皱眉说："天好像随时都会暗下来，你们也还是不要浪费太多的体力挖坑，不见得会陷到谁……"

简自远又露出那副洋洋自得的神情，说："放心吧，我们不是真的去挖陷阱，还是先看看谷老弟在搞什么破坏吧。"

我回头，见谷伊扬手里已经多了把刮刀，一刀下去，划破了客厅里的沙发。我惊道："你们真搞破坏啊！"我差点说，要赔钱的知不知道？但想想我们生命系于一线，这又算得了什么。

简自远解释道："我们需要的是沙发里面的弹簧，再拆掉厨房里的那个铁皮的煤气灶，改制成猎人们用的那种铁夹子，在雪里布置一些，说不定能夹住些大个儿的畜生。"

我问道："简自远，你究竟是什么出身？怎么感觉你倒像是山里出来的？"

简自远故作谦逊地说："哪里啊，就是以前苦日子过得比较多而已，不像你们两个娇生惯养的娃娃。"

用铁丝、铁圈和弹簧，简自远和谷伊扬一起做了四个大铁夹子，分布在木屋的门前和窗下，用不算太厚的雪埋住，因为如果雪埋得太厚，入侵者怕被陷入，反而不会踩上去。

等二人忙完了，天也黑了下来。我们一起将剩下的一点东西吃了，坐在黑暗中，手边是各种随时可以提起来搏斗的武器，削尖的滑雪杆、刮刀、铁锹，等着未知的到来。

我说："坐在这儿真挺无聊的。可惜我们的电脑都被抢走了，连游戏都玩不成了。"

简自远恨恨道："可不是嘛，这些混蛋最他妈该死。"

"你的密码是什么？"我突然问。

简自远一愣："你说什么？"

"进入你的电脑，密码是什么？"

简自远想了想，似乎明白了："原来你找到了。物归原主吧。"

我说："我可以给还你，但你告诉我……我有太多问题要问你，但不知从何问起。你是不是在每个房间都安装了针孔？"

"不是。"

"装在哪两间？"我想到"真1"和"真2"，应该正是"针1"和"针2"两个摄像机。

"你和欣宜的那间，还有黎韵枝的那间。"简自远心平气和，甚至理直气壮。

我在黑暗中摇头："你真的是那种偷看女生的变态狂？"

简自远冷笑说："随便看看。"

"为什么没有在罗立凡和成露的那间客房里按一个？"我这是什么问题，好像在出卖我的表姐。

"那间屋子里一张双人大床，一看就是给小夫妻俩的，我对他们没兴趣。"

"你到底要看什么？要录什么？"我捏住了手边的滑雪杆。

"当然是美女。"简自远忽然叹口气，"我知道，你更想知道那晚在成露的房间里发生了什么，实话说，那间客房里真的没有针孔。"

"这是你抵赖视频存在的用意？你怕你这个色情狂的嘴脸被揭穿？"

简自远又叹了口气，"你既然不相信，何必要问这样的问题。"

"你一定要我明说？"

"我听着。"

我强忍住怒气说："在我昏睡了一天的过程中，在那天晚上，你在录像里发现穆欣宜离开了我们房间，就溜进来问了我一串问题，对不对？"

"怎么可能……你……"简自远惊呆了。

"我住进木屋后就开始头痛，是不是你下的毒？用的是什么？强力的扩血管药？大量的吗啡？我回忆起来，住进木屋的当天就有了奇怪的反应，当天晚上，兴奋异常，之后就开始有头痛，只有在喝茶后头痛症状才会好转。我逐渐对那'茶'有了依赖感，于是试着不去喝茶，头痛得更厉害了，并开始昏睡，甚至出现幻觉和失忆。你是不是将毒品放在了袋泡茶里？你究竟是什么样的打算？通过药物致幻，你指望我懵懂中说出重要的信息？"

简自远的声音又尖利起来，显然我触及了他某处神经。"我还真的没有那么好的设计和工艺，制作什么袋泡茶给你。袋泡茶和速溶咖啡是度假村提供的，我猜里面都有'料'，都有毒品。可惜巧的是，我们这几个人里面，只有你和成露姊妹两个，一个喝茶，一个喝咖啡，都产生了不同的反应。我只是借了你昏睡的机会问了你几个问题，你不要想得太多。"

我冷笑说："我倒是觉得，我最初想得太少了，以为住进这木屋的，都是因为偶然,因为一个单纯的'度假'而聚集在一起。谁知道,有人是怀着杀人的计划,有人带着监视的任务,你呢？要不要我给你提示一下？我的头痛减弱后,我想起了你半夜进来问我的几个问题。"

"既然知道了,说穿了有什么意思呢？尤其现在这种场合!"简自远的声音有点颓废。

我说:"真相,我还是需要真相,同时,我必须知道,在这个生死攸关的时刻,我能不能信任我的同伴。"

"你已经知道真相……"

"我需要听你亲口说出来!你到这里来,包括你最初和伊扬接触,是不是就是为了昭阳湖的那批藏宝?"我在昏睡中"解毒",简自远或许意识到,那是从我嘴里获得真相的唯一机会,于是他趁我房间中没有他人的时候,进来过数次,每次问的都是同样的问题:我是否知道,昭阳湖底那批伯颜藏宝的下落。

一直沉默的谷伊扬厉声问:"你根本就不在能源局上班,对不对?!"

简自远说:"简自远的确在能源局上班,但我的确不在。既然被兰妹妹戳穿了,我也就不再遮遮掩掩了,这个,是我的真实身份。"

手电光亮起,照在简自远手里的一份摊开的工作证上,上面是简自远穿着公安制服的照片和"人民警察证"的字样,但照片下的名字是"李树军"。

我喃喃道:"李警官。"

"听说过公安部刑事侦查局三处吗?"简自远说,"一个比较特殊的部门,专门负责重大文物走私盗窃案件的侦破工作。我们王处长……"

我说:"我有幸见过。"

"王处长说,和你谈话后,没有找出破绽,但他认为你不是一般的精明,感觉你还在掩饰什么,尤其问到你过去是否有过类似探宝经历,你……"

"你们王处长过分敏感了,或者是看盗墓类小说看太多了。我只是一个普通的女学生,我不是江洋大盗。"

简自远嘿了一声:"没办法,谁让我们没有其他更好的线索,侦破的重点之一,还是在你身上。谷老弟正因为是你的大学恋人,也被我们关注了。你瞧,你们之间颇有疑点，比如说，他为什么去北京后，你们就不再往来了呢？我们办案人员分析，会不会他就是你那天晚上的外应呢？也就是说，你发现藏宝后，和你的同伴带着假宝上浮，应付阻击你们的人，而谷伊扬跟在你们后面，进山洞搬走了藏宝。”

我说："只能说你们的想象力比较丰富，你可以问问谷老弟，他是个不折不扣的旱鸭子。还有我们淘宝组'行动'的那天晚上，他在哪里？”

简自远说："我们不知道他在哪里，但有一点肯定，他不在北京。”

谷伊扬说："我在赶往沈阳的路上。”

"但没有人作证，对不对？"简自远说，"第二天是有人在沈阳见到你，但你有足够时间，在江京处理完更'要紧'的事，第二天一早飞往沈阳。”

"机票是实名制的，你们神通广大，总能查出我有没有在江京到沈阳的班机上。”

简自远嘿嘿笑笑，"这么说吧，我用'简自远'的身份证买机票上飞机，一路平安。知道假身份证有多容易造吗？”

我说："其实说这么多又有什么用呢？我立刻给你个确凿的回答：我完全不知道伯颜宝藏的下落。希望你的针孔摄像里可以支持我的清白。"显然，针孔摄像头是针对我的。简自远怀疑我和谷伊扬联手卷走了昭阳湖下埋的宝藏，但我们之后分手，没有任何彼此联系的证据，而这次滑雪度假，是我们继伯颜宝藏得而复失后的首次会面，如果他的假设正确，我们一定会谈到有关宝藏的话题。于是他在我住过的房间安装了摄像机，希望能窃听到我们谈话的内容。

一阵心悸：我的宿舍里，是不是也有同样的装置？

这些无视他人隐私的混蛋！

简自远说："看来你是要坚持到底了……在药物作用下也没有说出来，或许我们该相信你。”

我压抑住要扑上去和他扭打的冲动，冷冷地说："你这么一说，那天晚上的很多事就可以解释了：你从我房间出来的时候，一定撞见了穆欣宜从外面进来，你们一定互相质问但最终达成一致，都将对方的'反常行为'保密。穆欣宜答应跟你合作，指证我梦游，为的是证明我神志模糊……"

简自远说："可是，你那天晚上，的确起床了，而且进了阁楼！"

"但你并没有看见，对不对？"

简自远惊愕地看着我，"你……怎么知道？"

"我一直在推算，我起身'梦游'，是在什么时段。如果是在穆欣宜杀害成露之前，穆欣宜多半会看见我，但假如你也看见我'梦游'，她就会知道你是位'巡夜人'，而不会再冒险到成露房间里杀人，可结局是她杀人了，这说明你没有看见；如果梦游发生在穆欣宜杀人埋尸的过程中，她显然不会看见，你呢，是在她离开后进入我们房间，问那些关于宝藏的问题，问完后如果我下床梦游，你就是知道这个秘密的唯一人，没有必要和穆欣宜分享，所以梦游肯定也不是发生在那段时间里；所以唯一的可能，就是梦游发生在穆欣宜运走尸体、返回木屋之后。我想，不会那么巧，就在你们狭路相逢的时候，我也正好出来梦游吧，所以我猜，我下床发生在后半夜，我昏睡一天一夜后逐渐清醒，潜意识想到罗立凡提到成露可能会做出格的事，就到客厅里看看，没发现他就在各处找，包括阁楼，最后得出结论，他一定是和成露暂时和好，又回客房里睡觉去了。我的这一切，一定都被穆欣宜看见了——那一夜，对她来说，非同寻常，很难入睡是正常的。而你自己说过，一般到下半夜，就会睡得很香。所以我猜，我半夜下床的事，是穆欣宜在第二天早上告诉你的，你们对了口径，就这样，我正式'梦游'了。当你们发现我有失忆的症状——我的确有失忆的症状，回想不起罗立凡连续两晚睡沙发的事——更觉得梦游的说法无懈可击。"

谷伊扬问："他为什么要这样做？"

我说："因为他知道，在我昏睡状态中探口实，也是一种很冒险的举动，人的潜意识很强大，有时候可以调出无意识状态中的记忆——他只要证明我脑子不清楚，就可以进一步否认我说的其他话。就像寻常人都不会把精神病人的话当真。这是他的一种自我保护。其实在某一刻，我自己都不相信我的记忆了呢。后来，我提到他电脑里的视频，他坚决抵赖，正是用了这种保护。"

谷伊扬长嘘一声："只是你们没想到，失去记忆有时候是暂时的，即便受到药物的影响。我现在就想知道，是谁在袋泡茶里做了手脚。"

"反正不是我。"简自远坚持道，"我们公安，绝对不能做这种事。"

"你是公安，却让两桩凶杀案在眼皮底下发生！"谷伊扬怒道。

"我又怎么知道穆欣宜半夜出门是去藏尸体?！我又怎么知道罗立凡……操，我到现在还不知道罗立凡是怎么死的。"简自远振振有词。

谷伊扬和简自远都看着我，我没有回答，只是从大衣口袋里取出一个小药水瓶，问："听上去，你对药物有些研究，知道这个是干什么用的吗?"

简自远将药水瓶拿在手里，对着 Sevoflurane 看了一阵，摇头说："我没那么强大，不过，肯定可以找到答案。"他取出手机，开了电源，"我这里装了药物词典。"

Sevoflurane，是七氟烷的英文药名。七氟烷，是强力麻醉剂。

我说："这是黎韵枝的行李中找到的。罗立凡，是黎韵枝杀的。"

谷伊扬和简自远脸上的表情都是难以置信。

"如果我先前的猜测准确，罗立凡和黎韵枝有染，那么他们一起出现在僻静的阁楼就很自然。罗立凡的皮带被抽走做为上吊的工具，但我发现他的裤子前面的纽扣和拉链也开了，为什么呢？我在想他们甚至在亲热，就在两人搂抱在一起时，事先准备好的黎韵枝将一针七氟烷注入罗立凡体内。我在罗立凡后颈部的皮肤上发现了一个小小的红点，应该就是针扎入的地方。罗立凡最初可能会挣扎几下，但相信黎韵枝只要准备充分，尤其用皮带套住他的脖子后，可以有足够时间让麻醉药起效，从容地勒死罗立凡。"

简自远说："但怎么会？他们……他们不是……"

"他们的确有交往，但不要忘了，黎韵枝和罗立凡交往的真正目的，是想知道，谷伊扬有没有将对安晓之死的调查透露给心机不深的成露。她为什么要杀罗立凡？而且就在成露死后不久呢？我想罗立凡多少有些明白，黎韵枝出现在这木屋里的动机不纯。成露被害，除了穆欣宜，罗立凡一定也怀疑黎韵枝。他甚至有可能知道黎韵枝有那只对讲机，有那个开关放猞猁进来。罗立凡是个花心的男人，但可能不是个黑心的男人，毕竟三年的夫妻，成露的失踪对他的打击肯定严重,他会很快怀疑两个人,一个是穆欣宜,一个是黎韵枝。相信他对两个女子都质问过,在他严词质问黎韵枝的时候,也许他威胁将她的身份说出去。黎韵枝用对讲机联系了外界,得到灭口的指示后,将罗立凡诱到阁楼,故作亲热中下了杀手。"

简自远叹了口气:"这实在有些惊悚,猜测的成分比较大。"

"那么你有什么理论?李警官?"

简自远说:"我是负责文物盗窃方面的,对这种……"

"枪!"谷伊扬忽然说,"你一定有枪!"

简自远半晌不语,等于默认。我问:"为什么不早说,如果有枪,在地窖里我们完全不需要如此紧张,完全可以冲出去制服那个家伙,让他说出来龙去脉,我们的处境可能会大不相同。"他当时还装模作样地要去和来人打招呼,但被我们喝止。

"没错,我们的处境可能会更糟!你们当时的态度不是很明确吗?"简自远厉声道,"我虽然有一把枪,但还是敌不过同时扑上来的几条猘犷!谁又知道那个人有什么装备?可能我们四个人,当时就会成为四具尸体!"

"嘘!"黑暗中突然传来谷伊扬紧张的声音,"我好像听见什么动静了!"

40. 非攻

前厅里静下来,我也立刻听见了,是从阁楼方向传来,尖细而凄厉,如猫叫般的哀嚎。

"是猞猁,被套住的猞猁!"简自远带着兴奋的声音。他和谷伊扬在阁楼顶的那个活动木板附近用铁丝设了网套,只要猞猁从那个天窗进入,立刻就会入套。简自远还在铁丝网的接口做了钩子,如果猞猁挣扎,会剧痛无比。

听着猞猁的嘶叫,我心里一阵阵发寒。

更心惊的是,如果没有那些防御措施,我们可能已经倒在血泊之中。

三个人都站了起来。简自远低声吩咐:"千万不要开手电!"黑暗中传来"咔"的一声轻响,手枪保险打开的声音,"战友们,现在开始,是真正的对决时刻,拿好武器,提高警惕吧。"

这次猞猁出现后,猞猁的主人应该也不远了。我从桌上拿起一把刮刀。

"啊!操!"一声惨叫从木屋外传来,听方向应该是在黎韵枝客房的窗外,我们昨晚出逃的出发点。

简自远说:"看来有人走了狗屎运,踩上了我们做的捕兽夹。谷老弟,你我这一下午真没白忙活。"他举起那个卡片照相机,从取景器向窗外的远处望去,不用问,这个"专业"的照相机一定有红外夜视的功能。"从现在开始,要密切注意了,敌人可能会从任何一个方向攻进来。"

比较让人放心的是,简自远和谷伊扬在任何一个有可能"攻进来"的入口都设了简易的机关。

谷伊扬一边走向黎韵枝的客房,一边说:"你们还是注意一下前门,不要轻易暴露，我去看看，应该让他们相信，这里只有我一个人。"

"这不公平。"我跟上谷伊扬。

"现在不是讲公平的时候。"谷伊扬抓住了我的手，握了握，"你来看看可以，但现在是求生存的时候，你和简自远一定要保持低调。"

我跟着他进了黎韵枝的房间，谷伊扬将窗子开了一道缝，手电挤过去，突然打亮。

光圈定在窗下一个人影上，那人一惊，猛抬起头，竟是一张熟悉的脸。

"万小雷!"谷伊扬怒吼着，"是你这个混蛋! 是你放的猞猁! 你杀了张琴!"

万小雷啐了一口，"谷伊扬，少来这套，是你杀了张琴! 你从一开始订这套别墅就是在找死! 不但自己找死，还拉了这么一大堆人给你垫背! 张琴如果不是要救你，不忍心让我干掉你们，怎么会死?!"

谷伊扬叫道："你把话说清楚点! 这都是为什么?!"

"为什么?! 你小子比谁都清楚! 你住过来不就是想整明白安晓怎么死的吗? 石薇怎么死的吗? 你肚子里那点儿弯弯肠子谁看不直? 你也傻，她们两个都死了，难道还不明白吗? 有些不该知道的事儿就得装糊涂到底! 现在可好，听说过替死鬼的传说吗? 阴魂不散、不能投胎的吊死鬼，等着好心的替死鬼到来，换他们再生的希望。安晓就是石薇的替死鬼，你、还有你们一屋子的傻冒儿，就是来做安晓的替死鬼! 快过来，帮我把夹子卸了，帮我包扎，没准饶了你小命儿。"

谷伊扬一拳砸在窗边的墙上，显然在强忍愤怒，"你讲清楚，她们到底是怎么死的，到底为什么死的，我或许会放了你，否则我出来砸死你!"

"你不会的，你没这个胆子，没这个狠劲儿，否则，当初就找你一起发财了。"万小雷低下头，开始解脚上的夹子。

谷伊扬猛然回头，走回前厅，到了简自远面前，"把手枪借我用用。"

简自远一愣，随即明白，"你要逼供?"不情愿地将手枪递到谷伊扬手里，"我这可是违反纪律的……你会用吗?"

谷伊扬一把夺过，不再多说，又走回黎韵枝的房间。我在后面问："伊扬，你这样合适吗?"

手电光再次亮起,谷伊扬叫道:"万小雷,从现在起,你不准动一下,老实回答我的问题……"

"小心!"我惊呼,将谷伊扬一推。枪响,玻璃粉碎。

子弹,从万小雷手里的枪射出,几乎射中谷伊扬。

简自远的脚步声传来,"怎么回事?他也有枪?不要逼供了,干了他,这小子开枪袭警,罪该死。"

谷伊扬尚未回到窗前,简自远已经过来,又抢回了手枪,向窗外雪地中那个黑影瞄准。

几乎就在他扣动扳机的刹那,一道黑影从天而降,钻入了破空的窗户,扑在了简自远身上。

枪声响,但子弹不知所终,简自远惨叫,我一手拿着刮刀一手打起手电,照见一条小兽咬住简自远的肩头。我一刀刺过去,小兽已经滑下,去咬简自远两腿之间的要害。枪声再次响起,惨叫也再次响起,是猞猁。

地上那条猞猁痛苦地翻滚着,简自远在我手电光的照射下,又补了一枪。猞猁终于不动了。

我照了照简自远,肩膀和大腿处血浸衣衫,显然受了重伤。我急道:"你快在床上靠一靠,我这就帮你扎上。"又叫谷伊扬:"先不要管万小雷了,反正他一时走不到哪儿去!快去用简自远的照相机各处看看,有没有更多的人来!"我找到黎韵枝的药盒,找出两包真空包装的碘酒给简自远的伤口消了毒——右肩膀被咬的那一口最为惨烈,几乎深入骨头!大腿处的伤势也不轻,血流不止。黎韵枝的衣物被翻得狼藉,就堆在床上,我很快选了一件衬衫,用刮刀拉开,给他肩膀和大腿处都包扎停当。但血还是立刻渗了出来。

谷伊扬已经在各处走了一圈,走回房间来,颤声说:"至少有四个人,从各个方向过来了,一定是听到了枪声……也许,万小雷只是个探路的。后面的随后就到。"

简自远猛咳了几声,骂道:"我还以为只有我们这几个倒霉蛋受困在山中,原来还有一群人!看来只有跟他们摆公安的架子了。"

我说:"没用的,他们来,就是要把我们都除掉。而我们连自己犯了什么错都不知道。"

"不管是什么,显然是和安晓和石薇的死有关的秘密,一定是很脏的一个秘密。"谷伊扬焦急地踱着步,忽然,脚步声停下来,他说,"我们在这儿待着,只有一死。要想活命,只有往外逃了。"

我也是同样的想法,说:"不但要逃,而且要分头逃,这样可以分散他们的兵力。"

谷伊扬将简自远的照相机递到我手里,说:"还是这样吧,我现在已经大致知道他们来的方向,让我出去在他们面前晃几圈,把他们都吸引过来。你们等我滑出去后再离开。目前看,从厨房一侧的窗户出去应该不会遇见人,你们就从那里往后山方向走,就是去那个工具间小木屋的方向,一直往后山里去,绕到山的另一面,不久就会遇见公路,直通虎岗镇。虎岗镇派出所有位叫赵爽的,是我中学同学。你可以找他。记住,天黑的时候尽量不要往山边绕,很危险,等你发现没有树林的时候,路就会很难走,会有悬崖……"

"不行!"我叫道,"这样你是在送死!"

谷伊扬忽然紧紧抱住了我,我本能地想挣脱,但放弃了,任凭他在我耳边说:"那兰,记住,我们在为生存挣扎。如果我们能再见面,最好,如果再不能见面,至少,你了解我的心。我现在告诉你完完全全的真相,我这次特地叫上你,是因为,我想再和你在一起。"

可恶的泪水不择时机地流出来,我的眼中和脑中,一片模糊。

谷伊扬已经大踏步出了客房,我想他一定是去换滑雪靴。我心头忽然一动,叫住了他:"你会开雪地车的,对不对?"

"会。"

"那你把这个钥匙拿去,如果有机会,开走雪地车。"我将从穆欣宜那里藏下来的雪地车钥匙递给了谷伊扬。谷伊扬迟疑了一下,接过,塞在口袋里。他飞快换上滑雪靴,抱着滑板出了门。在门口,他又驻足回头说:"看看我们的缘分还有多少,能不能再见。"

我的心一酸,鼻子一酸,谷伊扬的身影已经没入夜色下的雪林。

41. 木存

　　关上门，我又跑回那间客房扶起了简自远："我们走吧，不要辜负了谷伊扬的牺牲。"

　　简自远将我一把推开，"你自己去逃命吧，别管我了，我伤得不轻，走不快，反而拖累你了。"

　　我一愣：这是我认识的简自远吗？ 也许，是李警官的正义出现了。

　　"不能把你留在这儿，你会很惨的！"我不知该怎么劝他，"谷伊扬帮我们把注意力吸引掉，我们应该有足够的时间离开，快别啰嗦了，走吧！"我扶着他走到前厅，先将滑雪板和滑雪杆从厨房一侧的窗户扔出去，然后跳出窗，又扶着简自远爬出窗。我从简自远照相机的取景器四下看看，在红外夜视的帮助下没有看见任何人影。我帮着简自远踩上滑雪板，走进黑暗中。

　　远处一声枪响，我身躯一震。

　　谷伊扬，你怎么样了？

　　简自远的伤势比我想象得要严重，尤其腿伤，令他几乎无法滑行，从他时不时的轻声呻吟可知，他大腿稍用力就疼痛难当。大概十分钟过去，我们走了勉强一百米左右，回头望去，木屋别墅还隐隐在视野之中。简自远说："现在知道了吧，我的确是你的拖累，你先走吧！"

　　我将一根滑雪杆递给他："抓紧了，我拉你走。"

　　简自远没有伸出手，"那兰，你这是何苦！"

　　"留下你，不用说他们会很快发现你，这风雪中，冻也会冻死！"我的滑雪杆仍伸在他胸前，"你抓紧，用没受伤的那条腿帮我蹬一蹬，我们的速度会比现在快许多!"

简自远终于抓住了滑雪杆。我双腿用力蹬踏,开始了我短短一生所经历的最艰难的一段路程。

我当时却没想到,更艰难的路程还在后面。

虽然负重艰辛,这样的行走还是比刚开始快了多倍,不久,木屋的影子已经全然消失,我们在林间穿行,被一眼发现的可能也不大。

"我们这是去哪儿?"简自远问道,"好像这路很陌生。"

我说:"我们还是去那个有地窖的工具间,那个很小的木屋。从直接的山路上去比较危险,容易被猜到和发现。我们先在树林里绕一下确保不被发现,然后走上正轨。"

"能问问为什么要再去那个木屋吗?那里没吃没喝,也很难设防。"简自远"挑战权威"的可爱脾性还没改。

我想了想说:"到那儿你就知道了……我想,我大概知道我们被追杀的原因了。"

"说来听听!"

我摇头说:"先专心赶路吧,到时候一切明了。"

风雪仍没有松懈下来的意思,黑暗更是无穷无尽,让我们的行进艰难无比,好在风雪可以遮盖我们的轨迹,黑暗可以掩饰我们的身影,也算是一种平衡。

难以平静下来的,是我的心情。

谷伊扬,你怎么样了?

我记着他这两天的"教诲",在雪地里跋涉,千万不能用尽全力地往前冲,要用稳健的节奏,细水长流地耗用体力。现在拖着简自远,我在用尽全力的时候,还是要注意节奏。我的小腿也被猞猁咬伤过,好在伤口不深,走路并无大碍,但此刻负重之下,每走出一步,都会一阵隐痛。

不知过了多久,终于又到了那作为工具间的小木屋门前。简自远让我在门口等着,踉踉跄跄地推门而入,进去后立刻手枪和手电一起平举对准了屋内。"没有人。"简自远放下手,靠在门边喘息。我扶着他走进木屋坐在地上。

他问:"怎么样,现在可以告诉我谜底了吧?"

我说:"我也不知道。"

"你要我?"

"因为我还要去找一找。"我从工具间里拿出一把铁锹。

简自远抓住我的手,又站了起来:"要去一起去,我至少可以帮你望个风。你先给解释解释。"

我从口袋里拿出石薇画的木屋速写,又拿出了简自远的卡片照相机,简自远将手电打起来。我说:"一切都还停留在假设阶段,所以你要是觉得我异想天开,我也没办法。安晓从植物人状态中苏醒会讲话后,说的第一个字就是'画'。谷伊扬找到这幅有小黑屋的画,开始怀疑安晓和石薇的死和这两座木屋有关。问题是,是什么样的关系? 小黑屋已经被改建成我们租的那座木屋别墅,即便再有什么和石薇之死相关的线索,估计也早已经灰飞烟灭。石薇为什么要同时画出这座小白木屋呢? 也就是谷伊扬的探索重点。可是,他来了很多次,都没有任何收获。昨晚在地窖里他和我说了一遍这些线索后,我就开始不停地想。"

"谷伊扬说过,石薇和安晓,从小学到中学都喜欢通过画画来'传纸条',将一些女孩子之间的秘密转化成线索,埋藏在画里。所以我猜想,会不会这幅画就是石薇设的一个小小谜语? 而且,只有安晓能懂。我又想到自己很小的时候常做的一种和图画相关的智力游戏,就是比较两幅画的差别,哪些东西在这幅画上有,但在另一幅画上没有。"

简自远恍然大悟,"这是为什么你叫我拍下这木屋的照片!"

"谢谢你的合作。"我说,"这张照片很重要,你们在阁楼设防的时候,我仔细比较了这两张图,它们哪里有不同呢?"简自远仔细看看,说:"好像没有什么不同。"

"最初我也是这样想,木屋本身的确没有什么不同。或许石薇真的只是顺手画出来,画对比鲜明的一黑一白两间小木屋。再想想,既然安晓醒来说的第一个字就是'画',显然她从画里领悟出了什么,同样是看一幅画,为什么每个人看到的都不同呢？这其实也是我们心理学中一个非常基本的课题，为什么同样看一个事物，每个人看到的以及因此产生的观点会有如此不同呢？"

多半是因为伤痛困扰，简自远声音里的疲惫和虚弱清晰可闻，"你们这些学心理学的，就是喜欢故弄玄虚，其实道理很简单，不就是每个人看问题的角度不一样嘛！"

"完全正确。我后来想明白，之所以从木屋本身看不出差别，是因为我看错了'画面'。我们要比较的两幅画，不是木屋本身，而是木屋和它周遭的环境。也就是说，要转换视角。于是我再次仔细观察，发现了这么一个有趣的线索。"我指着照相机屏幕上的照片，"你看看，这座小木屋，后面有几棵树？"

简自远说："两棵。"

"再看石薇的这幅速写，虽然小白木屋在画面的远端，不大，但它的环境画得很仔细，看看它后面是几棵树？"

"三棵！"简自远的声音里的那丝衰颓似乎暂时褪去。"要不就是那位石妹妹瞎画一气，要不就是特意加上去的！照这个思路猜下去，这额外多出来的'树'，可能就是藏着秘密的位置。这中间的'树'，就代表着秘密！"

"现在就可以去寻找答案了。"我将画收起来，照相机还给简自远，扶着他又走出木屋。

简自远通过照相机四下张望了一番："目前还没有追兵的迹象。"

我说："他们迟早会追过来，我们动手还是要快。"

木屋后是两棵中等大小的松树，相隔十几米。简自远说："如果说，秘密藏在两棵树之间，我们还有不少挖掘工作要做。"

我见他也挂着一把铁锹，说："你的肩膀有伤，还是我来主挖吧。"

他说："你刚说过，我们时间有限，就别对我温柔了。"

两人一起从两树之间的正中开始清理积雪，简自远基本上只能用一只手来铲雪，时不时会发出强抑住的呻吟。挖了一阵，简自远忽然一声惊叫："哈！我们的问题解决了！"

原来，三尺雪下，是一个直径一尺左右的树墩！

我自语道:"原来,这木屋后面本来是有三棵树的!"

"只不过,当中这棵,被砍了很久了!"简自远用手电照着那树墩,"你看,木质朽得厉害。"

难道,秘密就在这个树墩中?

树墩的高度不过二十厘米左右,从外表看,布着暗色年轮的平面似乎没有什么可疑之处。我说:"要不要挖起来?"

"好像别无选择。"简自远已经一锹入土,他随即又说,"不用挖了!"

原来那树墩早已无根基,只是松松地躺在那里。

我心头一动,说:"把它翻起来。"

两个铁锹一起撬动,树墩翻身,然后我们看见了谷伊扬一直在寻找的真相:树墩底部有一块中空,里面塞着一个巨大的松果。松果经过处理,是用来做装饰品和储藏盒用的,我在银余镇上的超市里看到过类似的手工艺品。松果中空的底部有个小塞子,拧开,里面是个精致的铁盒子,十厘米见方,盒子上印着一只工笔画的凤凰。

不用问,秘密就在这个盒子里。

打开盒子,是塑封密闭的塑料袋,袋子里可见被压得紧紧的一些纸张。我们为了避开风雪回到小屋,用刮刀划开了那个小塑料袋,抽出了其中的一张纸。

寻常笔记本的横条纸张,满满一页的字迹,粗粗地分了列。

"小馒头,300 颗,段五,2004/5/23

小馒头,250 颗,吴作同,2004/5/23

可乐,15 克,小 A,2004/5/24

咖啡,3 支,邹季荣,2004/5/24

果冻,220 粒,铁岭机械,2004/5/26

……"

"这是什么?"我觉得莫名其妙,"是购菜单还是食谱?"

"这是毒品交易的记录!"简自远的声音微微颤抖,"毒贩对毒品都有代称,因人因地而异,但多少能猜出来。这些,我们在办案中接触过,'小馒头'、'可乐'、'咖啡'、'果冻',都是毒品的代称,也就是摇头丸、可卡因、吗啡和冰毒,这里早在 2004 年就有毒品交易!"他又抽出几张纸,很快看过,"这里主要是三种记录,毒品原材料购买、毒品交易和洗钱的账单!有人购买了生产毒品的化学品,生产加工毒品,然后进行交易。交易所得金额和其他一些不知来路的现金,分存到一些个人和小注册公司的账户上,进入合法流通渠道。看不出来,这小小的木屋,派上这样的用场!"

我说:"人不可貌相,屋也不可貌相。"

简自远直起腰,通过照相机望向来路远处,确证没有可疑人趋近后说:"可不是,要说搞毒品加工和买卖,这里的确非常好,交通虽然不是很方便,但地点隐蔽,便于逃跑。但是搞不懂这和石薇、安晓的死又有什么关系。"

"关系在这儿。"摸索一阵后,我从纸堆里抽出一张照片。照片上有四个少年男女,都冲着镜头做着 V 字手势。我指着其中一个少年说:"这个是不是看着眼熟?"

"万小雷!"简自远说。

我又指着其中的一个女孩说:"这就是石薇!"

简自远说:"你怎么知道……看来你调查工作做得还很细致。"

"这要感谢黎韵枝。那天她告诉我谷伊扬和安晓的事,最初的动机应该是让我再伤一次心,彻底远离谷伊扬。但我反去做了些研究。石薇的死当初也很轰动,网上有她的照片。"我思忖着,"奇怪的是,这几个人里面却没有安晓,事实上只有石薇一个女生。据说石薇和安晓生前是形影不离的好朋友。"

从照片上看不出摄影的背景和环境,只知道是在室内,地上堆着点心和啤酒,万小雷的小胡子还远未成型,手指间却夹着一根烟。

"看来,石薇跟一些坏孩子混在了一起。"简自远说,"莫非,这些当年的高中生,卷进了毒品生产和交易里?"

"而万小雷今日在滑雪场度假村做了个小头目,看来,回去查查这个度假村的背景,或许是个破案的方向。"我忽然升起一种绝望:回去,回得去吗?

简自远继续看着那张照片,几乎要将双眼贴了上去,他忽然一指照片的一角,"要找到这个人,他说不定是牵头的。"

我一愣:"我怎么没看见一个人?"再仔细看,简自远所指处,并没有一个完整的人,只有半截腿和一只脚留在画面里,显然是拍照时无意中装进去的。那脚上是只阿迪达斯的运动鞋,露出一段脚踝和小腿,大概穿的是短裤,或者是落座时长裤被捋到膝盖,总之裸露的小腿上现出一块青色文身。"看见了!"我惊道,"你能看得出他腿上刺了什么吗?"

简自远说:"看不清,好像是龙啊凤啊什么的。"

"凤凰!"我翻过铁盒子的盒盖,"是不是这个!"

"绝了!就是这个!"简自远惊呼。

看来,这个神秘的文身人很可能就是组织这个地下毒品集团的领头人,也或许只是一个跑腿干事的成年人。他是谁?

"这里,又是毒品买卖,又是洗钱,卷进的肯定不止一个成年人,一定有一批。同时他们很聪明,组织了一些青少年,慢慢培养、洗脑、获得经验,等他们长大,就可以成为一支训练有素、忠心耿耿、有组织有纪律的制毒贩毒生力军。我以前读到案例,好像国外的贩毒分子就是这样运作的。我的问题是,为什么和他们混在一起的石薇上吊了呢?"简自远继续翻着那些纸张。

我说:"这是个最基本的问题,石薇上吊的原因,应该就是她埋藏这些记录的原因。她为什么要将这些东西埋在这儿?这虽然只是毒品交易和洗钱记录的很小一部分,但组织者肯定不会让这些孩子经手,她一定是偷藏下来的,埋起来,做什么用?这些记录的丢失显然引起了那些人的恐慌,以至于这些年来一直担心着这些记录的再次出现。我猜安晓一定也是因为猜出了石薇画里大致的意思,到这个木屋来过几次,引起了他们的警惕,他们为了斩草除根,吊死了安晓。"

一直在摸索那些纸张的简自远忽然说:"哈,石薇是不是因为这个被吊死的?"

他手里,是一张印着"马回镇卫生院化验单"字样的纸。

一份孕检阳性的化验单。

化验单的主人是"石晓薇"。不用问,石薇的化名。

简自远说："马回镇是银余镇至少百里外的一个镇子，石薇肯定不敢在银余镇的卫生院做检验，因为同一小镇的人多嘴杂，消息会立刻传开来。看来，石薇和这些犯罪分子鬼混，怀孕了，然后呢？怀的是谁的孩子？"

我说："我猜是他们的头目，这个组织里重要的人物。石薇或许想将孩子生下来，或许想得到别的什么，甚至希望孩子的父亲放弃这一暴利的'行当'，这些记录就是她要挟的资本。"

"谁知道招来了杀身之祸。"简自远自语。

"所有不成功的要挟的最终结局。"我也自语。"问题是，石薇的死被定性为自杀，听谷伊扬说，在场只有石薇和安晓的痕迹，尸检看上去也是上吊致死。"

简自远说："如果是蓄谋杀人，制造这样的假象并不难。如果有人做好了圈套，从背后猛然将石薇向上吊起，从死状本身看完全符合上吊的特征，这种事黑道上的人常做。抹去作案人痕迹相对来说就更容易了。"

"说明这是个在当时就初具规模的犯罪团伙。"

"看来，除了万小雷那几个小子，要找到真正的幕后凶手，还要从那个文身男着手。"简自远说，并将所有纸张都收进塑封袋，放进那个画着凤凰的铁盒，交到我手里。

我接过，问道："你不要吗？好像你是公安，破案的事该你负责。"

简自远再次举起照相机向远处看了看，说："这种案子，我们不管。"

我没再多说什么，和他一起将树墩复原，又盖上一些雪，各挂着一根铁锹回到小木屋。

简自远艰难地靠墙坐下来，继续强忍着不发出更响的呻吟。我也在不远处坐下，一起在黑暗中沉默。

"猜猜他们还有多久会追过来？"简自远问。

"取决于大雪掩盖我们痕迹是否成功。不过，毕竟我们已经来过这里，对这段路熟，如果他们有经验，应该不久就会找过来。"我探身接过他手里的照相机，打开门向来路望了望，没有人影。我又向另外几个方向望了望，也没有人影。"我们再歇一会儿，就上路。"

又歇了一阵,我每隔几分钟,就会起来瞭望一下,第四次打开照相机的时候,照相机的屏幕上提醒我,电已将耗尽。

而就在这时,我从屏幕上看见了三个逐渐靠近的人影!

"快走,他们来了!"我去拉简自远。

"你开什么玩笑!"简自远挣开我的手,"走!你快走!我有手枪,我可以帮你拖他们一下。"

"我们一起走,或者,一起想办法阻止他们……除掉他们。"我又伸手去拉他。

"那兰!"简自远厉声道,"有时候你必须知道什么时候需要节制,我知道,也许是因为你对你父亲的被害无能为力,所以总希望能挽救什么,补偿什么,但有时候,放弃是必须的!"

我心头一颤,忽然发现,简自远这个曾令我憎恨的陌生人,似乎对我了解得比谁都透彻。

"我根本不是简自远,也不是公安,这个你知道的,对不对?"

我说:"这个并不要紧。"的确,我根本不相信简自远是自称的公安。

"你发现自己可能被下了毒,开始给自己解毒,我试着在你昏睡时套话,而你实际上已经清醒了一半,就很清楚我是什么货色了,对不对?"简自远叹了一声,"看过那些报道,现在才相信,你能从'五尸案'里全身而退,并非全靠运气。不过,我也成功了一半,你毕竟将很多细节都告诉给我。"

我说:"到江京来找我谈话的公安部处长姓刘,不姓王。"

简自远苦笑:"我上了套,还真的把王处长挂在嘴边。所以你一下子就听出来我的谎言。"

"告诉我,你是在给谁卖命?"

"这你早知道,我是在为钱卖命,或者说,我在为贪婪卖命。"

我又动了火,"你到现在……"

"你以为,我的雇主要我做这些龌龊的事儿,还会显露他的真面目吗?我一直是通过中介和雇主联系,我劝你不要去捅更多的马蜂窝。"简自远又叹一声:"我到这个地步,也是活该。你快走,你必须活着离开!你……我还希望你帮我一个忙。"他取出自己的手机，交在我手里，"这里有我所有的情况，包括我真正的身份和地址。我还有老婆和一个儿子，请你把这个手机交给他们，这里有安顿他们今后生活的信息，银行账号什么的，很多东西我老婆以前都不知道，紧急备用的……拜托了。"

"你还有老婆孩子？你把手枪给我，你走！"

"别浪费时间了，快走吧，我的伤势重，肯定走不远的！"简自远将身上的大衣脱下来，塞给我，又把他身上的背包递给我，然后把我重重一推，"走吧，把背包里有用的东西拿上，别的就扔了，负担越轻越好。"

我的鼻子开始发酸，扭头出了木屋门，只哑声说了句："谢谢你信任我。"声音轻得连自己也听不清。

简自远也随后到了门口，在我身后说："那兰，我知道，我们这几个人里最缺乏的就是信任。但我相信你，从你坚持要救张琴开始，我就相信你了。请你原谅我。"

我回过头，想说："我不怪你了。"但喉咙中只发出一声抽噎。

飞雪漫天，夜色是一团寒冷湿润饱和的浑浊，我立刻抹去眼中泪水，只怕那些泪珠再结成冰帘。

按照谷伊扬说的，我继续往后山滑去，路已经越来越难顺畅滑行，我滑了一阵，身后传来了零落枪声，夹在呼啸风吼中，依旧能刺痛我的心。

42. 只剩下我一个

谷伊扬临走时告诉过我,只要能翻过后山,山的另一侧有公路,沿着公路向下走,会到我们去年曾去过的虎岗镇。难度偏偏在于,在这风雪黑暗之中,如何能翻过后山,又如何能正好走到公路上。

往前走了没多远,森林越来越密,终于,滑雪板彻底不合适了。我的包里有谷伊扬制作的两双土制滑雪靴,穿上了,往林子的最深处钻,往山的最高处走。我记着谷伊扬的吩咐,当密林消失的时候,很可能到了山脊,甚至山崖边,如果继续在黑暗中行走,随时会有性命之虞。

所以,当我发现身边树木渐稀,就知道自己到了危险地带,同时,也知道这一旅程可能到了一个转折点。

虽然不能在黑夜翻山,但我知道,也不能停歇下来,否则就会冻死在风雪之中。我只好在林中缓慢地绕着圈子,产生一点点热量,但不足以令我虚脱。好在我兜兜转转之间竟然又发现了一座破败的木屋——称其为"屋"已经勉强,因为它已经少了小半边墙,但至少可以让我躲避风雪,至少可以助我抵挡寒潮。如果追杀我的人真能如此执著地找过来,我大概也只能束手就擒。

木屋虽破,但地上躺着一件最令我感动的废弃物,一只斑驳的瓦盆,缺了几处角,但却是一只完美的火盆。

我用刮刀在木屋内壁刮下了一些木条,朽木不可雕,但可烧。简自远的背包我早已埋进雪里,但里面有用的物件我已经存放在自己的包中,包括一枚打火机和一包火柴。用那张度假村的地图做引子,打火机艰难地擦了十数下,一小盆火烧了起来。

我在突然来到的温暖中昏昏欲睡。

这两日来，真正意义上的睡眠谈不上，只有断断续续的打盹儿，更不用提顶风冒雪的奔波。当生物钟停留在午夜，当我终于暂时有了一个避风港，疲乏和困倦毫不容情地夹击着我。我虽然一再告诫自己，不能睡去，不能睡去，甚至靠着墙，尽量保持着直立，但眼帘仍沉重如铅块，努力地下垂，努力地合上。

"喂，醒醒！"

我遽然惊醒："伊扬！"我不知睡了多久，那盆火已熄，我的世界又归于寒冷和黑暗。

谷伊扬的身影朦胧，他的微笑却穿透黑暗，"怎么就睡着了？知道吗？这样会一睡不醒的。"他用手套拍打着身上的雪。

"你……你怎么会找到这里来？"我惊喜中隐忧阵阵：如果谷伊扬能找来，追杀我们的人也能找来。"你怎么逃过他们的？"

谷伊扬说："多亏了你给我的那把钥匙。那辆雪地车帮了我大忙。一开起来，那几个围堵我的家伙都成了慢脚鸭。我知道你要往后山跑，就跟过来了，而且我知道你听话，不会半夜爬过山，就在四下找，居然就找到这儿了。"

我仍是觉得不可思议："实在是巧……你可能还不知道，简自远他……"

谷伊扬低哑了声音："我知道……我看见了他的尸体……被吊在那个小木屋里。他死前，一定受了不少折磨。"

这虽然并不出乎意料，我还是捂着脸，无声抽泣。

人，为什么会这么残忍？

谷伊扬将我拢在怀里，抚着我透出帽子的半长头发，轻声说："你不要难过，你已经尽了力……其实，都是我的错，本来就不应该……"

"不，你没有错。"我抬起脸，脸颊上仍有泪水滑落，"你一点都没有错。记得那所谓抓替死鬼获得投胎机会以便新生的故事吗？石薇是被害冤死的，安晓用了一年的时间在寻找答案，不正是在给受害者一个交代，一个新生的机会吗？你不相信安晓是自杀，到这深山里来寻找真相，不也是在给冤死的安晓一个交代，一个新生的机会吗？石薇有幸，有安晓这样的朋友；安晓有幸，有你这样的恋人。"

谷伊扬不再多说什么，只是深深叹息。

而我，闭上眼睛，面前却是成露、罗立凡、简自远的身影，那些逐渐消失的身影。到后来，连谷伊扬的身影也渐渐淡去。

"他们，一个个都没了！"我仿佛从噩梦惊醒，忽然发现自己前所未有的孤单。那些我熟悉的和不熟悉的人，无论有多么勾心斗角，无论有多少深藏的秘密，我宁可仍和他们在同一屋檐下，但他们，一个个都从这个世界消失了。

"至少还有我们两个。"谷伊扬说。

"至少还有我们两个。"我将头深埋在他怀里，感受着他的拥抱，唯恐这一切会突然成为镜花水月。

谷伊扬轻轻吻着我，轻轻问："这么说来，你能接受我回到你身边？"

不知为什么，我心头一凛。我想到秦淮，不辞而别的秦淮，在遥远的南方冷笑的秦淮，或者，青灯古佛下的秦淮。

但我无力推开谷伊扬的拥抱，这一刻，在精疲力竭之后，在屡受惊吓之后，我只求一个温暖的怀抱，一个能陪我抵挡夜寒和风雪的怀抱。谁又能指责我的脆弱呢？

片刻温存忽然被一阵尖利的野兽嘶叫打断。我在惊惧中抬起头望向黑暗。是猞猁的叫声！

谷伊扬轻声道："即便在这样的荒山密林里，猞猁也很不常见，我能想到的，只有一个可能：他们一定追近了！"

"我们走吧！"

谷伊扬却拦住了我，"不，你还要积攒保存体力，明天还要翻山走路，我去把他们引开。"

"可是……"我忽然觉得有点绝望，"我们好不容易又走在了一起，我不想再分开。"

"说什么傻话，这只是暂别，不是分开，如果有缘，我们还会再见。记得虎岗镇外的回枫崖吗？"回枫崖，峭壁边一丛枫树，秋日朝阳下，如烈火燃烧。

我点头,"怎么不记得,据你说,是整个长白山脉最佳的日出观景点,我曾被你骗去那里……"我还记得,在那个日出的刹那,我彻底被他偷去了心。

"说不定,我们还能在回枫崖见面,一起看着满山满谷的积雪融化。"同学少年的浪漫,如梦迷离,我暂时忘了残酷的现实,微闭上双眼享受着。再睁开眼时,谷伊扬已经决然走出木屋。虽然一片黑暗,他回首的笑容和自信却无比真实。我想跟着他出去,四肢躯体却虚脱乏软,仿佛是我的脑子在运转,嘴在动,身体却还在睡眠之中。

谷伊扬这一去,就再也没有回来。

在孤单中,我看到黎明的微光,心却如黑夜。

他们一个个消失了,只剩下我。

欲哭无泪,是最伤心的境界吗?

我还在等,还在奢望谷伊扬高高的身影会突然再次出现,再一拍身上的雪花。煎熬无限中,我忽然想明白,我是唯一没有消失的,因为我是最懦弱的。

冥冥之中,命运在冷笑着让我坚强,等我凝聚起所有的勇气,然后呢?

还不是消失在这茫茫雪林中!

背包里还有一根玉米,已经冻成冰棍。我再次点起火盆,将玉米烘烤到半熟,火又湮灭。

进食后,全身多了些许气力。我知道谷伊扬长久不归是凶多吉少。无论是谁想要我的性命,此刻一定又已经开始寻找,或者,从来没有放弃过寻找。我留恋地看一眼容身了几个钟头的破败小屋,仿佛谷伊扬的温热犹存。

然后上路。

我依稀记得从山脊边转回来的方向,在松林中穿行了良久,一定走了不少弯路,但总算走到了密林边缘。

最直接翻过山的方式是爬上那些突兀的巨石和峭壁,但此时此景,我猜即便训练有素的登山队员,这样做的唯一结果,也是葬身于雪崩和失足落崖。

想到这儿,我心底冷气阵阵——不知什么时候,我变得如此消极!

是抑郁症的前兆,还是处境真的绝望如斯?

但我知道,我要生存。

我想到,谷伊扬既然相信有翻过山的可能,那么必定有山路可以穿过或者绕到后山。我耐心地沿着峭壁边行走,走走停停,滑雪杆是我探路最好的帮手,避免着一个个厚雪和灌木间形成的陷阱,更避免着突然出现的深涧。

就这样,我一步步寻找着峰回路转的机会。

第三部分　失魂雪

43. 返世

虎岗镇派出所的值班警官赵爽的脸上,愕然的神情已经出现了多次,当我说到自己又走了至少七八个钟头,终于来到虎岗镇的时候,他又一次动容。

尽管我没有将所有细节都说出来,他的笔记本上还是密密麻麻写满了记录。

"喝点茶。"他再次招呼。

我将茶端到唇边,还是犹豫了。

赵爽顿时明白,"我理解,你有了这样的遭遇,我完全理解你的顾虑。"

我想,除了臃肿褴褛的衣衫,我的眼神里一定充满了不安和警觉,像是一只新受伤的小鹿。赵爽起身离开,回来的时候,手里多了一瓶矿泉水,我将矿泉水瓶盖拧开,是密封的。

我一口气喝下了大半瓶。

"你是个很有前途的警察。"我放下矿泉水瓶后说。

赵爽一愣,显然没料到,我在这个时候说这么句老气横秋又不着边际的话,"多谢,过奖了,怎么我在这儿一声不吭坐半天,你就能看出我的前途啊?呵呵。"

我说:"就是因为你一声不吭,说明你很能沉得住气——你和谷伊扬是中学同学,可是我提到他很多遍,你都没有露出一点痕迹。"

赵爽脸微微一红,"我们做公安的嘛,该说的,不该说的,本来就有不少讲究,其实跟你们搞心理学的差不多。看来,谷伊扬早就把我暴露了。"

我的眼一热,"是他说的,当时在度假村别墅里,他准备出去引开那些逼近的人,让我和简自远往后山跑,说翻过山会到虎岗镇,镇上派出所刑警队有位叫赵爽的副队长,是他中学校友,高两届,但很熟。"

赵爽看出我的悲伤,轻轻一叹:"你不要难过,很多事,现在下定论还早,我希望,谷伊扬还会再次出现。同时,我们会继续努力联系江京方面,我想县里的救援安排应该已经完全发动了,不久就会到达我们镇,我们镇的民警大多都会参与救援,会有卫星电话……"

这时,另一个叫小郑的值班民警推门而入,"赵队长……"他的脸上,挂着掩饰不住的紧张。

赵爽对我说:"你稍等。"走到门口,掩上门,在门外和那小民警低语了几句。再进门时,他说:"突然有些情况要处理,小郑会在这里陪你,他刚才找到了巩医生,准备了一些简单的医疗器械,应该随后就会到了。你好好休息一下吧。"

我说:"小郑也去忙吧,我一个人没问题。"

小郑笑笑说:"这天气,我忙啥呀。该咱俩聊天儿了。"不知为什么,我觉得他的笑容有些勉强。

赵爽说:"你别胡说,让那兰好好休息,你就做勤务兵,那兰饿了渴了,你伺候着。她可是我哥们儿的女朋友,你要照顾好。"随手关上了门。

44．那兰其人

赵爽穿过走廊,推开了户籍科办公室的门,屋里已经坐了三个人,两男一女,两个男的穿着公安制服,其中一个颇书生气,戴着眼镜,另一个孔武有力;女的便衣打扮,中年貌美,身材瘦高,头发盘在头顶,一看就是很"雅"的一位职业女性。

看见赵爽进来,戴眼镜的警官微笑着起身伸手,"赵队长,辛苦了!"

赵爽和他握了手,"没什么辛苦的,一天都在坐办公室,您大老远的来,倒真是辛苦了。"

戴眼镜的警官说:"介绍一下,这位是我们局刑侦大队的干将,小胡。"他指着那位精壮的警官。那警官递上工作证,说:"胡建。"

"这位是我们特地从江京精神病总院请来的专家于医生。"戴眼镜的警官又指着那位中年女子介绍。那女子递了一张名片给赵爽,上面写着"江京市精神病总院　副主任医师　于纯鸽"。

赵爽和胡建、于纯鸽握手后,饶有兴趣地看着那位戴眼镜的警官:这个人做事还真周到,介绍好两位同行,最后才报自己的名字。

"我叫巴渝生,在江京市公安局刑警大队工作。"

赵爽刚才不过是听小郑说"有江京市公安局来人",但怎么也没想到来的竟是业界小有名气的江京刑侦一把手巴渝生!

"巴队长!"赵爽像是女中学生看见了仰慕的歌星,双眼放光,"失敬失敬!请坐,请坐,我给各位倒茶。"

巴渝生忙说:"不必了,我们不会多打扰。"

那个叫胡建的警官说："请问您见她没有。"他取出一张照片递在赵爽手里。

他当然见过，照片上明眸浅笑的，是那兰。

虽然他刚才见到的那兰，憔悴不堪，眼中充满忧郁和惊恐。

他皱皱眉头："这是……"

巴渝生说："她叫那兰，她最近到延丰国际雪场度假村游玩，可是，三天前，我们失去了她的音信。"

赵爽"哦"了一声，"这两天暴风雪封山，我也听说延丰雪场那里有些游客被困在山上了，说不定那兰就是其中之一。但我相信度假村会设法给他们提供食物……"

"这不是最主要的问题，"巴渝生道，"我们最关心的，是如何将那兰捉拿归案。"

赵爽一惊："归案？她犯罪了？"

"不用问，你知道那兰的下落。"巴渝生似乎松了口气，"她是重要嫌疑人，涉嫌谋杀了她的表姐夫罗立凡。"他示意胡建，胡建从公文包里取出一叠文件，放在赵爽面前。

最上面的一张照片，是一个血腥的凶杀现场——如果说没有那些血迹，倒很难说是凶杀，因为照片上的死者垂在一个吊扇上，也可能是上吊自杀。令赵爽脊背发凉的，是死者的一条腿血肉模糊。

和那兰所描述罗立凡的死状惊人的相似，只不过一个是森林木屋中，一个是钢筋水泥的公寓楼单元里。

赵爽继续翻看着那些文件，有些是现场照片，有些是指纹匹配结果，有些是血样化验结果。赵爽点头说："指纹和血样证实那兰在现场？"

"包括小区监控摄像拍下来的视频。"巴渝生指着其中两张照片，有些模糊，一看就是从视频截图打印下来的，一张是那兰的背影，一张是正面，照片一角有时间标识，六天前，两张照片时间的间隔为 35 分钟。"据法医推算，罗立凡被杀，就是在这段时间。"

赵爽仍未从震惊中缓过神来，"真不懂，她为啥这样做？她难道不是巴队长的学生……"

"学生谈不上，她应该算我忘年的朋友，更是工作上的好帮手。那兰是个极端聪明的女孩子，也是个极端成熟的女孩子，但她情感上经历了太多波折，从她父亲遇害，母亲得了抑郁症，到'五尸案'里惊心动魄的历险，和作家秦淮无疾而终的恋爱，连我这个旁观者都觉得不忍：她年纪轻轻却承受了太多，纵是铁打的汉子也难免会被压垮，更何况她，一直在象牙塔里的文静女子……"

　　赵爽略有所悟："巴队长的意思是，她精神崩溃了？"

　　一直没开口的精神科大夫于纯鸽说："临床诊断上，没有精神崩溃的说法，但'五尸案'后，尤其秦淮离开江京后，她抑郁症的迹象已经相当明显，最近两个月来，已经出现了精神分裂的症状。她一直在选修江京第二医科大学的精神病学教程，我恰好是她的老师，看出一些不对的苗头，和她谈过几次……她是个执拗的孩子，不愿面对自己有精神问题的现实。"

　　"可是，这和罗立凡被杀案有什么关系？"

　　胡建说："罗立凡生前和那兰的表姐成露在闹离婚，成露有确凿证据，罗立凡曾爱上过那兰，所以怀疑那兰是第三者。那兰矢口否认，并说她很为成露受的委屈难过，鄙夷罗立凡都来不及，她甚至可以杀了罗立凡以证实自己的清白并为成露解恨。成露以为那兰只是说着玩玩，没太往心里去，还逼着罗立凡回江京和成家父母兄长过年团聚。谁知罗立凡遇害前一天，那兰找到成露，说她和罗立凡大吵了一架，并通过在北京雇用私人侦探跟踪调查，揪出了和罗立凡暧昧的真正小三，因此，她感觉罗立凡会害她。"

　　于纯鸽补充说："被害妄想是典型的精神分裂症状。"赵爽微微点头，想起那兰将茶杯捧到嘴边又不敢喝的情景。

　　胡建冷笑说："但罗立凡小三的事情倒是真的。"

　　赵爽说："我知道这和我无关，但能问一下，那位小三是谁吗？"

　　"一个叫穆欣宜的女子，搞销售的。"

　　赵爽心想：一一对号入座了。"这些……都是成露说的？"根据那兰的描述，她的表姐成露是第一个从木屋消失的，无影无踪，生死未卜。

　　"没错。"

"成露一直在江京?"赵爽问。

"当然,家中发生这么大一件命案,她是被害者正闹离婚的太太,一直在接受我们的调查,被警告过尽量不要离开江京。"胡建说。

"那兰杀人后,却来到了这里?度假?"赵爽想,这倒像是精神偏差的人做的事儿。

"罗立凡是六天前被杀的,那兰就是在当天离开江京,第二天来到延丰滑雪场和度假村,一个人租了一整套别墅木屋……"

"一个人?"赵爽反复想着那兰的话:他们一个个消失了,只剩下我。

胡建说:"她联系过一个叫谷伊扬的小伙子,他曾是她大学期间的男朋友,只不过后来发现她精神状态不太稳定,只好选择默默离开了她。这次当然也没有同意。"

巴渝生说:"那是对她的又一个打击。我其实一直想帮她,现在有些后悔,晚了,但亡羊补牢……"

"天哪!"赵爽喃喃。他想:这么说来,那兰告诉我的那一整套惊心丧胆的遭遇,从来都没有发生过,都是在她脑子里"产生"出来的!"我明白了,巴队长,你们此行目的是要把那兰带回江京审问?"赵爽开始往最里面那间办公室走。

巴渝生跟上,说:"作为他的师长和好朋友,我更想拯救她,她需要的是关心和精神病学方面的治疗。"

"你们真的认为,她有精神分裂?你们有什么根据吗?"赵爽的手心微微出汗。

于纯鸽说:"除了她近期的言行,还有她的家族史……她母亲有严重的临床抑郁症,在我们医院门诊经受过长期治疗。当然,真正的证据,还是要和她交谈后获得。"

"你们怎么找到这儿的?"赵爽嘴里问着,心里早知道答案:风雪交加,镇上虽然不像往年春节前那么熙熙攘攘,总还是有零星走动的居民,也必定有人看到过狼狈不堪的那兰。巴渝生他们没有在那兰独自租下的木屋别墅里找到她人影,必定在附近集镇寻找,找到这儿,询问路人,想必有人看见那兰进了派出所,指点他们找对了地方。

果然，巴渝生的回答，和赵爽推算得一模一样。

"你们还真来对了。"赵爽压低了声音，向那间办公室扬了扬下巴颏，"她就在里面，有位小民警守着她呢。不过，她刚才告诉我了很多事，跟诸位讲的完全不一样。"

"幻觉，是精神分裂最典型的症状，她告诉你的那些她'经历'过的事，其实都在她脑子里。"巴渝生用手指在头顶比划着，"多谢赵队长的合作。"他向胡建做了个手势，两人都抽出手枪，轻声到了办公室门前。赵爽看到手枪，心头一阵乱：他们也太小题大做了，就对付一个连日奔波、几近虚脱的女孩子，需要这么大动干戈吗？

门被一脚踢开，巴渝生和胡建一前一后又几乎是同时冲进办公室，显然是训练有素，"不准动，举起手！"

忽然，巴渝生转出办公室，怒喝："人呢？"

赵爽一惊，冲进办公室一看，只见小郑仰天躺在地上，双眼紧闭，生死不详，那兰已不知去向！

办公室唯一的一扇窗大开着，一群不识时务的雪花钻了进来。胡建叫道："嫌犯跳窗逃跑了，应该跑不远的！"率先跳出窗去。

45. 新逃亡

　　赵爽坚持要小郑在办公室里陪着我,自己去外面处理"紧急情况",这就已经足够引起我的警惕。小郑进来的时候为什么神色慌张? 赵爽为什么和他低语后离开?

　　小郑是很阳光的一个大男孩,大概戴帽子、摘帽子次数频繁,头发乱乱的,脸上痘痘肆虐,但还帅气。他问我:"饿不饿?"

　　我说:"真有点饿了呢,你能供应点啥?"

　　小郑笑了,开始在办公室里翻箱倒柜,"我们这儿不是餐厅,还能有啥呢,饼干或者方便面。"即便找食物也是"就地取材",不像刚才赵爽出门去找矿泉水,这更证实了我的猜测,小郑"陪我",其实是监视我。

　　我说:"那也很好了,这两天,真饿惨我了。"

　　小郑说:"不是我埋汰你呀,你要是捯饬捯饬,绝对大美女,但你咋落荒成这样呢? 这棉袄穿的,比我姥姥的还寒碜。"

　　"我肯定是穿越了呗,"我觉得小郑很可爱,"刚给你们'老赵'汇报过,要不要再给你讲一遍?"

　　"不用不用了,等我和他值班无聊的时候,听他唠吧。转述往往比直接听更新鲜,而且还能有些添油加醋。"小郑找到一包苏打饼干,递给我,"将就吃吧,等那些客人走了,我再出去给你烧满汉全席。"

　　"客人?"我更警觉,"原来你们赵队长是去会客了? 那怎么说是紧急事件呢?"

　　小郑想了想,显然是在克制着自己的话源,"是紧急啊,每次有兄弟公安部门来协同案件调查,都要认真接待的。"

"哦,"我略略放心,"原来是有更多的公安来了。"但不知为什么,小郑的目光闪烁,反而更不安了。他在掩饰什么？我随口问着:"你们……像你这样的干警,佩枪不？我一直对你们公安的工作特别好奇。看电视上,警匪斗,打打杀杀的,很给力哦。"

小郑被逗乐了,"给啥力啊?!我这样的小片警才不佩枪呢,除非被调去参与协助刑警特警的什么重大突击工作,平时没枪。所里就那么几把枪,锁得可严实了。要说我们平时的工作,也就是处理些家长里短、小偷小摸的事儿,哪用得着枪啊。"

我说:"如果出远门呢？比如说,像那些刚来的兄弟公安部门……"

"那也看级别的,我们出远门办案,只要不是明显的凶杀或者打黑案件,一般也不带枪。刚来的那几个人级别不一样,都是市局级的,又是重案组的,他们带枪。"小郑说。

"市局？重案组?"我努力保持不露出惊讶,只带一些好奇,"哪个市啊?"

"江京。"话一出口,小郑就更不自然起来,显然意识到自己多嘴了。

我却笑了:"好啊,我就是从江京来的!我还认识市局的几个人呢,要不我去看看?"

"不,不用!"小郑张开双臂,像是篮球场上的防守队员,"有老赵接待就行了,你休息一会儿,吃点儿东西,大夫马上就到。"

我坐了下来,开始吃那些饼干,同时招呼小郑:"一起吃啊!"又指着赵爽给我沏的那杯茶,"至少你把这杯茶喝了吧,我没碰过……主要是我不爱喝茶。"

小郑似乎松了口气,笑容又自然了些,拿了块饼干说:"刚才跑腿儿来着,还真渴了。"端起保温杯豪饮。

大约两分钟后,小郑的身体摇摇欲坠,嘴巴张着,涎水挂在腮边,眼帘奄拉着半开半闭。我扶住他,将他平放在地上。

我的口袋里,有一只小小的瓶子,本来是针剂,标签着 Sevoflurane,中文名是七氟烷,高效麻醉剂,我在黎韵枝的行囊里找到这瓶针剂后收起来,原本是打算用做证据的,没想到在这个紧急时刻,出于生存的本能,我将小半瓶药倒进了那杯茶里。因为我看出来，小郑是来看押我的。从赵爽的表情看，来人可能对我不利。

信任，已经从我那兰版的字典里删除了。

我对地上失去知觉的小郑轻声说了句"对不起"，轻轻打开门，无声地穿过走廊。

话语声从一个标着"户籍科"的办公室里传出来，赵爽的声音，"指纹和血样证实那兰在现场？"

指纹？血样？什么样的现场？

"包括小区监控摄像拍下来的视频。"一个陌生的声音说，"据法医推算，罗立凡被杀，就是在这段时间。"

小区？罗立凡被杀在小区？罗立凡被杀在木屋的阁楼！没有视频。

赵爽说："真不懂，她为啥这样做？她难道不是巴队长您的学生……"

然后那个陌生的声音说："学生谈不上，她应该算我忘年的朋友，更是工作上的好帮手。那兰是个极端聪明的女孩子，也是个极端成熟的女孩子，但她情感上经历了太多波折……"

这个时候，我知道了该怎么做。

我回到了最里间的办公室，反锁上门，打开窗，跳了出去。

46. 回枫崖

　　我脚上穿的,是简自远曾经穿过的土制雪地鞋,我自己的那一双已经在今天早上断裂了。除了踩厚雪方便,土制雪地鞋的另一个极大好处是留下的脚印极浅,走到行人经过的街上,有车马践踏过的路面上,掩盖踪迹并非难事。

　　难的是,我此刻,应该往哪里逃?

　　商店里,居民家,都不是最好的选择。任何人看见穿制服的公安追上我,都不会提供保护。

　　这时候,我又想起了凌晨谷伊扬离开时说的话:"说不定,我们还能在回枫崖见面,一起看着满山满谷的积雪融化。"

　　回枫崖上的雪,一定是百年一遇的厚,我们能等到积雪融化的那一天吗?谷伊扬,是否还会出现?我忽然觉得,回枫崖,是此刻最好的去处。

　　一年前的国庆节跟谷伊扬到长白山来游玩的时候,秋叶缤纷的季节,朝阳如血,枫红如火。此刻,遍地银白,我却怎么也记不起去回枫崖的路了。前面走过来三个初中生大小的男孩,他们给我指了路,还叮嘱我一定不要离崖边太近,过去下雪天里曾经有游客滑落崖底过。我谢过了他们,向镇外跑去。

　　出了镇子的主街不久,又过了一些居民区后,地势险峻起来,沿着山路,往上走了一阵,几棵彩叶落尽唯白首的枫树就遥遥可见了。

　　回枫崖!

　　我觉得自己一定是糊涂了,甚至是疯了,才会在这种时候,这样的天气中来到回枫崖。没有朝阳,没有夕阳,无穷无尽的阴霾和比阴霾更黯淡的前程和生机。一直用来探路和拐杖用的滑雪杆留在了派出所里,我小心翼翼地走到崖前，抱紧了只剩了一头银发的枫树，望向下面的山谷。无尽的山谷里沉积着无尽的白雪。

还有尸体几许？

他们就这样，一个个走了，只剩下我一个。

这无情白雪，带走的不仅是生命，还有人和人之间的信任。

此刻，我甚至不相信自己了，不相信自己做的判断，不相信自己做的决定。

为什么逃到这里？

我忽然明白，我逃到这里，是在奢望一个奇迹的出现，能让我走出孤单的奇迹。

但世事总是如此，奇迹永远不会到来，到来的总是无情的现实。

"那兰，跟我们走吧！"视野里出现了两个黑点，越走越近，越来越大，越来越清晰，越来越狰狞。

两个穿公安制服的人，一个戴着眼镜，一个肩宽背厚，手里都拿着枪！

他们终于还是追过来了，小镇到处都是耳目。

我想，跟了他们去会怎么样？毒打？逼供？羞辱？老实交代，你都知道了些什么？还是石薇和安晓的下场？

我相信，我最终会成为垂在梁上的一具尸体。

还是我仅仅在被害妄想？

我看了一眼白雪覆盖的深谷。或许，这是我最好的归宿。

两个人在离我十米不到的地方放慢了脚步，"那兰，不要糊涂，不要再往后退了，走到我们这里来，我们不会伤害你。"

那个戴眼镜的警察，和巴渝生有几分相像，形似，神不似。他又走上来两步，"你过去几天的遭遇，是不是都特别模糊，特别不可思议，特别说不过去？"

这话倒有几分道理，我点点头。

"所以，你需要帮助，你必须跟我们回去，我们请了最好的医生帮你。"

我的耳中是呼啸的风声，他的话像是从极远处飘来，并不真切。我问："你说我杀了人？杀了罗立凡？"

"这个，我们可以回去慢慢说。"

"那你们为什么要拿着枪？怕我拒捕吗？怕我也携带凶器吗?"的确，有一把刮刀，在我的背包里。

两人又向前走了两步，已经离我更近。

"不要再走过来，否则，我只有跳下去。"我威胁道。

两个人互相看一眼，那个戴眼镜的警官，他是谁？怎么会和巴渝生有几分相像？他忽然笑了，"其实你早就可以这样做了，蛮省心的，只可惜你白跑了那么远的路，穿森林，翻雪山……"

我怔住了，我全然没有听进去他后面的话，因为我全神贯注在不远处一个迅速移近的人影。

人影和车影，一个开着雪地车的身影！

谷伊扬！

雪地车很快到了我们面前。那两个警察似乎乍听见雪地车引擎的呼啸，一起回头，看见谷伊扬飞速驶来，愣了一下，一起举起了手枪。

我的心沉入深谷，我猜到了谷伊扬的用意！"伊扬！你快回头！你去找到赵爽，解释清楚……"

但谷伊扬的车没有丝毫停下来的意思。"那兰，你闪开！"

枪声响起，夹在雪地车愤怒的叫声里。

我紧紧抱住了枫树的树干。

雪地车几乎同时撞上那两个人，推着他们继续高速向前。

向前是万丈深渊。

这一切都发生在电光火石之间，我连反应的时间都没有，只是牢牢抱紧枫树，眼睁睁地看着那辆刹不住、也根本没想刹住的雪地车，离开了高崖。

惨叫。

伊扬！我的悲泣长久回荡。

强烈的头痛再次袭来。我不是已经停止服毒了吗?

我忘了基本的医学常识，巨大的精神刺激，可以引起比任何毒品、药品都更迅猛的头痛。

我失去了知觉。

47. 车劫

让我清醒过来的,是一股恶臭。

和黑暗。

这两天,我已经适应了黑暗,但黑暗加恶臭还是全新的体验。好在这里的黑暗并非全然一团漆黑,在我头顶上方,露着一些缝隙,有光线透进来。

我的身下是半软不硬的一堆堆不规则的东西,塑料袋包着的东西则是臭味的来源。我伸展手臂,"当"的敲到铁皮上的声响。

我终于明白,我在一个大垃圾桶里!

我为什么会在一个垃圾筒里?

顶开桶盖,我四下张望。这的确是只垃圾筒在一条陌生小巷的尽头,小巷右侧的那幢灰色的二层楼房似曾相识。

派出所!

原来,我一直躲在派出所外的一只铁皮垃圾筒里。

头还在隐隐地痛,心也还在强烈地抽泣。谷伊扬在雪地车上坠崖的身影还在眼前滞留。但是,我怎么会在这里?

我努力回想,脑中仍是不久前回枫崖上发生的一幕。

至少,我暂时安全了,我一定在失魂落魄中走下回枫崖——再不会有人陪我等到满山雪融的时刻,我只能孤独走回现实。同时,我不敢再次走进派出所,不知道那两位江京公安对赵爽讲了什么,至少我听见,他们定性我为嫌犯。

于是我躲进了垃圾筒?

我一边感叹着自己"无与伦比"的思路,一边爬出了垃圾筒。

走出巷口，我警惕地左右张望，没有人。我该怎么办？我该去哪里？

这时候，我看见了那辆车。

那是一辆黑色的越野车，我甚至没有注意到它的型号，只看见车尾的牌照，"江A5386警"。

不用问，那两位前来"捉拿"我的公安，就是开这辆车来的。

他们再也用不上这辆车了。我突发异想，或许，钥匙还在车里。

至少，门开着。

我钻进车里，拉上门，开始在车里仔细翻找。车里很干净，几乎没有什么杂物，所以我失望得也很快，显然，在车中有备用钥匙的可能，只是我的一厢情愿。

该死！

我坐在车的后排，一时不知该怎么办。

然后我看见了那个中年女子。她穿着质地考究的毛大衣，领子高高地竖起，长长黑发盘在头顶，风韵犹存。

她从派出所走出来，走向我藏身的这辆车。

我蹲下身。

她径直拉开门，坐在了司机位上，掏出了一只手机。

看来，并不是所有人的手机都没有信号，这一定是卫星手机，不受地域的限制。她拨了一串号码，"喂，是我。那兰找到了，但是又让她跑了……"

电话那头的说了一句什么，中年妇人说："刚呼过他们，他们还在找，我这就开车去接应他们，冰天雪地的，那兰走不远。"然后，又点头，连声说"是、是""好、好"。关上了手机。

她拿出车钥匙打起引擎，车身一震，她却僵住了，仿佛寒流陡降车内，冰冻了她的身躯——我将刮刀贴在了她的喉咙口。

"你们不是要找我吗？告诉我你们是谁？你不说，迟早也会大白于天下，我不是唯一知道你们勾当的人。"我尽量让握刀的手稳健。

"那兰……幸会，幸会……你在说什么呢？"中年妇人声音微颤，但在这样的情形下，算是把持得奇佳了。

我知道,她在努力拖延时间,等着她同伴的回归——至少我知道,被撞下高崖的人不可能立时返回。

"不用等他们了,他们已经死了,否则,我怎么会在这里?"我冷笑说。不对,为什么她说,刚才"呼过他们"? 我随即明白,同车来的,不止三个人,还有人在外面寻找我。

这说明,我要尽快结束这里的对话。

"那兰……你不要冲动,你完全误解了,我和巴队长一起过来,是来帮你的,是来带你回江京,我是个精神科的医生……"中年女子的声音越来越沉稳,如果她真是位精神科的医生,一定会颇有建树。

可惜,我不相信她的话。

我将刀逼得更紧,紧贴在她颈部细腻的皮肤上,伸手开始在她身上摸索。

"那兰……"

我摸到了,一个手机模样的装置,"频道1"、"频道2",和黎韵枝包里的那只对讲机一模一样。

而且,对讲机开着。

不用问,无论对讲机的另一端是谁,已经知道了我的方位,此刻正迅速向这辆越野车奔来。

我别无选择,突然打开门,将那中年女子猛推下车。

我坐上驾驶位,换挡,开始倒车,辨清了下山的方向,开上了积雪的公路。

眼角中突然出现两个穿公安制服的人,高叫:"劫警车! 停下!"这时候,没有什么能让我停下,哪怕是朝我射击。

这也正是他们做的,子弹将挡风玻璃打出一个巨大的蛛网,副驾位的玻璃则被打得粉碎,我低下头,或许躲过了致命的一弹。

就在我低头的刹那,车身强烈一震,显然撞到了什么障碍。惨叫。一个穿警服的身影从车头消失。

我撞了公安! 如果,他们真的是警察呢? 如果,神秘的黎韵枝也是警察呢?

但我依旧没有停车,我知道此刻没有犹豫和胡思乱想的奢侈。我必须离开这里!

车已开出虎岗镇中心,沿山路向下。积雪深深,好在这几日明显有车辆经过,道路还算可认也可行。我一手握紧了即便有四轮驱动但仍会时不时打滑的方向盘,一手拿起了那中年女子留下的手机,凭记忆,拨通了巴渝生的手机号码。

"我是那兰!"我的声音,有些嘶哑,有些疯狂。

"那兰?!你在哪里?快告诉我你的方位!"巴渝生的声音充满紧迫,仿佛知道我生命悬于一线的处境。

"我在虎岗镇外面,在往山下开……延丰滑雪场……"

"知道了,我离你不算太远,你不要急,我马上就到。"巴渝生似乎和他周围的人说了句什么。

我顿时迷惑了。巴渝生应该远在江京,为什么说离我"不算太远"?

风雪从破碎的窗中无情涌入,我的全身也一阵寒凉:难道,刚才那些试图拦阻我的,真的都是江京来的警察?他们为什么要到这里来?莫非,我在派出所听到的,都是真相?

一个我无论如何无法接受的真相。

莫非,那个讲述案情的声音,就是巴渝生?为什么我没有听出来?

就好像,我记不起罗立凡在沙发上睡觉,也记不清自己曾梦游,我还有多少记忆在冰雪中迷失?

我正惶惑地想着,前面出现了一辆越野车。风雪交加,又近黄昏,路上车极为稀少,这辆车极为显眼。

一辆和我劫来的"座驾"完全相同的车!

而且,我很快明白,这辆车,是冲我来的。

因为当两车渐近的时候,对面来车突然加速,向我的车撞了过来!

我急打方向盘,车子在雪地上不听使唤,车身几乎横了过来,去势方向,竟是深谷!我不停再转方向盘,车子打滑的方向转向山内,迎接我的是密林和雪坡。

强烈的撞击!

两车终于还是撞在一起，来车的车头撞在我这辆车的副驾侧。我再也无法驾驭，只得任其滑向路边。

又一次撞击，是我这辆车撞向路边的山石。

气囊弹出，我被震得几乎失去知觉，若不是路上已系上安全带，必定会摔飞出车外。

叫声从车后响起，"她还在里面！"

我不能在里面。

我解开安全带，将自己酸痛遍身的躯体拖出了报废的车子，脚还没有在雪地上站稳，就踉跄着开始向路边的山林里跑。没有回头，但我知道，有人在后面紧追。

"那兰，你等一等，不要跑了！"

我做不到，我不会再相信任何人。

我继续奔跑，直到我失去了所有意识。

48．夜半电话

这是哪里？

雪白的天花板，雪白的吊灯，雪白的床单，雪白的大衣。我仿佛仍在满山白雪中，失魂落魄。我大声喘息着，惊悚四顾，坐起身。

胳膊上插着点滴针，我毫不犹豫地拔了下来。

"你干什么？怎么把针拔下来了？"一位刚出门的中年护士似乎脑后长了眼睛，转身走回来。

"你们……你们给我打的什么药？"我护住了我的手臂，如果她坚持要给我再把点滴挂上，一场搏斗在所难免。

那护士摇摇头说："你别傻了，在给你挂抗生素和葡萄糖液，你腿上的伤口有感染，人更是虚得不行，乖乖躺下吧，我这就去给那位巴队长打电话。"

"巴队长？"

"对啊，就是你们江京来的那个警察。你在这儿住院的事宜都是他办的。躺下吧。"护士给我重新打上点滴。我听到巴渝生的名字后，不再挣扎。护士胸前印着鲜红的"吉林大学第一医院"字样，被单上也是同样的字。

原来我已经在长春。

我仔细回忆着失去意识前的一切，记得好像是昏倒在雪地里。再往前想，撞了车，被追杀……

"看来不用我打电话了。"护士笑着说。

巴渝生走了进来，大衣搭在手里。看见我后露出欣慰的微笑，"欢迎你回到人间。"

我盯着他看了一阵,摇头说:"果然不是你。"

巴渝生一愣,随即明白:"有人冒充我,冒充江京公安。"

我也明白了:"赵爽已经跟你谈过了?"

巴渝生点头,拉了一把椅子过来,在我床头坐下,"你的当务之急,是好好休息。"

"我其实感觉还好,不觉得有大伤大病。告诉我,你怎么会刚好到东北来?"

巴渝生双眉微皱。他是个喜怒极不形于色的人,我也是因为和他接触多了,才能捕捉到他这种轻微的表情变化。他迟疑了一下,说:"你真的记不起来了?"

我不解地看着他,缓缓摇头,"记不起来什么?"

巴渝生又迟疑了,这次,停顿了很久,才说:"你到度假村后第二天,给我发了一条电子邮件,说是一个很私人的请求,说你和一群人在一起,却感觉到了危机,没有证据,只是感觉,请我关注。并且说,如果突然连续有两天没有你的音信,可能就会有情况,就请我帮忙查讯。之后的一天,就是你到度假村的第三天,我收到了你报平安的邮件。但那天的半夜里,我忽然接到你的一个电话……"

"我给你打过电话?"我惊问。

巴渝生顿了顿,盯着我的脸,仿佛在重新认识我,打量我,"是,你再次说道,有一种不好的感觉,说自己情绪波动大,一会儿精神抖擞,一会儿又颓废无力。还说到你表姐……"

"是什么时间给你打的电话?是不是凌晨两点半左右?"我想起了简自远视频上的我。

巴渝生舒口气说:"原来你没有忘啊。的确是凌晨两点半左右。"

"真不好意思,打搅了你睡觉。"我只是后来知道了自己打过电话,但当时的情形,电话的内容,都早已忘记。

巴渝生的眉头再次微皱,"睡觉?哪里有打搅我睡觉?那天晚上我和几个同事在熬夜侦破一桩纵火大案,还没有睡觉呢……看来,你是真的记不起来了?"

我摇头:"只是从后来一个视频里看到自己在打电话。"

"你说你睡不着,觉得周围的人也越来越奇怪,你的表姐,夫妻两个,互相猜疑,婚姻已经走到穷途末路。你的表姐夫罗立凡被踢出和表姐同住的客房,睡在客厅沙发上,而你表姐在微博上写了暗示绝命的话。"

我自言自语:"我是在客厅里打的电话,而罗立凡当时应该睡在客厅里……"我怎么会在罗立凡在场时给你打电话,讲这些家长里短?

巴渝生说:"你当时说,此刻罗立凡并不在客厅里,你猜他一定又'潜回'客房了,你说成露一向睡得很沉,不会察觉罗立凡回到床上。"

我立刻想到我背包里简自远的笔记本电脑,罗立凡离开客厅沙发后的下落,说不定可以在一个视频里找到。"我还说了什么?"

"你提到了谷伊扬。他是你以前的男朋友?你说他高中时期的恋人刚去世不久,请我有空的时候,查一下安晓和石薇的两起上吊事件。还有谷伊扬突然冒出来的女朋友黎韵枝,你发现她是位精神病患者,这一切都让你觉得很奇怪。我当时在办案,不能承诺你太多,只是答应有空时会帮你问一问。

"再往后,一连两天,你没了消息。我从新闻里看到,长白山麓暴风雪。打电话到滑雪场,雪场方面证实,有几户山高处别墅的旅客困在了山上,但他们三番五次地保证,只要旅客不在风雪中贸然行动,不会有太大危险。只要气候稍好转,他们会组织熟悉山况和有雪地穿行经验的工作人员运送食物上山。

"我开始还略略放心,但我想到你第一封邮件和半夜来电的紧迫感——自从'五尸案'后,我相信你的直觉,你不是那种一惊一乍,虚张声势的人,你既然感觉到危险,一定不会是空穴来风。于是我开车到了雪场。"

我感激地说:"你本来难得有个长假要回重庆老家的!为了我……"

"离春节不是还有两天嘛,不用担心。我担心的是……你怎么……"

我替他回答了:"真的,不知为什么,我做的这些事,都记不起来了。现在想起来,当时依稀是有过向你'求救'的念头。我一住进那座木屋后,就开始过度亢奋,然后有头晕、恶心、头痛的症状,开始以为是正常的高山反应,但后来发现症状迟迟不退,每次喝茶后就再度兴奋,而之后又是头痛,所以我逐渐怀疑是被下了毒。同时我感觉,一起住在木屋里的人,亲友也好,陌生人也好,彼此之间都有种怪怪的关系。而组织活动的谷伊扬,他是我以前的男朋友,这次到东北来,我却发现了他一个又一个的秘密。我是个坚决不相信'偶然事件'、'小概率事件'的人,相反,认为变数越大,风险越大。我猜,我就是因为这些判断才向你发出警报。或许是那两天我头疼得厉害,竟然将做过的事都忘了。"

我想,甚至脑子里出现了没有发生过的事情。

"你是说,你的头痛、忘事,都是因为服用了毒品引起?"

我低头,发现自己穿着柔软单薄的棉制病号服,"在我大衣口袋里,有一小包袋泡茶,我猜,毒品就在袋泡茶里。木屋里恰好只有我一个人喝茶,有人在袋泡茶里混入了毒品,头痛的就是我一个人。还有速溶咖啡,木屋里只有我表姐成露一个人喝咖啡,结果她变得也喜怒无常,时刻冒出奇怪的念头。我自己给自己戒毒的时候,出现了昏睡,同住的一个叫简自远的人,在我意识不清的时候试图套出一个秘密——那份神秘消失的伯颜宝藏的秘密。"

巴渝生紧抿着嘴,半晌后叹了一声:"看来,昭阳湖底的宝藏让你沾了一身腥……抱歉,这个比喻不好。"他歉疚地苦笑。

"那个'简自远',他的真实身份,都在我身边的一个手机里,他没有机会告诉我是谁指使他做这些事,唯一线索就是那个手机了。"

"他人呢?"

"已经死了,连同所有住在我们那座木屋里的人,除了我。"我想到了成露和谷伊扬,遇难者中我最在乎的两个人,眼前模糊一片。

也许是泪眼蒙眬看不真切,我怎么看到巴渝生脸上闪过一丝淡淡的微笑?不会,他远非那种幸灾乐祸、冷漠无情的人。

他问:"你现在感觉怎么样?能走动吗?"

我试着在被子下活动了一下双腿,有些虚软,但无大碍,"只要拔掉这可恶的点滴针,我想没问题。"

巴渝生笑道:"拔掉也没必要,我帮你提着点滴瓶吧,带你走走。"

他扶我下床,真的帮我举着点滴瓶带着我走出病房。穿过探视家属和附加床病人充塞的走廊,坐电梯下楼,在楼门口给我披上了他的大衣。

我站在门口,踟蹰难前。

满眼的白雪。

也许，我会成为医学史上第一个"恐雪症"的病例。

巴渝生在一旁轻声说："如果你感觉不好，我们可以回去。"

我看了他一眼，笑笑说："你真是个好老师，擅用激将法。"

"我是说真的，不一定要现在出来，又没有什么急事。"巴渝生说。

我不再犹豫，跟着他走出住院部大楼。我的目光盯着地面，因为路面被清过雪，撒过盐，已经逐渐变灰黑，虽然不那么赏心悦目，至少不会令我心惊胆战。

走进另一幢崭新的大楼，电梯上二楼，我们来到了 ICU 病房。

宽敞的重症病房以红橙为底色，不常见的暖热色调，但似乎起到它们的功用，还给了我更多生机的感觉。巴渝生和门口的护士打了声招呼，带我走入病房，来到一张病床前。

病床上的女子，面色苍白，形容憔悴，插着吸氧管，紧闭着双目。

我的心，在惊喜中几乎忘了如何跳动。

是成露！

49. 落网

　　回旧病房楼的路上，巴渝生告诉我，他就坐在那辆和我相撞的警车里。当时他们发现我开的那辆车似乎失去了控制，直直地向他们的车冲过来，只不过到最后一刻，我又意识到事态的严重，开始转换方向，而他们的司机也应变及时，才避免了更惨烈的迎头相撞。

　　他们将晕倒在雪地上的我送往最近的医院后，赶到虎岗镇，一名冒充江京公安的歹徒被我撞伤后未及逃走，已经被镇派出所的民警监管，另一名假公安和那个所谓的女医生逃脱了。

　　我静静地继续听着，心里一阵翻搅：这么说来，冒充江京公安的只有两名歹徒？他们不是被谷伊扬的雪地车冲下回枫崖了吗？怎么又被我开车撞了？这只能说明一个问题，回枫崖上壮烈的一幕，从来就没有发生过。

　　事实上，我逃出派出所后，自知逃不了多远，出了一着险棋，躲在了派出所边上的垃圾筒里。我在黑暗中又累又饿晕了过去，而回枫崖上和谷伊扬撕心裂肺的告别，只是一场噩梦。

　　巴渝生等人听赵爽陈述了我这几日的遭遇。当地警方立刻做出决定，派有雪地经验的警力，乘着风雪渐弱连夜进入深山。罗立凡和张琴的尸体在我们租的木屋里被找到，简自远也被发现死在那座工具间小屋里，一张脸被某种野兽咬得稀烂。

　　在另一座木屋别墅里，我们曾见过的三具被猞猁咬死的尸体也被发现。警犬同时发现，在木屋外不远处，另有一男一女两具尸体，显然是被猞猁咬死后，又被大雪覆盖。

搜寻队员还找到了一座没有人迹的木屋,在阁楼里,又发现了一具女尸,只不过,细心的公安人员发现,这具"尸体"盖着厚厚的被子,虽然一动不动,没有任何反应,但有着极为微弱的呼吸和心律。

她就是成露。

"她是怎么到那另一座木屋的?"我实在想不出任何解释。我只知道,成露应该是被穆欣宜所杀,而且尸体被穆欣宜用雪地车运到工具间,藏在了地下室里。

巴渝生说:"她的身上没有明显的伤口,只是脸上有几小片蓝紫斑,医生说是紫绀,缺氧造成的,所以我猜,她'被杀'多半是窒息,比如被枕头捂住口鼻。但这种谋杀方式,有时候会造成假窒息,也就是说被害人的呼吸道可能在挣扎中被唾液或其他分泌物阻塞,造成暂时性的呼吸停滞,甚至休克而失去生命体征。成露被害后,如果是假窒息,在之后被运输走的颠簸中有可能重新苏醒。如果她恢复意识,也许会装死躲过进一步的危险。但我猜,她虽然从窒息状态中走出,但脑内还是因缺氧受了损伤,因此仍处于昏迷状态中,这也让她安然躲过了更多的谋害。不过,据技术人员分析,以她的健康状况和身体上的痕迹来看,她没有能力从工具间木屋走到她藏身的那间木屋。"

我说:"那么现在的问题是,谁'解救'了她?"

巴渝生说:"在发现成露的那间木屋不远处,停着一辆几乎耗尽了油的雪地车,相信是有人用那辆雪地车将她运出了工具间。"

"张琴,有可能是张琴!"

巴渝生说:"很有可能。暴风雪来临,断电断通讯之前,张琴和度假村总台最后的联系,的确是从那间木屋里发出来。我猜,张琴可能去工具间拿什么东西,在地窖里发现了尚有一丝气息的成露,将成露运到了那木屋。"

我在想,张琴为什么要大费周章地将成露拉上阁楼藏匿?显然,她担心万小雷等歹徒发现成露的踪迹——张琴和万小雷一伙熟络,甚至,她曾和他们一起制毒贩毒,但良知尚存,不忍无辜的我们被杀。

巴渝生的手机响了起来,他接听了后脸色凝重,说了"好",挂断电话说:"地方公安很得力,已经将万小雷等几名在逃的嫌犯逮捕了。也是因为大雪断了很多出路,他们没能逃得太远,都在附近的镇子和县城里落网。但他们非常顽固,初审后收获甚微。"

我说:"他们显然只是打下手的,真正的元凶还躲在后面。或许,需要一些更多的线索和证据,才能把他们的后台牵出来。"

巴渝生说:"他们的后台倒并不太难猜——万小雷和另几个嫌犯,都是度假村的员工——不过假如有证据,将会更有效。"

"知道万小雷他们为什么要杀我们吗?"我问。

"我猜,是因为你们知道了不该知道的事儿。"

"应该说,是他们以为我们知道了不该知道的事儿。谷伊扬一心想查出安晓死亡的真相,顺着石薇生前画的一幅速写找到了那林间小屋。石薇的画里,果然有真相。谷伊扬的出现使万小雷一伙起了疑心,我猜,他们最初只是在同伙间商量:万一发现谷伊扬离真相近了,就要下杀手。黎韵枝是个早就被安插好的棋子,她对谷伊扬'执著'的爱,粘在他身边,也就是为了监视他,探听他到底知道了多少。暴风雪封山,给了万小雷一伙行凶的最佳机会。开始他们还有所犹豫,但随着封山时间的延长,他们越来越有恃无恐,下杀手的倾向越来越明显。张琴在我们小屋的出现,她的报警反而成为了他们下手的信号。

"好在,我们最终没有让他们的担心多余,终于在绝望之前发现了石薇事先埋好的一盒证据,可以证实万小雷等人制毒贩毒的证据。那里还有些人名,一定对你们破案会有帮助。"

巴渝生一怔,"一盒证据?在哪儿?"

"我埋在了一个绝对保密的地方,如果你们想尽快抓到元凶,我们这就可以上路。"

50. 诡妪无影

前天晚上和简自远诀别后，我带着石薇埋藏过的盒子，向后山逃亡。走到路况险峻的山脊边，因为黑夜无法安全行进，又退回林中，找到了一个废弃破败的木屋避寒。谷伊扬出乎意料地找到了我，又不得不再次出去将追兵引开。我安然度过一晚后，第二天早晨上路前，刮刀掘地，将那盒子埋在了破败木屋的附近。

暴风雪终于势弱将歇，即便有了更专业的配备，雪鞋、雪地车、防风滑雪镜，但找到那木屋时，我还是几欲晕厥。

事实证明，那盒子里的内容的确"价值连城"，不但提供了一个犯罪集团制毒、贩毒、洗钱的罪证，更是抓出了以延丰滑雪度假村主要投资人孙维善为首的一个毒品销售网络。孙维善在听说万小雷等人落网后，匆匆逃至长春，在去北京的班机上被带了下来。

目前，警方正在寻找线索，是否有过往度假村的游客因为袋泡茶和速溶咖啡里的毒品而染上毒瘾，而不得不向万小雷等人联系长期购买毒品。

警方的技术人员不费力地进入了简自远的笔记本电脑，找到了"真1"、"真2"两个视频目录。"真1"里的视频是在木屋第一晚和第二晚我独居客房的录像，黎韵枝搬进来以后，视频又开始记录她的生活。"真2"的视频是在木屋第三晚，我搬去和穆欣宜同住一间客房后开始的。"真1"的价值在于证实了我的猜测，罗立凡被成露踢出来后，明则在客厅里睡沙发，暗中却爬上了黎韵枝的床。就在他被杀之前，他也再次出现在黎韵枝的屋中，质问她是否和成露的失踪有关。而黎韵枝在他出门后用步话机和外界通了气，从包里取出了麻醉剂,装入针筒,然后出房门,多半是去寻找罗立凡,实施杀计。"真2"证明我的另一些猜测,包括穆欣宜在谋杀成露当晚的行止作息。

笔记本电脑里没有任何别的信息可以证实简自远的真实身份,所以目前我们只能相信以前的推断,他是受人所雇,寻找那批尚未露面就丢失的伯颜宝藏的下落。他认为我和谷伊扬合伙同谋、转移宝藏的可能性最大,所以把注意力集中在我们身上。

简自远留给我的手机里,的确有他妻儿的联系方式,他们住在大连。我暂时没打算将那手机交给警方,答应了简自远临终的嘱托,我不会食言,我会找到我信得过的电子玩家,将那手机的每个角落看遍,如果没有什么紧要的线索,我就会去一次大连,将手机完璧归赵。

至于是谁"赞助"简自远此行,是谁让他用一系列先进的仪器监视我和谷伊扬,是谁如此殚精竭虑地要找到那批伯颜藏宝,暂时也只能成为一个谜,我相信简自远临终前的话,他们不会留下可被轻易跟踪的痕迹。我同样相信,无论简自远的雇主是谁,他们会卷土重来,我依旧是黑白道的首要怀疑对象,伯颜宝藏不出现,我的生活就不会重回安宁。

离开长白山前的最后一件事,是跟着警方来到银余镇上的那家"欢乐福"超市。我想要再次拜访那位磨石头的苗老太太,想问问她,是不是真的知道过去未来?究竟还知道些什么?有没有听说过玉莲和幺莲的故事?谷伊扬是不是来找过她?问过她发生在数百年前昭阳湖边的诡异事件?

但我有种感觉,上回已经是和她老人家的最后一次见面。

果然,铺子里已经空空,连那台磨石机都搬走了。警方询问租给苗老太店面的超市负责人,他说老太太就在大雪的前一天突然搬走了,不知去向,连招呼都没打。确切说,她是下雪天的前一夜消失的。据说她来到银余镇足有二十年,因为聋哑(至少是装聋作哑),没有人知道她的底细。她租的房子离超市不远,也空了,而且从未见过她有任何亲友交往。

略一调查就发现,这个超市,以及苗老太太的小铺,都是孙维善和度假村集团所属的产业。我对着漆黑的空铺，唯一能做的只是猜测：也许万小雷等人常出没于此，以为老太太又聋又哑，故在她面前说话口无遮拦，议论的一些阴谋，尤其针对谷伊扬的谋杀意图落入老太太耳中，所以她认出谷伊扬后，警告我们回头。

但太晚了。

生命，已经像打磨光的石子，落入瓮中。

尾声一

"那兰,很高兴知道你安全归来!"办公室的门打开时,一个熟悉的身影,一个熟悉的声音。

我微笑起身:"游教授。"

绝大多数人称游书亮为"游医生"或者"游主任",我因为在江医选修他的临床精神病学课程,自然称他为"游教授"。游书亮四十岁出头,身材不高,很少相,看上去更像位刚毕业的研究生。(见《碎脸》)

我看一眼玻璃窗外,知道巴渝生在玻璃的那头观察。

游书亮捕捉到我的目光,说:"巴队长刚联系我的时候,我觉得不妥,后来听说是你主动要求的?"

我点头,等游书亮在我对面坐下后,说:"年前,我和认识的、不认识的几个人,到长白山一个滑雪度假村旅游,出了很多事。我在不知不觉中服用了大量的精神类药物、毒品,因而导致了一些中毒症状和之后的戒断症状,从开始的兴奋到后来的头痛、委靡、昏睡、健忘。当一些真相渐渐浮出水面后,我发现有些事,可能存在于我的幻觉,所以想请您专业判断一下,我的……精神状况,为我自己的健康,也为巴队长他们刑侦和之后检察院诉讼需要。"

游书亮说:"谢谢你对我的信任。"

我微微苦笑,这世上,毕竟还有很多值得信任的人。妈妈、陶子、巴渝生、游书亮……我心里一酸,这个名单上,竟没有秦淮。

"毒品本身,服用和戒断的过程中,都会产生幻觉。"游书亮继续说,"应该都是暂时的神经性紊乱,很少会有长期的精神病学方面的后遗症状。"

我轻声说:"这正是我担心的……我经历的那些,已经过去将近三周了,但昨天晚上,在江大校园里,在我们……在我经常散步的荷塘边,我看见了谷伊扬。"

游书亮微微一惊:"谷伊扬……你以前的男朋友? 这次和你一起去度假,也遭到不幸的谷伊扬?"我见到谷伊扬的事已经告诉了巴渝生,显然,巴渝生并没有"多嘴",他要我直接告诉游书亮。

我点头说:"非常真切的。我们甚至拥抱了……甚至接吻……这么说吧,早在那个案件里,谷伊扬为了让我有逃跑的机会,只身出去引开歹徒,我知道他势单力孤,凶多吉少,完全是一种牺牲。但好几个小时后,我在逃亡中又意外地见到了他,毫发无伤。他再次帮我引开追杀我的人。又过了大半天,我来到一个小镇上,在一个我们曾经一起看过日出的悬崖边,他又出现了,开着雪地车将两个将我逼上绝路的歹徒撞下了深谷。您瞧,这里问题很多,首先,那两个歹徒,其实后来发现一个是被我开车撞伤的,一个在逃。最关键的是,谷伊扬……"泪水充盈了我的双眼。

游书亮柔声安慰道:"谷伊扬的事,巴队长已经告诉我了。"

最关键的是,谷伊扬的尸体,在离我们合租木屋的不远处发现,他的尸体在一辆撞上山石的雪地车里,一颗子弹穿过他的后心,另一枪是近距离的射击,射入他的头颅。谷伊扬遇害,应该是在他离开我们的木屋不久,他的确成功吸引了逼近木屋的歹徒,给了我和简自远逃生的宝贵时间。也就是说,在之后逃亡中和他的另两次相遇,从来没有在现实中发生过。

等我略略把持住了情绪,游书亮说:"你在冰天雪地里逃亡,又冷又饿又疲乏,出现幻觉也是正常的。谷伊扬为你做出了牺牲,在你的意识里出现了一种补偿性的幻想,希望他能回来,同时理智告诉你,他存生的机会很小,所以你必须眼睁睁地看着他再次离去,而且再次用无私的行为将你从困境中解脱。"

我点头,"老师说得有道理。可是,又怎么解释昨晚看见他?"

游书亮盯着我的眼睛,缓缓说:"谷伊扬,他是你以前的男友,你们在一起度假时,关系怎么样?"

"我和他,大学里恋爱,但连正式分手都没有说过,他就忽然从我生活里走开了。我一直很恼火。后来才知道,他中学里初恋的女友从植物人状态中逐渐恢复,他要给那女孩全心的支持,不知道该怎么和我'断'。我知道这些后,其实就不怨他了,但不信任他,觉得他有很多事在瞒着我。等一切逐渐揭开,我们间的信任加强;至于后来,在亡命奔波中,在心力交瘁、情感极度脆弱的时候,我想,我又依恋上他了,我想我找回了当初在大学欣赏他的感觉、喜欢他的理由,正是一种气概。不矫情、敢于付出的气概……我是不是说得太多了?"

"你说得很好。"游书亮想了想,又问,"这些天来,你适应得怎么样?"

我迟疑了一下,"还好,我的生活,除了有时候要往巴队长这里跑,其实和过去没有太大区别。"

"这就是问题的所在。"游书亮说。

我一惊:"问题?"

"照理说,经历过你在长白山所受的考验,任何人都会有一段很艰难的适应过程,但你……我想,你很坚强,但那些刺激,那些惊吓,那些情感上的冲击,都是客观存在的,都会在你心头留下深刻烙印。这段日子里,你很成功地将这些感受和刺激压抑住了,使其不去影响你正常的生活,但它们仅仅是被压制了,并没有彻底消失,还是会在你放松警戒的时候,突然决堤……决堤这个词用得重了些,但你应该明白我的意思。"

我默默点头。

江大的荷塘,拥吻,幻觉,紊乱情感的决堤。

游书亮又想了片刻,说:"我的意思是,你至今仍出现幻觉,有正常的解释,合情理的解释。不过,一些精神疾病的起始也有合情理的解释,但如果没有正确的疏导和治疗,还是会朝负面发展。"

我再次点头,说:"今后的一个月里,我会定期去看您的门诊。"

游书亮笑道:"不用那么正式了,每次下课后,我们聊一聊,应该就可以了。你知道,我一贯是比较慎重处方的,你这个阶段,我看还没有用药的必要。"

我站在办公室的窗前,望着楼下游书亮走出市公安局的院门。办公室的门再次被推开，巴渝生走了进来，他说："好消息。"

巴渝生是这样的一个人，当他说"好消息"的时候，从不会有那种欣喜若狂的神态，这次他脸色几乎可以算是严峻了。

我苦笑说："游大夫说我有精神问题，算是好消息吗？"

巴渝生终于也微笑："不是这个。记得盒子里的照片上有个腿上带凤凰刺青的人吗？他，被找到了。"

"哦？这真是好消息呢！可要好好审审这个家伙，他知道的一定很多。"

"他已经死了。"巴渝生说，我终于知道他神情严肃的原因了，"他的尸体，在度假村的山谷里被发现，在同一个山谷里，发现了另一具尸体，猜猜是谁？"

"黎韵枝？"我的推论很简单，因为黎韵枝是失足滑落山谷的，到现在为止，就只有她和穆欣宜的尸体还没有被发现。

"十分准确。"巴渝生说，"万小雷那帮家伙，嘴都很紧，但他们都承认，这个叫范晔武的人，是在追赶你的时候失足滚下山坡的。"

我叹了口气："那好，至少解开了另一个谜团。"

巴渝生点点头。

我们心照不宣，现在，就只剩穆欣宜的下落还没有发现。万小雷等人可想而知地矢口否认见到或者杀害了穆欣宜，但那样的天气那样的环境里，她存活的几率又有多少呢？

尾声二

　　他看着那兰走出江京市公安局的院门,嘴角露出欣慰的微笑。欢迎归来,那兰同学!

　　显而易见,那兰憔悴了许多,都说过冬容易存膘,那兰却似乎瘦了一圈。他忽然发现,自己竟怜香惜玉起来,也许是对那兰关注得太深,有些走火入魔了。他深知走火入魔的危害,他亲眼见到那些过于执著之辈的下场,所以一直不忘了提醒自己,要保持一颗平常心。他的手插在大衣口袋里,将那柄利刃抽出来了一截,手指贴在冰冷的刀面上,心也顿时冷静下来了许多。

　　他已经片片断断地听说,那兰东北一行险些送了性命,最近三天两头往公安局跑,其实都是在帮助两地警方结案。

　　结案,是个相对的说法,那人比谁都清楚,这个越来越复杂的社会里,真正能结清的案件,凤毛麟角。

　　他庆幸那兰能全身而退,这样就不会让他失望。因为,那兰最终是属于他的。

　　和绝大多数时候一样,那人的理论再次精准。就在他消失于茫茫人海后不久,离市公安局不过六七条街的崂山路天桥下面,一个穿着浅绛色风衣、鹿皮高筒靴的女孩,停在了一块有些发黑霉烂的木牌子对面。木牌子上歪歪扭扭写着"各类证件印刷制作,第二代身份证、工作证、学生证、护照,顶尖工艺,实名保证,从无失误,江京最低价。详情致电:18645393162"

　　木牌后面是一床破棉被,没有人迹。那女孩四顾张望,路人们行色匆匆,各想各的心事。她摸出手机,光亮的屏幕可以反射出她原本娇美的脸上,些许风霜和冷冻伤的痕迹。她对自己的皮肤很自信,知道春临大地之前,就能恢复平滑肌肤和美丽姿容。她在手机里输入木牌上的手机号。

"全美证件，有需求请讲。"有点娘娘腔的一个男声。

"我知道你就在附近，出来吧，我们谈谈，我想要一张身份证和一本护照，照片已经带来了，我们把价钱谈妥，最关键的，我要的是质量，如果你们达不到质量和可靠，就不用出来谈了。"那女孩颇有大将风范。

全美证件的接电话人平声静气地说："质量高低是跟价位直接相连的，我们喊出的一口价都是指的低端产品，糊弄人用的，但要想真正蒙混过政府关口，必须出高价才有可能做到。"

"价钱不是问题，但我也不会伸长了脖子让你们狠宰，我知道市场价，你不要想骗我。我这个人谁也不相信的。"那女子厉声说。

"放心吧，信誉保证是我们的原则。"

那女子想到"信誉"，叹口气，这天下还有谁是有信誉的呢？"一个小时后，胶东路通化路交界处的星巴克里见面，我穿橙色风衣。"

"不见不散。"

那女孩松了口气，快步离开天桥下，脱下了那件浅绛色风衣，将风衣里外翻过来，另一面的颜色是橙黄色。

在城市的另一个角落，江京排在前五位的著名会所"镜花缘"里，一位常客有意无意地向另一个潮客问起："听说过高明的文身去除师吗？有没有推荐？"

潮客自己就有三个不大的文身，此刻笑道："当然有，你要是有空，明天我就带你去一家。"他有意瞥一眼对面的型男，虽然人到中年，看上去不过三十出头，加上亿万身家，难怪身边美女如云。只不过，这家伙行事谨慎稳重，看不出他也有文身呢。

"不用，你把电话和地址给我就可以。"型男一开口，总有股难以让人拒绝的气场。

拿到电话和地址后，型男带着两位绝色离开会所，进了腾龙广场对面的高登酒店。在总统套间里，三人开始宽衣解带，极尽欢娱，那两位美女后来发现，自始至终，这位老总都没有脱下右脚上那只一直到膝盖的袜子。

图书在版编目(CIP)数据

失魂雪/鬼古女著. —上海:上海人民出版社，
2012
　（罪档案）
　ISBN 978－7－208－10591－1

　Ⅰ.①失… Ⅱ.①鬼… Ⅲ.①长篇小说-中国-当代
Ⅳ.①I247.5

中国版本图书馆 CIP 数据核字(2012)第 033665 号

出 品 人　邵　敏
责任编辑　邵　敏　方蔚楠
封面装帧　叶　珺

失魂雪

鬼古女　著

世纪出版集团
上海人民出版社出版
(200001　上海福建中路 193 号　www.ewen.cc)
世纪出版集团发行中心发行
上海市北(集团)印刷有限公司印刷
开本 720×1000　1/16　印张 17.5　字数 210,000
2012 年 4 月第 1 版　2012 年 4 月第 1 次印刷
ISBN 978－7－208－10591－1/I•992
定价 27.00 元